在岁月中远行

俞敏洪 著

新 星 出 版 社 NEW STAR PRESS

在岁月中远行

自　序

在不确定的世界中，笃定前行

去年一年，教育行业风起云涌，发生诸多变故，我的文字也因此忽疏忽密。在我被各种琐事羁绊，常常感觉透不过气的时候，阅读和行走，是我让自己踏实的方式。随手把走过的路、看过的书、触动的瞬间，一一记录。一行行的文字，既是我记录生命轨迹的方式，也是一种对过往经历的自我萃取和沉淀。

如果把视野拉远，某个行业的兴衰，和现在全球正经历着的巨大变化相比，可以说微不足道。近来的疫情、战争，让我们一直以来早已习惯的"和平、安康"不再"理所应当"，越来越多的人积聚了焦虑情绪。无论是现在的emo（情绪化，引申为颓废、抑郁、消极之意）还是丧文化，都是大家面对不确定性的外部表现。疫情的常态化，使我们原有的很多经验和判断在今天可能不再适用。疫情前的日常宛若隔世，全球发展的不确定性逐渐增强。

大家对不确定性的惧怕，来自对未来无法掌控的恐惧。但是"不确定性"应该分两面看：既然这是个概率范畴的概念，那么谁又能确定未来一定是坏的？大家是否想过，未来也可能是非常好的呢？在外部变化偏离我们以往的轨道，当事物更迭的节奏变得飞快时，我们更应该安静下来，在不确定的时代寻找属于自己的那份确定。

第一，无须自怨自艾，保持积极心态。

无须怀疑和苛责自己，当你觉得困难的时候，你身边的每个人也都不容易。那些负面的思维和情绪，常会让大家觉得自己缺乏能力，无法应对可能出现的困难。有时还可能脑补出很多糟糕的结果，使内心充满了不安全感。但是你有没有好好分析过，最差的情况是什么？如果发生，有几种可行的应对方案？当我们积极去想怎么办，问题怎么解决时，对未来就有了预判，而不再任由自己沉浸在恐惧等负面情绪中。积极面对挑战，相信自己可以做好，在心理学上叫作"自我效能的提高"。当一个人有勇气面对问题时，就更容易成功。自怨自艾从来不会带给我们正面的结果，与其把时间浪费在纠结中，不如读书和行走，开拓我们的眼界和心灵，向内心找答案，向时间找答案。

第二，寻求一切可以壮大自己的机会。

既然疫情已经常态化，在无法改变外界的现状下，就该学会适应变化，学会与变化共处，学会提升自己在变化中解决问题的能力。经济会有波动，环境会有起伏，但是持续努力、不断学习是在任何时代、任何背景下都不会错的事情。瞄准未来大的趋势，不断提高自己的专业技能，尤其是差异化的能力。强烈的自我发展意识，事事必求结果的决心，以及每一天坚实向前的步伐，这些是应对未来挑战最踏实的底气。"每一个不曾起舞的日子，都是对生命的辜负。"所以，行动起来！

第三，不要惧怕失败。

近一段时间，我开始参与直播。在直播或者演讲时，时常听见有年轻人问："我的人生怎么会出现这么多难题？您是怎么克服这样的艰难的？"每每听到有人这么问，我都很想说一句："嘿，这就是生活啊！"

在我一生的创业过程中，无数次经历失败和磨难，即使新东方已经上市，成为一个还算不错的公司，我每天仍会面临新的问题。人生就是在不断失败和持续解决问题的过程中螺旋上升的。如今我坐在直播间里，带领数万名新东方的兄弟姐妹，从老师转变成直播主持人、运营人员等角色，从三尺讲台转换成直播平台，不也在走一条全新的道路？如果每件事都惧怕跌倒和失败，那么你怎么可能以屹立的高度去展望更好的明天？

能量和信心都是在不断解决新问题的过程中积聚而成的。每个新的成功都是靠跋涉和探索而来，不要惧怕失败，没有谁每次尝试都能成功。路都是一步步走出来的，方向都是一次次探索出来的。让生命厚重的，往往并不是那些欣喜的瞬间，而是苦难和越过苦难后的刻骨铭心。

所以不要惧怕失败，没有失败后的历练和反思，就很难成就后续的一次次飞跃与成功。成功的定义，不仅仅是金钱或上市的风光，更是每次失败后重新爬起，不断战胜自己、破茧成蝶的荣耀！

第四，让自己辽阔起来。

去年8月时的我，也如困兽彷徨。在找不到出口之际，我往往会先暂时放下问题，走出去换换思路。那一次，我在雨中去看了永定河。看永定河沿岸土木堡之战遗址，曾经惨烈的激战已隐秘在荒草果园之中，怀来古城曾经的繁华，也湮没在浩渺的官厅水库之下。当我正感叹“千古兴亡多少事？悠悠”时，峰回路转中，却看到雨中的永定河一路开山辟路、砯崖转石，沿着大峡谷呼啸而下。这样的遇山开山，这样的一往无前，让我的豪情都在心底激荡起来。其实每个人都有焦虑的时刻，让自己辽阔起来，才能做到小事、难事不放心上。读书、行走，便是开阔自己最快的方式。

当我们走进自然，看到千年的古木，一个人数十载的一生在它面前都变得不值一提；当我们仰视苍穹，群星闪闪，你是否想过，那样的微光是跋涉了数百万光年的距离，才能与我们这样相互凝视，这样想着，空间也变得不再重要了……在宏大的自然、沉积的历史面前，我们既会看到自己的渺小，也会看到在发掘这个星球的过程中，人类的智慧和伟大。

当我们埋头书海，看到那些点亮内心的文字时，它们如同砍向我们内心冰封大海的一把把斧头，劈开黑暗，让光亮和温暖照射进来，让我们对生命更加热爱。走过平湖秋月，看过日出山河，低头读书，昂首行走，这两件事都能给我们在不确定中不断带来人生的辽阔。

愿现在手捧此书的你，能永远保持对这个世界的好奇心，诚恳地面对自己，大度地面对困苦和艰难，时常阅读，时常行走山川，用自己喜欢的方式度过一生！

2022年4月
于北京

目 录

第二辑 让岁月开出拈花微笑 ……

在 岁 月 中 远 行

第一辑 ———○

在岁月中　远行

为什么应该行走于大地？

　　我本人对"行走"有着亲身实践。如果让我在人生中只选择一件事去做，我会选择行走在大地上。不仅仅是指中国大地，还包括世界各个地方的山山水水，去体验那里的风土人情。如果让我为孩子在生存问题已解决的前提下选择做一件事，我也会为他们选择"行走"。如果允许再做第二件事，那就是阅读。阅读和行走，是连在一起的。

　　中央电视台有档节目叫《典籍里的中国》，主持人是撒贝宁，我每一期都看过。其中有一期是讲徐霞客的，我看到这期时尤其激动，有两个原因：其一，徐霞客是我老乡，江阴人，从我老家走路就可以走到徐霞客的家里去，当然在时间上我们已经隔了好几百年。其二，徐霞客行走的精神，他一边行走一边记录的精神，一直对我有着巨大的影响。大家打开我的微信公众号"老俞闲话"就可以看到，我发表过的很多游记类文章，都描绘了各地的文化、历史、风土和人情。由此看出，我是一个边行走边记录的人。

　　我没有办法和徐霞客相比，但他的精神给我带来了很大的影响。在我们家乡，有人出了一个题目：俞老师，您能不能"重走霞客路"？就是徐霞客在其游记中描写的所有地方，你俞敏洪再走一遍。我读过徐霞客的游记，所以还认真计算了一下，结果发现，我只要花一年半到两年的时间，就可以把徐霞客一生走过的路再走一遍。当然，因为现在有了汽车和高速公路等现代交通工具、设施，我们已没法再体验徐霞客从一个点走到另一个点的那种过程。

徐霞客有一句话："大丈夫当朝碧海而暮苍梧。"苍梧的解释很多，有人说是梧桐树，有人说是湖南的苍梧山，也有人说是今天贝加尔湖附近。其实泛泛而讲，就是指遥远的地方。

这句话想表达的意思很简单——人生必须开阔起来。提到徐霞客，我要多讲几句。在中国历史上，拥有完全自由精神的知识分子是不多的。因为古代知识分子的上升道路很狭窄，基本上只有通过科举考试当官这一条路。当官就要遵守官场的各种规矩，所以不太可能产生什么自由精神。

在我心目中，中国古代那些对自己的人生看得很开，拥有不加限制的自由精神的知识分子，都是很了不起的。比如陶渊明，不当官，不为五斗米折腰，天天在田里种地。种地其实是一种假象，获得自己人生和精神的自由才是真实目的，所以才会留下"采菊东篱下，悠然见南山"的惬意诗句。还有我经常提到的李白、苏东坡。相对别的朝代来说，唐朝和宋朝都是知识分子精神比较自由的朝代。苏东坡大半生都在不断地被贬谪，从京城一直贬到了广东惠州，最后又贬到了海南儋州。虽然有这样的经历，但他仍追求人生的精神自由，不忘在各地游山历水，并留下了他精美的文字和豁达的情怀。

徐霞客也是精神自由的代表。明朝人的文字表达是非常局限的，在明朝知识分子当中，像徐霞客这样的人几乎没有第二个。那为什么还会出现徐霞客这么个"异类"呢？有两个原因：

第一，明朝晚期时，政府对知识分子的管控相对比较松弛。第二，徐霞客的高祖徐经曾到京城参加会试，被官府认定为作弊，所以惩罚其终生不得再参加科举。徐经的后人自此对仕途没多大兴趣。徐霞客的父亲徐有勉，更是一生以园林山水自娱。徐霞客受父亲的影响，很早就确立了行走天下的志向。这跟他的自由精神是密切相关的。

我们现代人，尤其是孩子，要想生活得更加自在的话，这种自由行走的精神就显得特别重要。孩子的成长有两个必经之路：第一，和知识相遇；第二，和大地亲近。和知识相遇意味着阅读，和大地亲近意味着行走。如果生命中这两条路都没走过，这一辈子是白活的。不要跟我说，你没有机会和财富，做不了这些事情。阅读和行走不需要财富，只是你没说服自己去做而已。如果一辈子只是朝九晚五，心中没有思想，眼中没有天地，这样的人生基本是白过的。

从孩子成长的角度，坦率说，国家的"双减"政策是有道理的。如果真能把孩子从天天做题、应对考试这种局限性中解放出来，让他们有更多的时间进行大量的阅读，走向广阔的世界，这不啻为孩子们的幸运。

对大部分家长来说，培养孩子的方向，就是让孩子上一个好的初中，高中，大学。其实，对孩子真正的培养，应该是让孩子胸怀希望、拥有世界，对内让孩子对生命充满热情和自信，对外让孩子对世界充满好奇和向往，这才是正确的方向。成绩是中等还是第一名，不重要；就算在最后几名，孩子对生命和世界充满了热爱，培养就不算白费。我常说一句话："生命的精彩源自对生命的热爱。"一个人没有对生命的热爱，就不可能有生命的精彩。

对生命的热爱，一方面是对自己生命的热爱，另一方面是对其他生命的热爱。对其他生命的热爱可以分成三个部分：

一、对其他人生命的热爱。我不期望你对世界上所有人都爱，但至少要接纳世界上的大部分人。我们对人的爱是分圈层的，先对自己，再对家人，再对朋友，再对同事，最后扩展到陌生人，比如做慈善、帮助陌生人，这意味着你对热爱其他人的生命这件事，基本达成了。

二、对动物的热爱。天上飞过的鸟，能不能给你带来诗意？地上走过的猫，能不能给你带来暖意？这些事情都很重要。在无聊枯燥的世界里，愿意多抬头看看天空飞过的鸟，看看地上的蚂蚁，下雨前蚂蚁会排成一队走，如果你愿意低头看看它们是如何劳作的，都不失为对世界、自然产生兴趣的一种表现。如果家里有条件，可以给孩子养一个宠物。让孩子自己照顾宠物最重要。有的家庭给孩子养了宠物，孩子光知道跟宠物玩，宠物拉屎撒尿都是大人收拾，这是不对的。孩子要养一只鸟，就要从头到尾去关注；养一只猫，就要从头到尾照顾好。这样，孩子既学会了承担责任，又学会了对其他生命的尊重和热爱。

三、对植物的热爱。植物也是生命，看到一颗生机勃勃的树，看到春天开放的花，体验一下百花齐放的感觉，是不是能给你带来一些生命的触动？我认为这也是非常重要的。

我们热爱生命最好的方法是什么？是亲近——亲近人，亲近自然，亲近自然界的一切生命，包括动物和植物，在这个过程中还要有知识的摄入。人、动物、植物都是蕴含知识的，让孩子对生命有更深入的认识，也是特别重要的。

我小时候在农村长大，对大自然的生命有更多的体会。夏天知了叫，晚上满池塘的蛙鸣，都能让我感到生命的律动，这种体验是孩子所需要的。散步的时候，我们有多少人能听到天空中的鸟鸣？很多人都听不到。我每天早上都能听鸟叫的声音，那是一天欢乐生命的开始，是接触大自然的开始。

孩子对大自然生命的了解，来自谁呢？最初一定来自父母，当然也可以来自老师。很多做营地教育的朋友，都会把孩子带到大自然里，刻意让他们去体验。如果没有这种刻意的体验，可能就会无意中忽视了这部分教育的重要性。不是每个人都是在森林间或土地上长大的，现在我们的孩子大部分是在钢筋水泥的丛林中长大的。在他们眼中，天空只是大楼间的一条缝隙，大自然离自己很遥远。

在这种情况下，父母的行为对孩子的发展就有着重大的影响。什么行为呢？其实就是两个词——阅读和行走。如何让孩子把阅读与行走结合在一起，这是一个特别重要的问题。

有人可能会想，行走，就是带孩子到公园里逛一逛，或者放假的时候去度假，去海南岛走一走。我说的"行走"，不是单纯的逛公园或者度假，而是指深度的行走。比如，带孩子到农村田野中，辨别各种各样的农作物；带孩子去植物园，认识一下各种植物；甚至让孩子养养花、种种菜，让孩子亲自体验种植和收割农作物的快乐，通过这样的活动，孩子也能对植物的生长周期和生长规律有所了解。

我带孩子去旅行，绝对不会看重去哪里吃好饭。好饭是可以吃的，没问题，但不能把"吃好饭"当作行走的主题，要把领略各地的人文历史、风土人情作为行走的主题。我每年都会带孩子出去走几次，一路跟他们讲述当地文化、历史，体会各地风土人情。在这一过程中，我的孩子也会开始对历史产生兴趣。这个影响是很大的，我的两个孩子就很喜欢读历史书、看纪录片，这总比天天打游戏和刷无聊的电视剧要好。从孩子的小学到高中，每年至少有两次，一般是寒暑假，我都会安排不受干扰的十天左右时间，带他们去某个地方，了解这个地方的历史。这期间或许也有一两天，是在轻松地度假，但剩下的大部分时间，都是在行走。

在埃及、意大利、希腊等世界文明发源地，我一路都在给孩子讲解历史。为了给孩子做榜样，我还会留下大量文字，每到一个地方，我都会写两万到五万字左右的旅行笔记。

其实笔记上的内容，就是我一路讲给孩子的内容。要想做到当场讲解，预先还是要做很多功课的。因此，每一次行走对我来说，都是一场知识的饕餮盛宴。同时，我也会要求孩子读相关的书籍，旅行中遇到事情或某一个场景，我们还会互相讨论，而不仅仅是我单方面讲解，孩子们光听。

做父母表面上容易，但实际上没那么容易。等你真的做好了，你又会发现似乎没那么难。看着孩子不断成长，就会感受到做父母的骄傲和快乐。孩子了解世界，需要多方面的维度，从大地风貌，到动植物生命，从人文历史发展，到社会风俗民情，以及宗教学、人类学等多方面的知识，这就对父母提出了很高的要求。有人问，俞老师你能做到吗？我做到了一部分，还不敢说全做到了。现在全国各地开展的知识主题营地和研学教育，包括去博物馆参观、到考古现场考察等研学活动，我觉得都是在帮父母完成这个任务。

我女儿初三的时候，当时才15岁，突然有一天她告诉我，要背着包到非洲去。她不是独自去旅行，而是去参加一个公益组织的活动。这个公益组织计划到非洲农村地区，为当地孩子教一个月英语。我女儿英语比较不错，所以她就报名参加了。我第一反应是坚决不让去，毕竟非洲有的地方还处在战争中，去了人身安全可能都是问题。但在女儿的坚持下，我最后还是想通了，孩子早晚都是要放飞的，晚放飞不如早放飞。她愿意参加公益活动，组织对安全也有保障，我为什么要阻止她？最后，她一个人飞了34个小时，到了非洲的内陆。在传过来的照片上，她抱着几个月都不洗澡的非洲小孩，脸上露出笑容，这是我从没见过的迷人笑容。她感受到了一个新的世界，也感受到了自己的价值。

我儿子现在在上大学，他的室友是个美国黑人。我就觉得特别好，因为可以了解不同的文化和习俗。现在快一年了，两个人相处得很好。两个人的习惯是真不一样，我儿子怕冷，冬天空调要开热风，他室友要开冷风，这就需要互相包容。两个人处在同一空间，要生活在一起，你要做的可不就是互相谅解嘛。

为了孩子的成长，有一件事大家必须要做。那就是要带孩子深入体验生活，而不能蜻蜓点水。比如带孩子去农村，干了一天活，摘了几个西红柿就回来了，这不叫体验，孩子一点感觉都没有。要想让孩子真正了解农村，就得想办法通过各种亲戚朋友联系或是研学机构安排，让孩子在农村至少待上一个月的时间，哪怕是每天不洗脸，不洗澡，至少能让孩子知道农村的生活是怎么样的。当然，这样做，要在确保孩子安全的前提下。一个月甚至两个月的乡村生活，会给孩子带来别样的体验，会给他的成长带来某种不同的感悟。我认为这才叫深度体验生活。相反，乡村孩子如果有机会，也应该到城市或其他地方去看一看。

两三年前，原国家外经贸部副部长龙永图联系我，说要成立一个公益基金。他想要做什么呢？他说自己从小到大都没有看过海，现在中国西南、西北山区的很多孩子，依然没有机会看到海，他希望能够给这些孩子提供一个看海的机会。我说这个公益计划很好。现在这个基金成立了，在他的安排下，每年送成百上千的学生，从山里到海边城市去看海。这些学生不只是到海边走走看看，还要到海边上一星期左右的海洋生物课。这样，不知不觉中就扩展了孩子的视野，开阔了他们的胸怀和想象力，更增加了他们未来走出封闭的大山、走向世界的动力。

我还有一个对家长朋友的建议：应该带孩子参与一些公益活动。比如说跟农村孩子"一对一帮扶"，或是让孩子体验一下照顾孤寡老人，到养老院看看老人们的生活，都算对生命深入的体验。对孩子的成长来说，培养他们的善良和同情心比什么都重要。在孩子心中种下善良的种子，种下同情、理解不同状态的人的种子，孩子一辈子都不会走弯路和邪路。

善良和同情心不是天生的，而在做具体事情的时候产生的。让孩子参与对弱势群体的照顾，是比较容易产生善良和同情心的。我小时候做得最多的事情，就是到村里一些子女都没了的五保户老人家里去干活，帮他们做饭、挑水、洗衣服，老人病了，帮忙送到卫生院去，这都是当年我做过的事情。这些事情很重要，从小就让我养成了愿意去帮助别人的习惯。

之前长沙的雷锋学校，就是雷锋小时候上学的学校，让我给他们录一段弘扬雷锋精神的小视频，我就特别开心地给他们录了，因为我们这代人就是在"向雷锋同志学习"的号召下和践行中长大的。

学会与人相处，是人成长的一部分；拥有帮助别人的善良和同情心，就奠定了孩子一生的立足基础，这是父母们应该关注的事情。最糟糕的父母，莫过于让孩子学会斤斤计较、争风吃醋、争权夺利，让孩子学会为了竞争和名次不顾一切。真正好的父母，一定是让孩子学会和这个世界达成谅解并且帮助他人的。

行走中还需要一个重要能力，就是语言表达能力。没有这个能力，多好的感受和感悟都会付诸东流。有个人看了我写的八千字游记后，心潮澎湃，给我留言说："我也刚刚去了那个地方，读完你的文字后，我发现白去了。你看到的我全看到了，可我怎么就没想到要用文字去描述一下自己的感觉呢？"这背后是什么缘由？这就是表达能力的缺位。一个人行走在世界上，一生遇到各种事情，却没有留下片言只语，这是非常遗憾的事情。

人的生死是不可控制的。生由不得你，死也由不得你，但在生死之间，你的生命历程，在某种意义上是属于你的。在这一过程中，你能够留下什么，是特别重要的，也是人的价值所在。留下，绝不是在短视频平台上天天炫耀自己买的新衣服、吃的一顿好饭，而应该是能给别人生命的丰富性提供一些有借鉴意义的东西，这种表达能力是要从小培养的。

我非常有幸，小时候有三个人直接帮助我达到了今天这样愿意且能够表达的状态。

第一，感谢我的母亲。母亲从小就希望我当个教书先生，我买玩具她就反对，买书她从不反对。我从小就读连环画，从小人书开始，后来读小说和散文，当时能找到的小说和散文很少，但我还是尽可能多读。正因为这个，从小学开始，我的作文一直是全班同学中写得比较好的，常被老师拿出来当范文。

大家都知道，正向反馈机制，对一个人可以产生无穷无尽的激励。老师愿意读我的文章，我就更愿意写好作文，去模仿写得很好的文章，这让我从小养成了愿意写的习惯。这个习惯可以说从小学、中学到大学，到今天都没有停下来过。我每年可以留下60到80万字的文字记录，包括我的日记、游记、读书笔记等等。这个是很累的，我一开始用笔写，后来学会了使用电脑。我打字速度非常快，现在的语音输入，也给我带来了记录上的方便。

第二，非常感谢我初中的政治老师。我读的初中是两年制，当时有一个要求：每天早上正式上课前，要留出半小时来朗读报纸。这事本来应该政治老师负责，但这个老师比较懒，他知道我喜欢读书，就让我每天早上读给同学们听。其实我并不喜欢朗读，因为我的普通话不好，但是家乡人无所谓，只要读就行了。这样我就给全班同学读了整整两年报纸。至于他们听不听，跟我一点关系都没有，反正我必须读。读着读着就发现，我的口头表达能力提高了。尽管后来在北大没有任何机会展示我的表达能力和写作能力，毕竟北大牛人太多了，但读报纸的经历还是给我奠定了一个好的基础。

第三，我在高中时又碰上了一个特别好的英语老师。他跟我说过一句话："当你学会英语，未来有机会走向世界时，你就不需要任何人的帮助。"从语文到英语，其实就是一个语言跨度的问题，对我来说不是一件特别难的事情。当然还得有足够的时间，刚开始我的英语水平几乎为零，第一年和第二年都没有考上大学，英语拖后腿了。到第三年，英语分数上去了，我得以考上大学。

你看，人生如果能遇到一位好老师，是多么重要！今天唯一让我感到遗憾的就是，我数理化都没学好，对我来说，科学依然是一个陌生的领域。这等于我的生命缺少了一半认知，所以每当我看到优秀的科技人员，看到他们的思维方式和创造能力时，我就特别羡慕。人生就是这样，你占了这个，就不能占到那个，全部都能占上的人，毕竟是少数。

不管怎么说，无论是学科技还是学人文，语言表达能力都是必需的。如何培养孩子的语言表达能力呢？虽然我用自己的故事已经说得差不多了，但我还是想给家长们补充一些建议。

从小要让孩子学会朗读。孩子每天读绘本书和故事书时，家长可以安排一段时间和孩子一起高声朗读。朗读是一种表达，这跟阅读是完全不同的概念。当孩子读完故事后，是不是可以让他用自己的话把故事再讲一遍？这就真正进入了表达的状态。如果说一个孩子读完故事的收获是20%，那再讲出来的收获就是80%。在一个教室里，如果只是老师讲，学生听，学生的收获只有17%-20%，如果要求学生再重复一遍，那么学生的收获就会立刻飙升到百分之七八十。作为家长，也应该和孩子做这样的互动表达练习。

还可以给孩子设计主题演讲。不要以为孩子没有表达能力，你给他设计一个主题演讲，告诉他可以随便讲，他讲出来的很多东西往往是特别好玩的。有时是你想不到的一种思考和表达，因为孩子看事情的方式和我们成人是不一样的。

在非竞争的前提下，让孩子进行交流、讨论和争论，也是非常重要的。不要教孩子靠辩论取胜，不要提供这样竞争的状态，而要让孩子平和地参与到表达中去。这种时候，父母和老师与孩子交流时的平等对话，就变得特别重要。一旦进入平等对话，孩子们就没有了恐惧感，他们就会什么都愿说。中国孩子往往有个特点，就是喜欢先揣摩父母、老师喜欢听什么，然后再说话。孩子从小就不按内心真实想法，而是迎合成人的喜好去表达，这个问题说严重一点，就是让孩子从小学会了不真诚的表达。说得再严重一点，孩子长大之后，虚伪的表达就成了习惯，这是很麻烦的。

老师和家长跟孩子进行平和的表达，孩子才敢于发表意见，甚至敢于发脾气。我做家长比较成功的一点，就是在两个孩子面前展示威严的时候，两个孩子都听得进去。在我们平时的交流中，基本都是平等关系，孩子甚至可以对我发脾气，没有问题。

当然，语言表达首先是靠中文，如果连中文都不利索，英语就更加麻烦。我一直主张在不给孩子增加太多负担的前提下，要让他们学一点英语。因为人小时候的记忆力好，从小学英语，自然表达能力就会更强，上小学后、长大后学更复杂的英语，恐惧感就没有了。如果有机会让孩子去全世界行走，用英语跟人进行交流，会更好，这样孩子对当地的风土人情、历史人文就会产生深入了解的好奇心，兴趣、热情和自豪感，也会油然而生。

这就是语言和表达的关系，它们是行走世界最重要的工具。设想一下，如果徐霞客走了那么多地方，却一个字都没留下来，那么今天的人类文化遗产，就会缺失好大一块。现在，无论是对中国还是对全球来说，《徐霞客游记》都是一部研究地理、地质、人文非常重要的资料。这是徐霞客凭一己之力，用自己一生的行走来完成的。

如果我们暂时没法去行走，那就要阅读。读历史文化、人文地理和自然科学。现在这样的读物很多，我之前推荐的新东方跟跟法国拉鲁斯出版社合作出版的《小小博学家》，讲世界上各种各样的百科现象，三岁的孩子就可以读，一直可以读到小学毕业。

除阅读外，还有更好的让孩子直接了解世界的方法，那就是看纪录片。让孩子看各种国内外优秀的动画片之外，很重要的是让孩子看纪录片。很多纪录片都适合孩子看，比如关于海洋、宇宙的纪录片。这些纪录片的画面大多很震撼，我建议不要用手机看，也不要用电脑看，而是全家一起投屏看，或在大电视机上看。这样看纪录片，整个世界和宇宙宏大的画面就会扑面而来。那些摄影师，为了拍一个镜头，经常会在森林里、高山上一蹲一两个月。这些纪录片的镜头是震撼性的，解说也是非常好的。英国BBC的纪录片解说员大卫·艾登堡90多岁了还在原野解说世界奥秘，令人惊叹。

美国国家地理有几百部关于植物、动物、人文、历史、国家的纪录片，家长可以带孩子看看，网上都可以搜到。还有些国产纪录片也不错，20世纪80年代全国老百姓都看的《话说长江》《话说运河》，近些年的纪录片《西南联大》《河西走廊》《丝绸之路》，都是不错的选择。这些纪录片的宏大历史画面、历史纵深感和壮阔感，会给孩子留下深刻的印象。当孩子背完了"大漠孤烟直，长河落日圆"，再看到《河西走廊》里真实的景象时，感觉就完全不一样了。这些宏大的东西，会把世界的一切美好都装到孩子的心灵里。

在带领孩子行走的过程中，应该让孩子学会感受和记录。感受到了什么，观察到了什么，跟同学交往时体会到了什么，都要让孩子记录下来。感受和记录的途径很多，父母可以通过和孩子一起朗读诗歌来感受和记录，比如说读《蜀道难》，一边讲一边可以把地图展开，让孩子去看秦岭和四川之间是什么关系。通过朗读诗歌、散文，让孩子感受文字表达的魅力；然后让孩子用文字描述，记录下自己的日常行为和行走见闻。父母和老师可以帮助孩子去寻找记录的主题，比如让孩子走出教室，去观察一朵花的盛开，一只鸟的飞行，去记录一株植物是怎么开放、生长的，记录昆虫的生命周期，等等。让孩子把自己成长的点点滴滴记录下来，最后就习惯养成自然了。

当孩子到了一定年龄，父母就要让孩子学着独立探索世界，比如安排一场脱离家庭的旅行，安排一场和陌生孩子一起的游学或营地活动，培养孩子独自生活的能力。

我小时候有两个重要的成长经历。一个是母亲送我去外婆家。尽管都在农村，但在我家，还是要受父母的看管和拘束的，而在外婆家住的一个月，成为我生命中最快乐的一个月，下水抓鱼、上山砍柴，整个生命都飞扬起来了。

另一次是母亲带我去上海。当时我大概八九岁，晚上坐着轮船，和鸡鸭猪挤在一起，茫茫大江上，什么都看不到。最后轮船一拐弯，大城市上海赫然展现在我的眼前。这是我第一次看到这么多电灯，万家灯火的景象极大地震撼了我，给我带来了一次生命的冲击。那时我住在上海阿姨家，每天都会独自出去。有一次，我独自坐上公共汽车，到了外滩，逛了半天。家里人还以为我走丢了，那个时候我探索世界的本领就已经初露头角了。

时至今日，我的孩子想要独自去一个地方，我一般都会答应。因为我知道，让孩子孤身立于这世界上，他们的成长速度会更快。世界是一片潜藏着危险的森林，一个没在其中生活过的人，突然被置于其中，除了迷失，还可能被别的动物吃掉。但如果不进入森林，就永远不会认识这个世界，所以不如让孩子尽早地去闯荡世界，越早去探索，孩子未来的生存能力就越强，将来热爱世界这片森林的可能性也就越大。

在那神秘又厚重的土地

——漠河之行

我到漠河来，是一顿饭引起的。一次和几个朋友聚会，大家喝高兴了，说一起出去玩几天。其中一位在漠河有朋友，说去漠河吧。夏天的漠河很美丽，而且位于中国最北端，去看看还有点意义。于是大家当场约好了这次漠河之行。

我当时乘着酒兴，就答应了。后来又碰上了不少事情，好几次差点把行程给冲了。但想着已经答应了，要是说不去，大家就都去不了，挺扫兴的。我不想做个扫兴的人，所以还是把其他事情推了，终于促成了这次行程。

初到漠河

到了出发日，众人一起启程。因为疫情期间航班减少，北京没有了直飞漠河的飞机，所以要从哈尔滨转机去漠河。在哈尔滨机场一待就是两个多小时，到漠河时已经下午1点多。全程折腾了7个小时，但我并不觉得累，因为一路我都在看书写东西。

从哈尔滨到漠河的航线上，一路看下去眼里都是连绵不绝的绿意，河流和湖泊点缀其间，一片万物生长、生机勃勃的景象。飞机下面就是大兴安岭，那无尽绿色的所在，是东北人民生生不息的地方。机翼下面，是飘浮的朵朵白云，像美丽的棉絮，向天边飘散开去。云朵上面，是深蓝的天空，下面，是青绿的土地。蓝色、白色和绿色的组合，美到心醉。

飞机降落的时候，我看到了阿木尔河的九曲十八弯。我在书中看到过描述，那是一个景点。俯瞰视野下的阿木尔河，在绿树丛中弯曲得如此优雅美丽，犹如飞天的裙带飘舞。还没有踏上漠河的土地，这里的景色就已经把我迷醉。

据漠河市官网介绍：漠河是国内无污染的天然净土之一，是国家生态安全重要保障区、黑龙江省生态功能保护区；全年优良空气天数达350天以上，空气中每立方厘米负氧离子达5万个，PM2.5年均值为10微克以下；是国内唯一能够观测北极光，体验极昼和极夜的地方。如此得天独厚，真是一方净土。

一下飞机，我就感觉到了空气的清新。那是一尘不染的透明，阳光照在身上，晒得发疼。白云的白，蓝天的蓝，山峦起伏的绿，近在眼前。在这里不需要寻找观景点，因为你站在任何一个点，看到的都可能是最佳景致。

北极村

大家来漠河，主要就是来看北极村，很少有人会住到漠河城里去。北极村距漠河市区70余公里，这段路程，两旁都是绿树青松。黄色、粉红的野花，在道路两边蓬勃生长。这里的土地如此辽阔，一踩油门通常就是上百公里的路程。

北极村，是漠河最大的景点，5A级风景区。当然现在已经不是村庄，而是一个巨大的景区了。北极村原来就叫"漠河村"，它确实是中国最北的村庄。中国的最北点其实不在北极村，而是在北极村东边几十公里的黑龙江航道中心线上，又叫"乌苏里浅滩"，但那个地方没有村庄。乌苏里浅滩东边不远处，就是黑龙江大拐弯，连续三个"U"形弯连在一起，形成了很壮观的景象。大拐弯两侧，一边是中国，一边是俄罗斯。

进入北极村景区需要买票。在景区里，需要坐车才能从一个点到达另外一个点，自己的车也可以开进景区。景区的核心是黑龙江边的北极小镇。小镇自旅游开发以来，曾经很辉煌，但现在已显得有点冷清。今年受疫情影响，就更加萧条。游客数量少，很多设施就荒废掉了。原野上散落着各种度假村和别墅，看上去很寥落，基本上没什么生意；有的杂草丛生，墙皮脱落，看上去无人管理。很明显，这个地方被过度开发了。

我终于看到了黑龙江。大江大河总能激起我内心的某种波澜，黑龙江更是如此。这条曾经是中国第三大内河的大江，自从1858年中俄签订《瑷珲条约》后，江北土地就被割让给了俄国，黑龙江从此成为中俄两国大部分地区的边界。20世纪90年代初，中俄两国最终同意将黑龙江和乌苏里江的主航道中心线作为两国的国界。

1900年八国联军侵华期间，俄国人开始着手把境内的中国人清理掉。他们把中国人强行赶过江来，不管江水是否寒冷都要下江，冻死淹死的人不计其数，如果不下江就会被打死。他们宁可把土地让给野兽，也不愿让中国人继续生活在祖祖辈辈繁衍生息的土地上。随着时间的推移，中国曾经和苏联有过一段友好的日子，这段痛苦的回忆就被淡忘了。但历史终究是抹不掉的，它在人类的记忆深处，适当的时候就会发出回响。

黑龙江的上游是额尔古纳河，也是中俄的界河。额尔古纳河本为中国的内河，1689年清政府与沙俄签订《尼布楚条约》，将额尔古纳河以西划归了沙俄，从此额尔古纳河成为中俄两国的界河。作家迟子建写过一本书《额尔古纳河右岸》，之所以叫"右岸"，就因为左岸已不再属于中国。右岸是大兴安岭的原始森林，是书中的鄂温克族生活的地方。

我没有想到黑龙江的水是如此清澈，尽管有一点点发黑（这是由河中富含的腐殖质导致的），但整体上是我见过的大江中最清澈的一条。这说明黑龙江沿岸的水土流失不是很严重。长江、黄河、珠江、钱塘江等，基本上都是混浊的水流了，雨季尤甚。此时的东北也是雨季，但黑龙江的水却是清的，我甚至用手捧起来喝了一口。

此后的两天里，我常常在黑龙江边踟蹰徘徊，对这条江有一种不舍。阳光下，我在江边散步；月光下，我在江边伫立；酒后，我在江边引吭高歌；雨中，我在江边打伞听雨；在清晨的雾霭中，我沿着江边走向小镇的早市。面对这昼夜不息奔腾流淌的江水，我想象不出冬天整个江流被冰冻之后，会是怎样的一种天荒地老的寂静。据说，黑龙江冰封后，坦克可以从上面隆隆开过。老百姓可以坐着雪爬犁，在江上来来往往走亲戚。此岸的中国人，和彼岸的俄国人，也常常互相来往，有各种交流。

我第一眼见到这条江，就喜欢上了它，也许是因为宽阔清澈的江流，也许是因为两岸的青山，还有青山上那高洁的白云和天空。每次看到对面的青山风景，内心总会有一点隐隐作痛。一条国界彻底分开了两边，那本来是一衣带水的兄弟。但江水不可分，两岸的青山也不可分，它们是一个整体，是同一个生命。那些在江上飞舞的沙鸥和鹰隼，才是真正自由的灵魂。它们不需要考虑这边是中国，那边是俄国，它们可以自由自在地从此岸飞到彼岸，又从彼岸飞回此岸。在它们眼里，两岸是一体的，是和它们一样有共同生命的存在。

对岸只有一两个俄罗斯小村庄，估计住的人也不是很多。从望远镜里看过去，那边的房子大部分都是木板房，有的人家也有汽车，但大部分人家看来都过着普通的生活。他们坚守在这片土地上，背靠辽阔的西伯利亚，离最近的城市可能也要上千公里。不知道他们定居在这里，是自愿？还是国家强制的迁徙？在他们心里，这片土地显然已经属于他们所有，待得心安理得。树丛中俄罗斯的哨所和这边中国的哨所遥相呼应，都在守卫着自己的家园。

江里的鱼类资源丰富，江这边的中国老百姓，有不少就是世代打鱼为生的。黑龙江里的鱼都是冷水鱼，肉质细腻柔嫩，非常好吃。我在这里吃到的鲤鱼、细鳞鱼，还有各种小鱼，都比南方江河产的鱼更加鲜美，几乎入口即化。那油炸小鱼，香脆松软，是下酒的绝配。由于这边旅游业的发展，用鱼量增加，鱼价升高，渔民打鱼的积极性也空前高涨。

中俄有共同的规定，渔民打鱼不能越过河道中间线。有的渔民会铤而走险，结果就会被对面抓起来，可能要被关半年以上。据说俄罗斯人对规矩就遵守得更好，很少有越界的行为。不过他们也很少抓鱼，似乎对吃鱼不感兴趣。鱼好像也有灵性，因为在这边总被抓，所以更多的鱼会生活在俄罗斯水域那边。

另外，对岸的野生动物也比这边多。这边很多土地都被开发了，原始森林也被砍伐殆尽，动物生存的地盘就不大了。毕竟，它们更喜欢那边无人干扰的天地。据说，每年冬天都会有东北虎从对岸过来，在江水解冻前再回去。

我起得早，一个人沿着江边信步去逛早市。没想到这么北的地方居然有早市，都是当地老百姓在卖东西。主要是卖各种鱼，大多是从江里捞上来的。除了鱼，还有各种蔬菜和水果，也是自家种的，数量不多，大量批发的情况好像没有。来买东西的人，更多的是本地人，也有饭店和宾馆来采购的。外地游客不多，三三两两，会随兴买一点东西。据说原来的早市很热闹，如今因为疫情，游客少了，清静了很多，村民收入也受到不少影响。

早市周围，是一些相对老旧的房子，老村庄的风貌算是做了一点保留吧。其中有一家供销社，能看出是20世纪70年代的房子，柜台都是当时留下的，上面的招贴海报，还保持着当时的色彩。店里是一对中年夫妻在经营，东西大多是卖给村民的日常用品。因为有了年头，这里成为游客愿意光顾的地方之一。

洛古河村

第二天，我们开车到了洛古河村。那是黑龙江上游的一个村庄，从北极村开车过去要100公里左右，是黑龙江和额尔古纳河相接点所在地。这个村庄的房屋，比北极村的更加古老和破败。北极村的大部分房子，都已经被改建成现代化的房子，木头房子或木板屋顶的房子，已经极少了。洛古河村大部分都是木板房，当地俗称"板夹泥"，即里面是泥墙，外层用木板围一圈，屋顶也都是用木板铺设的。这是东北人的传统建筑。这里的房子之所以没有被改建，一是此地旅游开发比北极村晚，来游玩的人少，村民没那么富裕；二是当地政府意识到了旧房子的旅游价值，现在不让老百姓随便拆了。这倒给了我一个机会，能够看到东北山里人的原始村庄大概是怎样的。村头广场上竖着一块石头，上面写着大大的"源"字，表明这里是黑龙江的"源头"。

这里往上游大概8公里的地方，额尔古纳河和俄罗斯的石勒喀河汇合，黑龙江的名称就从这里开始。不过黑龙江在俄国叫阿穆尔河，阿穆尔也是"黑色"的意思。石勒喀河也是一条很长的河，和额尔古纳河一起，像黑龙江伸出去的两只手，往上游绕了半圈，都到了发源地蒙古高原。《尼布楚条约》签订之前，这两条河都属于中国。尼布楚，就是石勒喀河中游的一个地名。现在，石勒喀河全部属于俄罗斯，而另外三条河，从额尔古纳河到黑龙江再到乌苏里江，把内蒙古的上半部和整个黑龙江省的北部和东部围了一圈，成了中国和俄国的界河。

我们坐船沿着中国一侧的江流向上航行。水流湍急，船上行速度比较慢。两岸风景优美，船行其间，如在画中。这一江段，两边都是长满了绿树的山峦，景色比北极村那边更加原始和宁静。中国这边，已经进行了旅游开发，有度假村耸立江边；俄国那边，依然保持着古朴的田园风光，绿树丛中掩映着几座房子，江边沙滩上有几头牛在悠闲地喝水吃草。江上水流湍急，但江面看上去很平静，天上的白云倒映在江水中，给人以"江天一色无纤尘"的感觉。继续上行，中国这边的山峦也逐渐没有了人迹，两岸江山相对出，满眼都是天荒地老的壮美。5公里的逆水航行，用了一个多小时的时间，沿途刚好供我们饱览两岸风景。

最后，我们的船停在额尔古纳河和石勒喀河快要汇流的地方，这个地方被叫作"黑龙江的源头"。其实额尔古纳河和黑龙江是同一条河，只不过上下游叫了不同的名称。我很想让船长继续往前开一下，进入额尔古纳河看一看，但也觉得这样的要求有点过分，到了嘴边没有说出来。沿着河流继续往上走，就进入了草原地带，到了著名的呼伦贝尔大草原。在草原游牧民族的心中，额尔古纳河是十分重要的一条河流，为草原大地提供源源不断的水的滋养，它的众多支流，像一根根血脉，把草原和人民紧紧相连。大家如果听过《呼伦贝尔大草原》这首歌，就一定会记住中间的歌词："我的心爱在河湾，额尔古纳河穿过那大草原，草原母亲我爱你，深深的河水深深的祝愿。"

夏天的大兴安岭，天气说变就变。刚才还是蓝天白云，转眼就乌云堆积，黑云压城，闪电直击江面，雷声隆隆滚来。远方迷雾一片，把山川颜色骤然掩盖。我们船赶忙掉头，顺流而下，上行一小时的行程，回来只用了15分钟。在我们下船的瞬间，大暴雨如期而至，几乎把每个人都淋成了落汤鸡。这里的雨干净到透明，干净到雨打在身上，除了清新的凉意，没有一点污染的痕迹。抬起头，你可以让雨水尽情地脸上流淌，你可以张开嘴，让沁甜的雨水滋润干渴的嗓子，这是一种和大自然共生的和谐，一种融入天地的滋养。

观音山

在漠河，有座观音山，位于从北极村到洛古河村的路上30公里处。这里原本是自清朝以来的淘金矿场。现在淘金已被严厉禁止了，因为对生态的破坏太严重，国家对矿藏也加大了保护。漠河相关部门去海南，把一尊南海观音给请了回来，让观音来镇守祖国的北部边关，保佑人民幸福安康。这座观音像和耸立在天涯海角大海上的南海观音像，是一模一样的，也是个三面观音像，只不过比例上小了很多。这里的观音像大概只有10米高，而海南岛的那座高达100米。他们把观音像竖在一座山上，同时修了一座观音庙，成了漠河的一个景点。

到观音山来，最重要的可不是看观音。观音山旁边，就是著名的老沟金矿遗址。这个地方也叫"胭脂沟"。据说当年这里产出的黄金被献到了慈禧太后面前，她心怀喜悦地说，以后有钱买胭脂了，所以这里就改名叫"胭脂沟"。太后看到金子，想到的不是富国强兵，而是买胭脂，大清朝不衰亡，简直就没有天理了。

当初这里发现金矿之后，很多俄国人越境过来偷挖。清政府知道后，决定对这里进行管辖，于是派了李金镛过来。李金镛是江苏无锡人，算是我老乡了。当初在条件那么艰苦的情况下，一个南方人来到了渺无人踪、野兽遍地、寒冷彻骨的中国最北方，不知道他是如何适应这里的环境的。来了之后，他就再也没有离开过，几年之后，他病逝在了这里。现在这里建有李金镛祠堂，算是对他保卫祖国边陲平安、开发金矿的一种纪念吧。

李金镛在这里管理淘金活动、引入商贸、遏制俄国人的侵扰，最终在漠河形成了人气，奠定了漠河发展的基础。金矿最热闹的时候，据说有几万人在这里作业，把一条沟弄了个天翻地覆。新中国成立前，这里有很长一段时间的民间乱采，对环境的破坏相当严重。新中国成立后，国家接管了这个地方，继续采金，一直到20世纪末。后来为了保护环境，当地政府停止采矿，对矿区进行了严格保护。现在金矿遗址周围，还散落着当时金矿的平房建筑，年久失修，破败不堪，成为了历史遗迹。据说不远处还有清朝妓女墓。当时的妓女，据说有上千人。有国内的，也有从俄国来的，很多都没能再回到家乡，在贫病交加中长眠于此。

大兴安岭

除了淘金的故事，这片土地亘古以来就一直以原始的姿态存在着。大兴安岭上的每棵树，几乎都有千百年的寿命，各种野兽在原始森林里游荡，过着亿万年来一成不变的生活。人类的生活，直到新中国成立前都还不多。鄂温克、鄂伦春等少数民族，会根据季节的不同在森林中游荡。少数定居的人，也过着近乎茹毛饮血的生活。

新中国成立后，祖国大开发开始，东北成了祖国所需要的资源的集中供应地，就像母亲源源不断用乳汁来喂养孩子，东北的资源也把新中国喂养长大。大兴安岭建起了无数的林场，"叮叮当当"砍伐了几十年，最终把所有的原始森林像剃头一样都给剃光了。我们一路开车从漠河到加格达奇，再到齐齐哈尔，横穿了整个大兴安岭地区，几乎再也没有看到像样的树木。现在长在绵延不断的山丘上的树木，树龄最老的可能也就几十年，大部分都是十几年。整个森林，远看郁郁葱葱，近看小树居多。这还是十几年来保护森林、严禁砍伐带来的成果。森林的生态，要真正恢复，可能需要上百年的时间。

大兴安岭的树种，以樟子松和落叶松为主，树干要长到直径50厘米之上，一般要200年以上。曾经的伐木工人告诉我，原来在大兴安岭，两人根本就抱不过来的树比比皆是。有些树，要六七人才能抱拢过来。希望百年以后，我们的子孙后代，能够真正看到和原来一样的大兴安岭原始森林。人类要和自然共存，首先要敬畏自然，不能向自然索要太多。自然其实不需要人类，但是人类需要自然。

漠河之旅结束的时候，我们到了大庆，参观了王进喜纪念馆。王进喜的"铁人精神"，激励了一代又一代人，为祖国的建设和发展而奋力拼搏。大庆石油大会战，解决了中国特殊时期的困难，为中国走向现代化奠定了基础。今天的中国，除了要保留"铁人精神"外，更加需要用理性和长远的目光，来对待和设计祖国的长远发展。世世代代的永续繁荣、文化昌盛、国泰民安、尊重自然，才是我们要取的正道。在这一正道上，我们可以时时用"铁人精神"，鼓励自己奋发向前。

人间乐事，俯仰之间，已为陈迹
——雨中漫行永定河

　　永定河发源于山西朔州山区和内蒙古高原，经过上游的桑干河和洋河，在北京延庆地区汇入妫水河，然后开山辟路、砥崖转石，沿着永定河大峡谷奔流而下，从门头沟流入平原开阔地带，一路前进，途经河北大地，在天津附近汇入海河，奔腾入海。

　　永定河是北京的母亲河。在太行山和燕山的怀抱中，北京所在的这片平原被称为"北京湾"。可以说，今天我们脚下的这片北京的土地，就是永定河从上游带来的泥沙沉积而成的。在洪水季节，滔滔河水夹带着巨量泥沙，呼啸而至，离开山口后，水势变缓，四处漫溢，泥沙就沉积在了今天北京城的所在地，逐渐形成平原。

　　在古代，永定河被叫作"无定河"，就是说它的河道是飘忽不定的。唐代诗人陈陶有诗云："可怜无定河边骨，犹是春闺梦里人。"不过陈陶诗里的"无定河"，是陕北的无定河，不是这条永定河。永定河进入北京的河道，千万年来改变了无数次，从北到南扫荡了一遍。今天北京的什刹海、北海、中南海、莲花池等，据说都是永定河古河道留下来的遗迹。康熙年间，水患严重，康熙派直隶巡抚于成龙治理永定河，把永定河左堤修筑得固若金汤，永定河的河道才算基本固定下来。"永定河"就是康熙给这条河钦定的名称。

北京古人类的来源，也和永定河有关。河北阳原县发现的泥河湾遗址，就在桑干河边上，近两百万年前就有人类居住。然后可能有一批古人类，顺着桑干河而下，穿过永定河谷，就到了今天周口店北京猿人的所在地。

春秋战国时期，燕国吞并蓟国，建都于蓟，大概就在今房山一带的永定河沿岸。从辽代开始，北京成了辽代的陪都，后来金代建了中都，元代建了大都，明朝也迁都到北京，清朝定鼎在北京。北京作为都城的时间前后长达一千年。可以说是靠着永定河水的养育，北京城才繁荣兴旺。永定河一方面经常用洪水摧残这座城市，一方面也让这座城市因为水的滋润而千年繁华。

探索永定河，一直是我长久的心愿。这次趁着星期六有空，我约上两个拍摄人员，准备用一天的时间，沿着永定河走一趟。大概的路线是从桑干河和洋河的交汇处开始，这里被认为是永定河开始的地方，然后经官厅水库，进入永定河大峡谷，也叫幽州大峡谷，出群山到达门头沟区，再前行到达卢沟桥为止。永定河最美的景致也在这一路。通过文字，我带大家游一趟永定河。

土木堡与卧牛山

早上7点半出发的时候，天在下雨。我稍微犹豫了一下，但又觉得雨中漫步可能别有一番风景，决定出发。我们沿着京藏高速前行。今天星期六，尽管下雨，出城游玩的车辆也不少，居然在高速上堵车了。我们随着车流，过居庸关，山色空蒙，雨雾朦胧，居庸关关城在烟雨之中略显冥迷。一路重峦叠嶂，遥看八达岭长城。随后，高速路进入官厅水库地带。横跨官厅水库的大桥，公路桥和铁路桥并行，高铁列车从铁路桥上呼啸而过。当今社会，人们快节奏的匆忙和内心对慢生活的渴望，形成了强烈对照。大家在周末呼朋唤友到郊区游玩，也是为了缓解一星期所积压的紧张。我们到达官厅休息区，发现到处都停满了从北京过来的汽车。

今天要去的第一站，是土木之变的现场。1449年，明英宗朱祁镇率军亲征，和蒙古的瓦剌部进行决战。明军出居庸关，过怀来城，在土木堡这个地方，被瓦剌骑兵包围。由于明英宗轻敌，也由于太监王振不懂军事乱指挥，导致明军溃败，明英宗被瓦剌头目也先俘虏。这一事变几乎改变了明朝的历史走向。

我们驱车到达被认为是土木之变的现场，相关部门也在这里建了一座牌楼，上书"明代土木之变遗址"。里面是杂草丛生的乱丘山岗，种了一些果树，其他什么也没有。你只能站在渺无人踪的土地上，想象当年兵败如山倒的悲惨景象，十几万士兵牺牲在这里。不过，这次不是来考察这段历史的，所以我在这个地方看了一眼，就离开了。

下一站，我们要去的是官厅水库边上的卧牛山。这个地方就和永定河有关了。卧牛山下，淹没在水库里的，是怀来古城。怀来城从唐朝就开始建了，后来几废几建，到明代，已经成为很有气势的一座边城。整个古城四面被高山包围，景色壮美，所谓"东郊雨霁、西岩月落、南山叠翠、北岭凌云"。1951年，中央政府决定修建官厅水库，怀来城迁址到了今天的所在地沙城镇，一代名城从此沉没于水下。

卧牛山当初是古城的一部分，今天山顶还留着怀来城的断壁残垣，我们要去寻找的，就是这一历史遗迹。去卧牛山的路上，雨越下越大。尽管被标明为景区，但道路越来越荒凉。在导航软件的指引下，我们终于到了卧牛山脚下，看到了沿山势而上的城墙遗迹。由于下雨，不好爬山上去，只能远远拍摄几个镜头完事。

官厅水库

我们又顺着小路颠簸向前，经过一处影视基地，好像主题是拍摄抗日剧的，墙上还留有"抗战到底"等字样。随后，烟波浩渺的官厅水库豁然出现在眼前。如今北京雨水充沛，水库水位升高，显得浩浩汤汤、气象万千。水面有水鸟游弋，空中有鸥鹭飞翔，一片水乡泽国的美景。

新中国成立后，为了根治永定河的水患，中央决定修建官厅水库。这是当时北京修建的三大水库之一，另外两个是密云水库和十三陵水库。官厅水库自1951年开始修建，经过两年半的艰苦奋斗，1954年竣工。官厅水库的规划，被认为是一举三得的，一是控制洪水，二可以发电，三还可以为北京提供饮用水并灌溉土地。某种意义上，这三点都实现了，但也带来了一些新问题。

由于后来官厅水库水量不足，几乎停止了放水，直接导致从门头沟开始的永定河河道干涸，河道的土地沙化严重，北京地下水位也急剧下降。到了20世纪80年代，官厅水库水质污染严重，不再能作为饮用水使用。北京需要水，但永定河的上游也建设了很多水库。一条完整的河流，被分割得七零八落。各个地方的用水量不断增加，只能眼看着官厅水库的水越来越少。

2019年，国家通过专门的工程，从山西黄河上的万家寨水库，把黄河水引入了桑干河。黄河水从桑干河流入官厅水库，官厅水库终于有了足够的水供开闸放水。干涸了近40年的永定河下游，两岸终于又变得杨柳青青，水波潋滟。这件事也算是"人定胜天"的一种阐释。这两年，北方地区雨水开始多起来，都也起到了对官厅水库和永定河补水的作用。

从卧牛山离开，我们奔赴桑干河和洋河交汇处，这里被认为是永定河开始的地方。交汇处的所在地，是一个叫"夹河村"的村庄，顾名思义，就是两条河相夹的地方。我本以为是个荒芜的小村庄，没想到一路进去，都是无穷无尽的葡萄园。原来，这里是长城葡萄酒的葡萄产地之一。沿河两岸的沙地，特别适合葡萄生长，所以家家户户都种葡萄，屋舍俨然，一派世外桃源景象。村中竖有"永定河源"的石碑。我们沿着乡间道路走到河边。这里的河边，应该是三支水流共同的河岸，河床极其宽阔，几乎看不到对岸。但河床中不是滔滔河水，而是老百姓种植的各种农作物。由此可见，大河已干涸日久。

今天在雨中来看两河汇流，别有一番味道。这里允许航拍，我们冒雨让无人机起飞，从空中看整个区域的全貌。洋河从西北方流过来，由于沿途雨水不多，断断续续；桑干河水可能由于雨水较多，混浊翻滚着奔流而下，但水面并不宽阔。今天可以从岸边看到两河汇流的情景，已属难得，因为如果上游不放水，或者没下雨，我们看到的就只有干涸的河道了。从这里开始的永定河，东行十几公里后，流入烟波浩渺的官厅水库。

看完汇流处，我们决定到官厅水库边上的农家饭店去吃饭。我知道在官厅镇旁边靠近水库的山坡上，有一些农家乐，专门做以鱼为主的饭菜，新鲜可口。我搜了一下大众点评，发现有一家靠近水库大坝的"森林饭店"，评价比较高，就带着团队一起过去。到了以后发现，饭店挺大，湖边两层楼，专门做大锅炖鱼，食客熙熙攘攘，络绎不绝。饭店面对水库的青山绿水，让人顿感胸襟开阔，心旷神怡。我们坐在一锅台周围，要了一锅鱼，我亲自添柴加火。随着热气的升起，一锅鱼熬成了令人垂涎欲滴的美味。这是这次考察的意外收获。

饭后，我们再次出发，前行不远就到了水库大坝。1954年大坝的完工，意味着官厅水库正式建成。以今天的工程能力，这座大坝很容易建成，但在当时，中国可是用尽了移山的心力的。中央领导毛泽东、周恩来等同志，都来视察过，并亲自参加过劳动。从空中俯瞰整个大坝和库区，雄伟壮观，天然的美景浑然天成。可惜的是，大坝属于禁行区域，不让我们上去。即便执勤的年轻人把我认出来了，也没有让我们上大坝拍摄。

幽州峡谷

从大坝离开，汽车驶入了幽州古道。从古道上可以看到大坝的另一面，高俊雄伟。赶上水闸放水，飞瀑激流直下。幽州古道，在古代是行人来往北京和山西、蒙古的山道，紧贴着永定河谷的两岸前行。两岸都是绝壁，几乎没有宽阔地带。今天可以开汽车的道路，也是沿着绝壁修建出来的，很多地方在山里打洞，形成挂壁道路，只能容下一辆车通行。如果迎面有车过来，必须先倒车，找宽阔处避让。现在已有太多的宽阔道路通向北京，所以这条道路就一直保持了古朴的原始状态，成了少数寻幽访古之人的专用道。

道路下临深谷、背倚绝壁，一直沿着永定河峡谷往前蜿蜒延伸。有时道路高出平地，有时又和水面平行，景色绝佳。但在车中看风景，心惊胆战，手脚发软。河谷下面，清澈的永定河缓缓而流，水声潺潺，清潭激流，时隐时现。远处高山，云飞雾绕，重峦叠嶂，犹如仙境一般。从峡谷入口到达门头沟出口，大概有100公里的距离，沿着山路，九曲十八弯。我们从下午1点半出发，山路崎岖，走走停停，一直走到了6点半。

除了山间的小公路，永定河大峡谷最吸引人的景色，就是丰沙铁路线。丰沙线是连接北京丰台和河北沙城的铁路线，全长100多公里，建于1952—1955年。当初詹天佑规划京张铁路时，首先考虑的是沿着永定河走，但由于工程浩大放弃了。新中国成立后，国家决定建设丰沙线，打通去往山西和内蒙古的第二条铁路通道。从此，丰沙线成了晋煤外运的主要通道，也成为客运通道之一。今天你在山谷中行走，可以不断看到铁路线蜿蜒穿行于高山深谷之中，依山傍水，迂回曲折，隧道密集，桥梁众多。货车"隆隆"行驶，绿皮客车缓缓而行，一下子把人带回到了过去的年代。

铁路沿线，有几座古老的车站。20世纪六七十年代，北京人常常坐火车到山里玩，这些车站成了他们一生的记忆。其中尤其有名的，是珠窝站。这一车站距北京55公里，所以又叫"55公里站"。车站旁边，就是永定河山谷中美丽的珠窝水库，又叫"珍珠湖"。在群峰耸立的怀抱中，延伸9公里的珍珠湖，真的如大山中的一串珍珠，遗世独立，幽静优雅。当时北京的年轻人，周末常常坐火车到珍珠湖玩，叙友情，谈恋爱，朝而往，暮而归，成为一代人的记忆。

珍珠湖可以从上游抵达，也可以从下游抵达。我们从上游到达珍珠湖口，此时暴雨如注，景区门口写着"因故关闭"。我们只能在景区外面的永定河大桥上，在暴雨中欣赏一下河水奔流的景致。由于珍珠湖两边没有沿河道路可走，我们只能偏离河边，在雨中沿着另外一条公路（斋幽路），接上京拉路，一直到达永定河和清水河汇流处的雁翅镇。到了雁翅镇，我们再逆永定河而上，上行十几公里，就到达了珍珠湖的南入口。

南入口是珍珠湖大坝的所在地，也是上面提到的珠窝火车站所在地。我们到达景区门口，标牌也显示景区关闭不让入内。我们看大门开着，也没有人，就步行进去，一直走到了离大坝不远的地方。周围山色苍茫，山峦青翠，雨雾升腾。又看到一条好像很久没有人走的台阶路，引到山上。我们拾级而上，到达了往山上湖区方向走的道路。终于看到了珍珠湖的一角，碧水荡漾，犹如深山美人。

这时候下起了大雨，我们也没有带雨伞，在暴雨中一路奔跑下山，被淋得像落汤鸡一样，衣鞋尽湿。但因为看到了珍珠湖，内心倍感愉悦。回头我们开始找珠窝火车站，找了半天，曲里拐弯，终于在一山坡上找到，看到了几乎被废弃掉的古旧车站、站台、站牌。轨道上停着一列装满了集装箱的列车，可能是临时停车在这里。想当初，每到周末，这里都是欢欣鼓舞的年轻人，青春洋溢，歌声回响，真是世间万事，转眼之间，烟消云散。曾经的年轻人，今天也应该七老八十了。人间乐事，俯仰之间，已为陈迹。

沿永定河大峡谷，还有一些古村落。先人们不知几世几年开始定居在这样的大山里，主要原因应该是为了躲避战乱，寻找生路。可能有从上游往下走的，也有从北京城往上走的。山里土地稀少贫瘠，收成勉强糊口，生活艰辛，绝对不是山外人想象中良田美池、桑竹之属那般的世外桃源。从"旧庄窝、珠窝"等名称就可以看出来，大家勉强窝着就好。

其中有个村庄，叫"幽州村"。北京曾经叫"幽州"，估计这个村里的祖先，也是从北京来的，保留了"幽州"这个名称。这一名称，很容易引发思古之幽情，比如想起陈子昂的诗《登幽州台歌》："前不见古人，后不见来者。念天地之悠悠，独怆然而涕下！"当然，彼幽州非此幽州。这里的幽州村，千年来就是一个封闭的小村落。我们看到这个村庄时，村庄在河的那边，我们在河的这边，由于时间关系，我们没有过去，只是隔岸看了一眼。

从珍珠湖出来，我们回到永定河和清水河汇流的地方。清水河发源于北京西部的灵山和百花山，一路自西向东注入永定河。由于上游有斋堂水库，平时也没什么河水，但今天山区一直在下雨，所以一股河水奔流而下。我们步行到达两河交汇处，河水漫上路面，水流汹涌，我只能在水流中跳跃跋涉。这里的永定河是清的，清水河反而是浑的，两河交汇，形成新的水流，继续潺潺向前。在水乡出生、江边长大的我，每看到河水奔流，都有一种内心的涌动。

和清水河汇合后，永定河一路向东，奔出群山，奔向北京。从雁翅镇开始到门头沟市区的几十公里，永定河一直和京拉路相伴而行。京拉路沿着永定河谷一起蜿蜒。京拉路，就是109国道，从北京向西，一路经过大同、鄂尔多斯、银川、兰州、西宁、那曲，最终到达拉萨，全长3900多公里。每次想象着在这样的道路上一路前行，一路风景，内心就开始激动。

今天，老天一直在断断续续下雨。由于雨水充沛，下游的永定河，水量也逐渐变大，潺潺流水相伴我们前行。北京的山峦一直比较干旱，尽管这些年植被保护很好了，漫山遍野已经郁郁葱葱，但泉水淙淙的情况还是很少见。今天我们有幸看到了远山近岭的大小瀑布，也算是意外收获，令人心情舒畅。

其实在古代，整个北京西部的崇山峻岭，都被原始森林覆盖，古木参天。元代定都于北京，于是，"大都出，西山兀"，西山的千万棵树木被一扫而空。据说光是修建白塔寺，就用掉了几万多棵树。后来又由于明清两代冬天的木炭，都是由西山百姓提供，百姓不断砍伐山林，西山遂成为秃山，导致了严重的水土流失。永定河便如脱缰野马，横冲直撞，无数次冲垮北京城。

三家店

我们一路沿着京拉路前行，本来还想考察两个景点：京西十八潭，结果景点关门；然后又前行到落坡岭，想看看落坡岭火车站，结果不得其门而入。这个火车站是北京山区最早的火车站，是日本鬼子占领北京期间，为了侵略中国在1939年修建的，算是西山里面最早的火车站了。

从落坡岭继续往前，过妙峰山镇，就到了永定河最开阔的河面。从这里开始，永定河自北向南，一路前行，经过卢沟桥，进入河北，过廊坊，入海河，最终进入渤海。我们到达门头沟永定河边，已经傍晚7点钟，看来今天是没法完成到卢沟桥的行程了。我决定修改行程，把三家店村作为今天行程的结束。

三家店，一个村庄，为什么那么重要呢？大家来听听网上的介绍："三家店村，地处京西古道的永定河渡口，是连接京城和西山的京西门户，因地理位置的特殊性，有数条古道交汇于三家店。明清以来，三家店是本地最主要的货物集散地，村内店铺林立。村中现存文物古迹众多，雍正皇帝的次女怀格公主的墓就坐落在村东。天利煤厂、龙王庙、白衣观音庵、二郎庙、关帝庙铁锚寺和山西会馆等，都是村内保留完好的建筑。"

听完这个就明白，三家店，曾经是明清两代最重要的北京和西部的连接点。其实早在明清之前，三家店这个渡口就存在。西山的煤炭、物资，还有山西、内蒙古来的商贾，基本上都要从三家店这个地方渡河。三家店也就发展成了一个大的物资集散地。最繁盛的时候，一天就有千匹骆驼，万人聚集。所以，考察永定河历史，这个地方不能不去。

我本以为，随着历史的退潮，渡口的衰退，三家店应该没有几栋房子了，而且整个村庄已被城市包围，应该很不起眼。结果进入三家店村的主街道——菜家府路，我发现街道绵长，人流如潮。这些人群，好像不是游客，都是住在里面的居民。两边房屋都是平房，新旧交替，有鳞次栉比的感觉。各种商铺，感觉也很兴旺，颇有古风。整个主街道，前后长达1000多米，可以想见当年的繁荣。政府重新整修了路面，花岗岩路面显得很新。听说政府正在打算把这里变成步行街。现在老百姓的汽车都停在路边上，不知道变成步行街，老百姓愿不愿意。不过现在整个街道，确实显得凌乱，参差不齐，新旧混杂。但你如果静心走过，马上便能发现，黄昏中老百姓沿街乘凉，巷里闲话，显得自在舒适，远没有大城市中的那种紧张匆忙，让人恍惚有回到了明清老街的感觉。

我们沿着老街，一路从东南向西北穿行，经过了上面提到的白衣观音庙、天利煤厂、关帝庙铁锚寺、山西会馆、龙王庙。所有这些场地都不开放，我们只能从门缝里看看里面。其中天利煤厂老宅的门楣砖雕，显得尤其精致，一看就是曾经的大户人家。当时西山的煤炭聚集于此，煤厂主人殷老板经营有方，遂成一方大户。龙王庙，就在西边村口，出龙王庙，就到了永定河边。去到水边，需要横穿公路，而且头顶上，就是高架起来的六环高速路。想想古代，来往客商，上岸下岸，一定都会先去龙王庙祭拜，以保路途平安。进山出山，都是"古道西风瘦马，夕阳西下，断肠人在天涯"。

在夜色朦胧中，我们来到龙王庙外的永定河边。暮色中，永定河在城市灯光映照下，闪烁着迷人的光芒。远山如黛，长桥卧波，宽阔的永定河岸边，寂静安宁。向前流动的河水，一路无声，在波光粼粼中流到卢沟桥。今天的卢沟桥下，因为河水丰沛，已经重现了"卢沟晓月"的美景。只是在这个匆忙的时代，不知道还有多少人有心去欣赏"卢沟晓月"，有多少人会静坐在永定河边，思考人类的过去和未来。

匆匆忙忙中，我沿着永定河走了一天。在风雨声中，我好像从过去走来，从历史中走来，又走回到了历史之中。一条大河，养育了人类，与人类相生相伴。人类利用过它，伤害过它。今天的人类，尽管依然常常傲慢无知，但至少开始懂得敬畏自然，保护自然。自然的美好，是人类文明存在的基础，也是人类文明辉煌的根本。让我们一起努力，保护好母亲河。流水无声，人心有知。

扫 码 观 看 视 频
老 俞 带 您 同 游

在千年驼铃的余音中，体会历史沧桑

——京西古道行

缘起

大家都熟悉北京城，但很少有人会关注到京西群山。京西群山是太行山脉的一部分，构成了京西屏障。群山间的道路，是沟通北京和山西、内蒙古的动脉。几乎从秦朝开始，一直到民国，这些遍布在群山里的通道，把北京和黄土高原及蒙古高原连接在一起，成为不同地区不同民族之间贸易和文化交流的纽带。

说起居庸关大家都知道，因为居庸关与八达岭长城，现在是热门旅游胜地，实在太有名了。其实，除了居庸关，北京和晋蒙之间还有另外一条繁忙的通道，就是京西古道。这些京西古道，从辽代，尤其是从元代开始，变得非常繁荣兴旺。驼铃声声，一直持续了上千年。直到新中国成立后修建了G108、109国道以及丰沙铁路，这些道路才沉寂下来，变成了历史遗迹。

今天，一提起京西古道，一般人内心都会充满陌生感和沧桑感。很多古道因不再使用而遭到破坏，或被修建的公路所覆盖。沿着京西古道，有很多村庄，因为古道兴起和繁荣，也因为古道没落和消沉。它们曾像一颗颗珍珠，被京西古道串联起来，为来往客商提供吃住方便，慰藉游子们孤独的心灵。时过境迁，现在这些村庄，不少已人去房空，看上去一片破败，枯藤老树昏鸦还在，小桥流水人家已逝，陷入了永久的孤寂和衰败中。

京西古道的出现和繁荣，和人类频繁的生存交流活动密切相关。人类喜欢远行，也对远方充满了好奇，希望通过交流获得更加丰富的生活资源。从远古时期开始，人类的经济能力就彰显出来，无师自通懂得了两件事：一是人所需要的生活用品，不可能关起门来全部自己解决，还要以互相交换作为补充，所以从以物易物开始，直到产生了货币。二是人们发现，把自己的物品运到更远的地方去，会变得更值钱，把更远地方的物品运回来，也会更值钱，于是异地贸易就产生了。

于是，专门做贸易的人群——商人出现了。商人冒着风险在艰苦的路上来回折腾，丰富了别人生活的同时，自己也变得更加富有。即使在民间贸易控制最严格的时代，比如明朝早期，人群之间的贸易活动也从未停止过。从汉朝就出现的丝绸之路，也是最好的例证。丝绸之路不仅繁荣了贸易，也繁荣了文化。如果没有丝绸之路，今天的中国，可能完全是另外一个样子。京西古道，其实就可以看作小型的丝绸之路，通过它，草原民族生产的牛羊、皮毛被运到中原，草原民族所需要的茶叶、布料等被送到关外，两边人各取所需，和平共处。

像蛛网一样遍布北京西部山区的京西古道，其作用主要有如下三个：

一是运送西部山区盛产的煤炭到京城。从隋唐开始，人们就发现西山有煤，当时叫"乌金"，比木柴更好用。到了元朝，人们大量开采煤炭，作为整个京城生产、生活的燃料。随着京城的扩大和人口的增长，在京西挖煤和运煤的人越来越多，形成了巨大的产业链。新中国成立后，京西的煤矿还在为北京提供源源不断的能源。直到2020年，最后一家煤矿才因为环保原因被关闭。

二是充当贸易要道。作为京城，北京需要大量的物资。进京物资的运输主要有几条路径：最主要的是水路，也就是大运河，把南方的粮食等源源不断运到北京。因为元代开挖了通惠河，所以当时的航船可以一直开到今天的积水潭，也就是我们熟悉的什刹海。另外几条陆路，分别是和东北相通的山海关、古北口，和山西、内蒙古相通的居庸关、京西古道天津关。京西古道最热闹的时候，每天有几千匹骆驼、骡马在上面行走，可见当时的繁华。

三是用作烧香拜佛的香道。京西山区，有千年古刹潭柘寺和戒台寺，还有著名的妙峰山娘娘庙。京城权贵们经常来此朝拜，实际是借着由头郊游。老百姓也跟着蜂拥而至，成为北京最热闹的活动场所。尤其是妙峰山庙会，春秋两季举办，每期十五天左右，最多时一天能去几万人。有人群就有商机，有商机就有人愿意投入。人多了，路也就踩出来了。

由于以上几大原因，京西古道像毛细血管一样，把北京和外部世界紧密连接起来，为京城源源不断地提供着活力。

我一直想到京西古道走一走，体会一下古道的历史沧桑，感受一下真实存在的历史遗迹，让自己融入千年驼铃的余音之中，感悟古老帝国是如何一步步蜕变，走向今天的繁荣的。除了古道本身，那些留下来的古老村落，也是我心念所思的地方。这些村落，就像一个个故事，有着令人感叹的独特魅力，有着一代代人辛勤的背影。

京西古道有很多条。我只有一天时间，即使选择其中一条走完，也是艰巨的任务。任何一条古道，东西方向的距离都接近百公里。在古代，这是需要几天时间才能走完的路程。如果想认真考察，最好的方式是徒步，这样才能体会古人风餐露宿、长途跋涉的心情。我知道这是不可能做到的，我只能开着汽车，在现代化的公路上，从一个点到另一个点，用浮躁的心情，跳跃着把我想看到的东西先看一遍，也算是暂时了却一桩心愿。

在研究了道路和景点后，我决定走最主要的西山大路。这条路，从

▲掩映在绿树丛中的阿木尔河，九曲十八弯，犹如飞天的裙带飘舞

▲黑龙江对岸的俄罗斯小村庄，恬静安详

永定河

▼ 永定河峡谷中的珍珠湖（珠窝水库），在群山怀抱中，遗世独立，美丽幽静

▲ 永定河水声潺潺，远处重峦叠嶂，犹如仙境

京西古道

▲深深的蹄窝，是千百年来马帮驼队络绎不绝的见证

▼穿过关城残存的城门洞，京西古道继续向远处延伸

▼牛角岭关城，京西古道上的重要关隘和收税站点，城头长满杂草荆棘，苍凉古老

▲爨底下村——京西最著名的古村落，村庄和山峦融为一体，如世外桃源

▲ 一线天——爨底下与柏峪之间的天然关隘，峡谷深邃，峭壁森森，堪称天险

▲ 美丽的山间湖泊斋堂水库，碧波荡漾，是清水河的重要水源地

永定河边的琉璃渠村出发，一路向西到天津关。天津关是离开北京前一个关隘的名称，和天津市没有任何关系。从天津关出去，就到了河北的怀来，再往前就进入了山西和内蒙古地界。这是千年以来京西最繁忙的道路，集运煤、贸易、朝拜功能于一身。

这条古道，基本上和今天的G109国道平行。一路上经过如下地方：琉璃渠村、牛角岭关城、马致远故居、后桑峪村、灵水村、沿河城村、爨底下村、柏峪村，最后到达天津关。我计算了一下距离和时间，一天之内，紧赶慢赶，应该能够基本走完。

琉璃渠

早上8点多出发，天气很好，蓝天白云，竟然有点秋高气爽的味道。唯一的问题是，最近疫情又开始紧张起来，不知村庄和景点让不让进。不过已经决定去了，就去看看吧。从中关村到门头沟，距离不算远，9点不到，就到了我们今天要去的第一站——琉璃渠村。

琉璃渠村，是永定河西岸第一村。自打有西山古道起，这个村庄就已经存在了，和对岸的三家店村隔河相望。三家店村的历史，我在前文，已经讲过了。琉璃渠村背山面河，一转身就是崇山峻岭。天晴时，爬上山头能够遥望京城。西山大路，从这里开始，翻山越岭，跋山涉水，直通怀来。

通过村名，你也可以猜出来，这个村庄是烧制琉璃的。故宫金黄色的屋顶，就是琉璃瓦。北京琉璃瓦的烧制，从元朝就开始了，地点就在今天和平门附近的琉璃厂，现在已经变成了古文化大街。明朝时，琉璃厂慢慢变成了城区的一部分，人们就把烧制琉璃瓦的地点，搬到了今天的琉璃渠村。到了清朝，官府设置了机构在这里督造琉璃生产，叫"琉璃局"，后来村庄的名称就讹传为"琉璃渠"了。北京使用的琉璃制品，一半以上来自这个村庄。故宫最著名的琉璃制品——九龙壁，估计也是在这个村庄烧制的。

如今，该村的繁华已经远去，但村庄规模依然存在，村中常住人口有4000人左右。当然，这里已经不再烧制琉璃瓦了。因为环保原因，2017年该村最后一座琉璃瓦窑熄火，从此和烧制琉璃的历史告别。现在的村民大部分应该在市区上班。村子作为被保护的文化古村落，短期内也不会被拆迁。村中房子，大部分是一层的平房，有不少房子已被改造，不再是古建筑。村中两条大街还在，长约千米左右，诉说着往昔的光辉。街边的老槐树，依然枝繁叶茂，见证着这里千年的沧桑。

今天琉璃渠村留下来的古迹，有万缘同善茶棚、三官阁过街楼、商宅院、关帝庙等。新建设的景点有村口牌楼和琉璃文化长廊。从永定河边的马路进牌楼就进入了村庄，迎面而来的是琉璃文化长廊。巨大的照壁，上面是琉璃烧制的各种动物花草，很有气势。琉璃烧制技术，现在是国家非物质文化遗产。

我们沿着街道北行，先去了万缘同善茶棚。这是西山古道上第一个大茶棚，主要为到妙峰山进香的香客服务。茶棚，顾名思义，就是喝茶歇脚的地方。很多香客从城里坐车来，到了这里要进山，坐车改成骑马、步行或乘轿，长途跋涉前先歇息一下。茶棚提供的服务很多，饮喂骡马，提供茶水点心，安排简单的住宿，还有一些茶棚是慈善性质的。时过境迁，如今茶棚尽管还在，但已变成被废弃的文物建筑。即便这样，也可以看出这个茶棚规模很大。我们到达时，大门紧闭，铁将军把门，从门缝看进去，杂草丛生，门破窗碎，一片萧条，曾经的热闹已经了无踪影。

离茶棚不远，还有被废弃的琉璃窑洞，也是杂草丛生。昔日熊熊烟火已熄，安静地卧在山梁之下，似乎一个世纪老人，深深沉浸在对以往的回忆中。主街道上的关帝庙，修缮得还不错。京西古道上，几乎村村都有关帝庙。商人重关帝，保平安，讲义气，所以逢庙必拜。关帝庙也关门，不知是因为疫情，还是本来就不开门。我们只能扒在墙头，用镜头拍摄一下里面庭院的状态。

村中的过街楼，也是一景。京西不少村庄的村口，都有过街楼，有两个作用：一是宣示村庄的存在，提示来往客商到达了什么地方。在茫茫山道上走了很长时间的行人，抬头看到过街楼，内心一定会充满回归人间烟火的喜悦。二是在关键时刻，过街楼能够关闭，对村庄起到一定的防御保护作用。琉璃渠村的过街楼修得比较气派，还有另外一个名字叫"三官阁"，可能是因为有官员在边上办公的缘故。楼上有字，东边是"带河"，西边是"砺山"。这四个字，来自成语"河山带砺"，出自《史记·高祖功臣侯者年表》："使河如带，泰山若砺，国以永宁，爰及苗裔。" 原意是，即使黄河细得像条衣带，泰山小得像块磨刀石，封国也决不改变本色，江山永存，恩泽惠及后代子孙。放在这里，大概是说即便永定河如带、太行山若砺，琉璃渠村的子子孙孙也能永葆繁荣。

过街楼旁，是琉璃厂商宅院。商宅院，是当初清政府派官员驻扎的地方，现在改成了"琉璃渠乡情村史展"。宅院也是大门紧闭，古建筑内部今天是看不到了。查资料，说里边是很好的两进四合院，正房、耳房、回廊等，保护得很好。

牛角岭关城、马致远故居、石佛岭

出了琉璃渠村，我们沿着永定河前行。雨后的永定河流水潺潺，清流飞瀑，两边重峦叠翠，景致迷人。我们停下来拍摄永定河的美景。这一美景的所在地叫水峪嘴村。听这个村名，就知道这里水源丰富。昨天晚上刚下过雨，今天有很多水流从山上流下来，潺潺流水流过公路路面。

从琉璃渠村开始向前延伸的京西古道，到了这里要翻越第一座山岭——牛角岭。如今，这里已经改造成一个"京西古道景区"。景区里保留了上下山的古道，是考察古道原状的绝佳地点。进景区需要买票，买完票可以开车进去，游客可以把车停好后沿古道爬上去，也可以直接开车到山顶的牛角岭关城。景区里有古道博物馆。博物馆不大，里面对古道的形成历史和相关民俗、沿途景点和村庄，都进行了简要介绍。从博物馆出来，我们直接开车上山。沿路发现有一些别墅，可能是这里成为景区之前造的，现在不知道谁在使用，有点煞风景。

到了山顶，就到了牛角岭关城。这个关城在明清时期非常重要，是两个行政区之间的关隘，也是重要的收税站点。今天的关城已经废弃，城头长满杂草荆棘，显得苍凉古老。关城内外是原来的古道，路面上留有大量深深的蹄窝。蹄窝是古道上最让人动心的遗迹。在青石路上，动物几千万次踩踏，才会出现如此深的蹄窝。骡马骆驼踩在蹄窝里上下山，也可以起到防滑的作用。这些蹄窝，走过的不仅仅是负重的动物，也是来往商旅的人生。他们的悲欢离合情仇爱恨，都和这些蹄窝一起，被永远镶嵌到了历史的记忆中。

古道旁立着一块乾隆年间的"永远免夫交界碑"，据说是从草丛里挖出来的。上面的碑文中有 "……如我宛邑西山一带，村墟寥落……石厚田薄，里人走窑度日。一应夫差，家中每叹糊口之艰；距京遥远，往返不堪征途之苦……恩准王平、齐家、石港三司夫役尽行豁免。"这算是体现了皇家对老百姓的一点"皇恩浩荡"吧。其实，中国老百姓的辛苦，从来都不是皇帝的一点恩惠就可以解决的。自古以来，帝国的制度性腐败，让老百姓受到层层盘剥，从来都没有轻松过。

关城边上，有一个关帝庙，里面供奉了关公，偏殿里供奉了杨六郎和杨家女将等。其实杨六郎是否在这里活动过，并没有历史记载。杨六郎是北宋人，这个地界，北宋时期属于辽国，杨六郎应该到不了。这个关帝庙是在原有基础上重修的，不算历史遗迹。离开关城，我们开车前往西落坡村的马致远故居。

马致远，元杂剧家，和关汉卿、王实甫、白朴齐名。关汉卿的代表作是《窦娥冤》，王实甫的代表作是《西厢记》，白朴的代表作是《唐明皇秋夜梧桐雨》，马致远的代表作是《汉宫秋》。元朝时，科举制度被破坏，汉族文人没有太多的仕途出路，结果就变成了民间文学家，为我们留下了宝贵的文化遗产。

马致远之所以人所共知，就是因为他写的一首小令《天净沙·秋思》："枯藤老树昏鸦，小桥流水人家，古道西风瘦马。夕阳西下，断肠人在天涯。"其实白朴也有一首《天净沙·秋》："孤村落日残霞，轻烟老树寒鸦，一点飞鸿影下。青山绿水，白草红叶黄花。"这首也很好，但意境不如《秋思》。《秋思》能触动人内心最深处的那种漂泊孤独感。据说马致远的这首《天净沙》，就是在这里写下的，描写的就是该村周围的景致。

我们到达西落坡村，沿着马致远故居的牌子指示，一路前行。道路两边的房屋，已经没有了古村落的痕迹，大部分房子都已经被翻建成了两三层楼的现代建筑。正在失望之余，一个小广场出现在眼前，有一眼泉水汩汩而出，村民和游客在泉水里洗东西。我看有卖新鲜黄瓜的，就买了几根，去泉水下面洗黄瓜，结果被游客认出，被拉着照了几张照片。据说，泉水常年不涸，向下沿着溪水能流到马致远故居的门口。

我们顺着村民的指点，走到马致远故居门口。跨过门口小桥，发现故居大门紧闭，无人服务。我们只能从门缝里往里看了一下。院子中间有马致远的塑像。故居边的墙上，写着《天净沙·秋思》的全文。我翻阅资料发现，没有任何证据表明马致远在这里住过。马致远确实是大都（北京）人，估计也来过京西，但不一定住过。他年轻时热衷政治，当过地方官员，后来对官场失望，开始隐居，专心写作戏剧。他的隐居地其实是在杭州，并不在北京。之所以说这是他的故居，更多的是出于某种猜测。

从马致远故居离开，我们要去的地方是东、西石古岩村。西山大道从这两个村庄之间通过，翻越一座山叫石佛岭。村庄已经基本没有了古村庄的样子。刚开始我们找古道也没有找到。刚准备离开，看到了一个门洞，门洞上写着"石佛岭古道"。值班的村民告诉我们，过了门洞往上走，就是古道。

石佛岭古道，长度大概有一千多米。我们爬了一段山路，找到了古道，一路往上行。古道有一段因为下雨塌方了。由于时间紧张，我们没能走完古道，甚至没有走到石佛岭顶上的四块明代摩崖石刻。石刻上记录着修路的功德，还刻有三尊石雕佛像，石佛岭也由此得名。从古道上，可以看到山崖下流淌的永定河以及沿河修建的丰沙铁路线。我们顺着古道往回走，古道穿过村庄，道路边上还保留一两处古老破旧的房子。顺着古道我们又穿越门洞，回到了停车地。这次没有看到摩崖石刻，有点遗憾，留个念想，下次再来。

沿河城、爨底下、天津关

离开东石古岩村，下一个目的地是沿河城村。两地之间还有一些村落，比如王平村，原来是古道上重要的交通枢纽，现在已变成一个镇，古迹基本没了踪影，所以我们就不再停留

沿河城村比较远，要沿109国道开40分钟，然后拐上斋幽路开20分钟才能到。我们一路前行，好不容易到了沿河城村口，结果发现村口全是路障，不让任何车辆进去。原来因为疫情紧张，村民们干脆把村庄封闭了。我们只好自认倒霉，再掉头开车回去。

沿河城是一个军事要塞，明朝时是守卫京西的大门之一，曾经有两千人以上的军队驻扎在此。整个村庄都建有城墙和角楼，山上还有烽火台和瞭望塔。沿河城的地理位置之所以重要，是因为这里是几条道路和山河口的交汇之地，向北沿着永定河到关外，向西出天津关到怀来，向南向东可以直达京城。戚继光曾驻守在这里，沿河口一线建了空心敌台15座，烽火台6座。这些敌台和烽火台，至今还有不少矗立在山头，俯

瞰着人间世事变迁。

回到109国道，我们下一个目的地是著名的爨底下村。这是京西最有名的古村落，已经成为北京人周末休闲的首选地之一。我在十年前就带领新东方团队来做过团建，在周围翻山越岭走了十几公里。"爨"这个字很多人不会读，读"cuàn"，意思是"灶头"或者"生火做饭"。字形很复杂，但是很好记，就是一个人双手拿着锅，中间是灶口，下部就是木柴推进灶口形成大火。其实，这个地方最早可能叫川底下村，不知什么时候改成了爨底下。我猜可能是这个村庄位于古道上的核心位置，来往客商众多，到了这里，需要大锅煮饭，慢慢就变成了爨底下村。

这个村庄到明代才有。起源是山西洪洞县的韩氏三兄弟，先在这里奉命守关，后聚族而成村落。现在村里几乎所有的居民都姓韩，互相之间都沾亲带故。该村位居险要地势，依峡谷和山势而建，房屋看上去鳞次栉比，错落有致，民居大部分没有受到破坏。村庄本身不算大，今天只有35户人家，本村居民不足100人，但拥有600多间房屋。原来可能人口多一些，后来有些居民搬出去了。不少房屋租给了经商的人，改造成了餐厅、酒吧、民宿等。该村及周围地区，已经形成大区域景点，把下面的双石头村和上面的柏峪村，都囊括进去，叫作"爨柏景区"。景区需要买门票进入，门票还不便宜，但来的人还是不少。这里尽管也有防疫压力，但经济收入的吸引力明显更大，所以只要体温正常，一律放行。

我们到达爨底下村，已经下午1点多，就先到一家叫"爨宝"的客栈吃了饭。点了大锅鲤鱼、铁锅乱炖、红烧豆腐、炸花椒叶等，美美吃了一顿。饭后就拎着摄像机在村里转。先爬到村庄对面的山上，看了整个村庄的全貌，景色绝佳。山上有个小型的碧霞元君娘娘庙，估计是后建的。下山后我们沿着街道行走，一路看各种古建筑，大同小异。再沿着上坡的道路，拾级而上，参观上面的建筑。上面也是老民居，其中一堵墙上写着"用毛泽东思想武装我们的头脑",看上去是过去岁月留下来的纪念。我们从上面俯瞰下面的院落,环顾周围的山势,感觉整个村庄和山峦融为一体,如世外桃源一般。爨底下这样的村落,只来看一眼是不够的,至少应该在这里住上一夜,尤其是在星月皎洁、明河在天的夜晚,在村里徘徊一下,体会几百年村落的历史厚重。

过爨底下村上行,就到了著名的一线天。这是一个天然形成的隘口和景观。石灰质的山岩,千万年来被水流冲刷形成沟壑,劈山开路,两边峭壁森森,如同进入一条岩石隧道。在古代几百年的时间里,商旅们就从这里进进出出,度量自己的人生。出,越过天津关到关外;进,就到了烟火人间的爨底下。出的苍凉和进的热闹,在这里交汇。一线天内外的世界,象征了人生的旅途风尘,艰难与希望同在。

过了一线天,再往前,还有一个村庄,叫柏峪村,这是出天津关前的最后一个村庄。实际上村庄就是天津关的一部分,在古代,关、村一体。非常遗憾的是,这个村庄的所有古迹,都已消失殆尽。村庄整体上做了改造,街道和房屋都是新修的,一色的建筑风格,完全是新农村的样子。路边竖了一些牌子,写明了原来这里有什么,但实际上实物早就烟消云散。村庄里有三三两两的老人在散步闲聊。这里没有古迹,一切都显得那么现代,我们失望地穿村而过,往上走到天津关的所在地。

天津关,明朝有名的关隘,守卫京师的西大门之一,是明朝护卫北京的内长城的一部分,但现在几乎了无痕迹了。我们看到了一个木牌子上写着"天津关"三个字,再往前走了一段,发现路边竖着一块巨大的花岗岩石,上书"天津关"三个大字。这可能就是原来天津关隘的所在地了。边上有一个小小的娥皇庙。娥皇传说是舜帝之后,不知为什么要在关隘这里敬拜娥皇,也许是后人的附会吧。关隘前面的崇山峻岭,就是有名的黄草梁。从这里往上走,就能够看到明朝的长城和敌台遗址,但需要往上走两小时左右,我们时间不够,只能放弃。上到黄草梁,有高山草甸的景致,可以一览天高云淡的风景,应该是那种"荡胸生层云，决眦入归鸟"的境界吧。

离开天津关，我们从盘山路下到京拉路边上的清水镇。这里是清水河的发源地。清水河一路东流，到雁翅镇和永定河汇流，流向北京城，是京西地区重要的河流之一。1970年，政府在清水镇附近修建了斋堂水库。今年北京雨水旺盛，斋堂水库水位高涨，水面碧波荡漾，形成了很美丽的山间湖泊。我们在马路边上的水库旁，隔着铁丝网欣赏了一会美景，用无人机拍摄了水库的全景。

灵水村、后桑峪

回去的路上，我决定再去两个村庄——灵水村和后桑峪村。这两个村庄都不在古道边上，但离古道不远，各有特色。

灵水村是一个文化村，自明清以来，村中考取功名的人层出不穷，据说有22人考取举人，2人考取进士，民国时期还有6人到燕京大学读书。因此，灵水被当地人冠以"举人村"，村名也改成了"灵水举人村"。辽金时期，这里就有了村庄，到今天也是个大村。2013年，湖南卫视亲子节目《爸爸去哪儿》，第一站就是在灵水村拍摄录制的，所以现在村里有不少挂了《爸爸去哪儿》牌子的宅院。我之前来过灵水村。朋友黄怒波在这里租了一个宅院，改造成了"诗人之家"，让朋友们到这里谈天说地，我来参加过一次。

这里也要收门票，因为时近黄昏，守门人大手一挥，我们居然不用买票就进村了。村里大部分人家都大门紧闭。这样的古村落要到周末才会热闹起来，那时有城里人过来度假，平时一般都冷冷清清的。村庄开发得不是很好，很多古旧房子处于被遗弃状态，一看就没有人打理。有人打理的房子，门口放有鲜花，就显得有人气。我穿过寂静无人的街道，一户户看过去，也找到了黄怒波的"诗人之家"，大锁把门，人踪全无。

村中最值得去的景点是南海龙王庙。龙王庙建于金朝，历史悠久，规模不大。但庙前的古柏，巨大粗壮，令人印象深刻。据鉴定，这棵古柏已有1800多年的历史，那就意味着汉朝就已经长在这里了。龙王庙前有龙池，据说以前泉水汩汩，终年不断，但现在看上去就是一口巨大的枯井，干涸见底。黄昏中的村庄，除了个别老人坐在房子前面，满脸迷茫看着我们，几乎没有一点人气。后来在街上碰到一位少妇，抱着孩子玩耍，我觉得这才是乡村生活应有的模样。可惜在中国的大部分农村地区，这样鸡犬相闻、邻里相亲的村野生活，那种深巷狗吠、村墟夜舂的美好景致，已经一去不复返了。

中国农村以及和农村骨肉相连的乡村文化，正在无可挽回地消亡。随着城镇化的推进，大量的乡村必将凋敝。一息尚存的那些村落，需要实现农业产业结构转型才会有新的生机。有些村庄，即便可以作为文化传统村落暂时被保存下来，就像爨底下村或者灵水村一样，依靠休闲旅游获得发展，但一旦城里人的休闲爱好发生改变，这里也就会变得命途多舛。幸亏人类的心底，总有一种挥之不去的怀古情愫。这种情愫，会把人和乡村不断连接起来。"枯藤老树昏鸦，小桥流水人家"，是人类永存心底的美好意象。

从灵水村出来，我们到达路口的另一个村庄——后桑峪村。村庄不大，但因为整个村庄大多数人都信天主教，才显得特立独行起来。在北京的深山老林里，有一个村庄信天主教，是一件非常奇特的事情。这是怎么回事呢？据说事情发生在成吉思汗的年代。成吉思汗西征欧洲，带回来了一个天主教传教士。这个传教士就隐居在后桑峪村，坚持不懈地传教，居然把不少村民转化成了教徒。村庄的居民就此分裂，信教的在后桑峪村，不信教的在前桑峪村，一个村庄一分为二。现在两个村庄又变回了一个村庄，但信仰的区别还在。村中有一座已经很古老的天主教堂。我们想进村去看的，就是这座天主教堂。可惜的是，到村口就被拦住了，依然是因为疫情。我们只能在村口瞄一眼过街楼，叹息而归。

从后桑峪村出来，我们重新回到109国道，沿路返回到热闹的北京城。一天的匆忙，走了古人可能要用一个月才能走完的路。但我内心深知，这样的行走和古人的负重跋涉、翻越群山相比，简直就是一种轻浮和张狂。

在现在节奏如此匆忙的社会里，山高水远几乎成了一种虚幻的存在，而"古道西风瘦马"，更是一种脱离现实的诗意想象。"断肠人"依然有，但不是天涯海角不能相见，而是坚守真情难觅踪影。夕阳西下，万年如斯，西山的群峰，在落日里美丽苍凉。几度江山，几度岁月，古道已废，新路蜿蜒，物换星移，生生不息。在落日残霞下，孤村依旧，人间已换。

扫 码 观 看 视 频
老 俞 带 您 同 游

穿越于历史和日常

——晨登紫金山记

受全国工商联邀请，我来南京参加全国青年企业家峰会，住宿和会议都安排在东郊国宾馆。国宾馆位于紫金山风景区内，有茂林修竹、瀑布清流和亭台楼阁，环境清幽，是大自然中一处绝佳的休闲度假场所。

中国的主要城市几乎都有国宾馆。国宾馆主要修建于20世纪50年代，修建目的是让当时的中央领导尤其是毛主席，到各地视察时有一个可以安心居住、颐养身心、听取汇报的地方。国宾馆也常常用来招待各国贵宾。中国最有名的国宾馆当然是钓鱼台国宾馆。我们小时候听广播，总能听到西哈努克亲王访华入住国宾馆的报道。由于用于接待重要人物，国宾馆一般都建在山清水秀、依山傍水的区域，占地面积较大，像自成一体的大花园。改革开放前，国宾馆是普通老百姓不能问津的地方。随着中国的发展，国宾馆逐渐向老百姓开放，成了老百姓也可以入住、休闲、放松的去处。

南京东郊国宾馆，处在明孝陵和中山陵之间，因紧傍著名景点紫霞洞，所以之前叫"紫霞洞招待所"。因为比较神秘，又叫"中山陵5号"。里面的紫云楼，就是专门为毛主席来视察而建的，卧室也依照当时毛主席的生活习惯设计，卧室内还保留了他下榻时的寝具。书房内办公时所坐的椅子，也是按他的身材量身定做的。1975年，国宾馆还接待了朝鲜前领袖金日成。也是在那一年，紫霞洞招待所正式更名为"南京东郊国宾馆"。

过去我来南京出差时也曾在这里住过，半夜入住，清晨离开。这次的会议在这里召开，时间就相对宽裕一些，可以闲庭信步，小径徘徊，感受花园的清幽环境。当天晚上，一些来参加会议的企业家老朋友相约聚会，结果一直吃消夜到晚上12点多。睡觉前，我下决心早上6点起来，利用会前两个小时去爬一下紫金山。尽管到南京出差多次，但迄今为止，我没上过一趟紫金山。

第二天早上被闹铃闹醒，我却死活不愿意起床。实在太疲倦了，才睡了5个小时。心里有两个声音在对抗，一个说："算了算了，多睡一会儿吧，反正以后还会来南京，以后再说吧。"另一个说："你说了今天早上要爬紫金山，怎么能说了不算数呢？何况你怎么知道以后一定有机会再来爬呢？已决定的事情，就不要找借口啊。"最后我听从了第二个声音，咬牙切齿地起床，洗了个凉水澡，让自己清醒过来，毅然迎着初升的阳光，走上了爬紫金山的道路。

我小时候就知道紫金山。紫金山又名"钟山"，小学时我就会背毛主席的诗：

> 钟山风雨起苍黄，百万雄师过大江。
> 虎踞龙盘今胜昔，天翻地覆慨而慷。
> 宜将剩勇追穷寇，不可沽名学霸王。
> 天若有情天亦老，人间正道是沧桑。

长大以后，对诗中所体现的气概和豪情，我有了更深的体会。诗中的王者之气，扑面而来。毛主席带领人民大军勇夺天下，有这种气概就是情理之中的事了。

南京是六朝古都。古都的开始，也和紫金山有关。相传在赤壁之战前夕，诸葛亮来江东京口（今镇江）与东吴孙权结盟，共同抵抗曹操号称有80万人的大军。途经秣陵（今南京）时，见此地北依长江天险，紫金山山峦巍峨，不胜感叹："钟山龙蟠，石头虎踞，此帝王之宅。""石头"指的是长江边上的石头山，南京古城就筑在石头山下，所以"石头"也指代南京。刘禹锡的诗"千寻铁锁沉江底，一片降幡出石头"，其中的"石头"指的就是南京。诸葛亮力劝孙权在秣陵建都，后来孙权果然迁都南京，改名建业。此后，南京相继成为东晋和南朝宋、齐、梁、陈各朝的都城，"六朝古都"的说法也由此而来。

但是，建都在南京的朝代，寿命都不长。明朝要不是因为朱棣迁都北京，是否能够延续那么长时间都很难说。洪秀全到了南京后不思进取，进入安乐乡，太平天国就此注定了灭亡的命运。蒋介石建都南京，可能也是个失误，他最后想和共产党"划江而治"，偏居江南，也没能得逞。中国的朝代，建都长安和北京的，寿命都相对更长，也许和都城占据的战略要地有一定关系。新中国定都北京，应该说是具备战略眼光的。

紫金山的山形上下起伏，犹如腾龙起凤。沿着山脚绕一圈有近30公里。现在南京的发展已让城市把紫金山包围起来，紫金山成了名副其实的城中山。山不算高，海拔只有448.9米。但由于平地起山，看上去依然巍峨高峻。南方的山多是郁郁葱葱、蔚然深秀的，即使到冬天也郁郁苍苍，一年四季都美景常在。

对一座城市来说，如果有山有湖，就宛如有神仙生活的基础。南京有紫金山、玄武湖，还有如玉带般穿城而过的秦淮河，有浩浩荡荡奔流向东的长江，自然是难得的好地方。对一座古城来说，各种历史遗迹、文物和故事，会平添这座城市的魅力。紫金山脚下的两座陵墓，明孝陵和中山陵，就已足够吸引游人的驻足；还有美龄宫和孙权墓等，更能引发很多文人骚客的感慨和叹息。

对我来说，今天最重要的不是考察名胜古迹，而是利用早上的时间爬到山顶，让身体满血复活。我查了一下手机地图，导航告诉我爬到山顶要一个小时。我需要先从国宾馆走出去，再右拐进入明孝陵景区，然后沿着依傍紫霞湖的道路，一路爬到半山腰的钟山建筑遗址，再在山腰上的马路上绕半圈，才能到达顶峰头陀岭景区。攀登海拔400多米的山，对我来说不算难事，关键是要抢时间。

紫金山是一座完全被森林覆盖的山，林木荫翳，芳草遍地，满眼绿色欲滴的世界。6点多钟的早上，路上还没有车辆，空气中充满了树林的芬芳。这种气息，在北方只有在下雨后的树林中才能闻到，在南方，只要愿意，是每天都可以拥有的享受。树林中鸟鸣啁啾，婉转动听。我对鸟鸣不熟悉，没法分辨出是哪种鸟鸣，但鸟鸣声带给我的，是内心的轻松愉悦。

走到明孝陵景区门口，景区正门还没开。旁门留了一个口子，让早上起来爬山和晨练的老百姓自由出入。我进入景区后，开始沿着上山的路向前走。南方的山间道路，通常都是用砖和石头铺成，由于天气湿润，砖缝和石缝间会长出绿色的青苔，使得整条道路充满了丰盈的诗意，让我不禁想起了"门前迟行迹，一一生绿苔"的诗句。在这样的路上漫步，既不枯燥，也无烦恼，完全是融入自然的陶醉。

再前行，就是紫霞湖。看到紫霞湖，映入我眼帘的，却是一幅充满喜感的画面。一个如此美丽的山间小湖，在早上6点多，居然已经有很多人在湖里游泳。我看了一下，以中老年人为主。由于湖面较宽，中间水深，所以每个游泳者背后都拖着一个救生圈。救生圈颜色不一，形成了一湖的彩色。这样一个美丽幽静的小湖，本该在晨雾中充满神秘感，现在却成了大家晨练扑腾的地方。当然，这也未尝不是一件好事。人们锻炼身体的地方少，城市室内游泳设施也少，在大自然中寻找可以畅游的地方，就成了一种必然。长江风急浪高太危险，紫霞湖水清沙白，恰到好处。尽管我更希望看到静谧中的紫霞湖，但看到这么多人游泳，内心也充满喜悦，有着乐其乐的开心。后来有人告诉我，有些人是整年游泳的，冬天只要湖水不结冰也会来游。好自在的人生！

　　这里本来是没有湖的。1935年，虎标万金油的创始人胡文虎，捐了7万元，建造了这个人工蓄水湖泊，主要是为了解决中山陵区用水困难的问题。紫霞湖建成后，犹如一块碧玉镶嵌在紫金山中，为紫金山增加了许多妩媚。

　　穿过紫霞湖边的道路，继续向上，拐一下，就到了坐落在湖北岸密林深处的正气亭。这座亭，是蒋介石建的。1946年，蒋介石开始为自己选墓址，看中了这块地方。该地海拔在明孝陵之上，中山陵之下，处于两者之间。也许是蒋介石认为自己比朱元璋伟大，又始终把自己当作孙中山接班人的缘故？他生怕去世后后人把位置弄错，就在这里建亭做标志，命名为"正气亭"，并自己手书"正气亭"匾额和一副楹联"浩气远连忠烈塔，紫霞笼罩宝珠峰"。蒋介石最终败北，退守台湾，无福消受这块宝地，留给后人，成了登山道中的休憩之地。1949年后，这座亭子没被捣毁，存留至今，成为历史见证，实属难得。

　　过正气亭就是一路上山的台阶道，不算太陡，但毕竟一路上升，爬久了就呼哧呼哧喘气，浑身开始冒汗。我大口呼进山间的新鲜空气，把肠胃中还没散尽的浊酒气清理出来。在度过了登山最初的疲劳后，浑身的舒畅感越来越强烈。周围是那种"木欣欣以向荣，泉涓涓而始流"的美景，融入其中，就会忘记世俗的羁绊，身心俱轻。有人在远处长啸，有人在林中吊嗓子练歌，还有隐隐约约的乐器声传来，断断续续，如梦如诉。"野芳发而幽香，佳木秀而繁阴"的山间，增添了人间的热闹。

　　继续上行，最终台阶没有了，只剩下了石头、泥土、树木交错的山道。沿着山道，再行几百米，就到达了半山腰的钟山建筑遗址。这一遗址，现在就剩一条石墙，据说是东晋时国家祭祀的所在地，面积达两万平方米。遗址现在被树林覆盖，已看不出太多痕迹。想当初，祭祀的建筑一定很巍峨雄壮，而今雨打风吹去，世事变迁，前朝旧事，几乎无处可寻。人类想要永恒的梦想，最后往往都成为历史陈迹。能够流传下来的，不是那些曾经辉煌的宫殿，而是人类进步过程中思想的光芒。只有那些真正为人类文明、进步和发展贡献过力量的人，才能永远被人类铭记。

过了钟山建筑遗址，就是绕山的柏油路。沿着柏油路不管向东向西，都要走两公里才能到达山顶。我沿着道路走了一会儿，发现了一处在地图上找不到的上山台阶，如果直接上山，路线就能缩短不少。我沿着台阶向上走，不久台阶没有了，又变成石头树木交错的山道。我知道只要沿着山道一直向上，就能够到达山顶。果然走了十几分钟，山顶的头陀岭景区就在眼前。这时，我穿的T恤已完全湿透，但身体的舒适感和爬到山顶的成就感洋溢开来，成为我爬山的最好回报。

头陀岭景区有观景台。在早晨明媚的阳光下，从观景台居高临下看下去，山川城郭在晨雾中显得既真实又有些缥缈。站在山顶向西看去，整个南京城如建筑积木般铺陈开来，无边无际。远方的长江已变成窄窄的一条沟，看不出大江奔流的气象了。在山顶还能看到江边的石头山。也许到了石头山近前，就能感受到长江江流有声、断岸千尺的气势了。从观景台向南看，原来的农田村庄，现在也已经变成了高楼林立的大都市的一部分。紫金山就这样矗立在城市的包围中，越发秀美而孤独。

在山顶接到会务组电话，问我早上8点钟企业家和政府领导的早餐会还参不参加。我看了看时间，如果奔跑下山的话，还能赶上。但我想悠闲地下山，慢慢体会山中漫步的美好时光，就告诉对方，不参加早餐会了，帮我向领导请假。随后，我从另外一条相对平缓的道路下山。路上晨游的人开始多起来，前者呼，后者应，伛偻提携，往来不绝，我也乐在其中。

下山时，途经明东陵和明孝陵，我决定拐进去看一看。之前我来过明孝陵，那是接近20年前的一个深夜，一帮朋友喝了不少酒，有人提议到明孝陵走一走。半月之夜，我们发现没什么阻挡，就走到了明孝陵的明楼前面。明楼是朱元璋和马皇后宝顶前面的最后一栋楼。我们在昏黑的月色中，壮着胆子坐了好一会儿，最后又沿着石象路走了出去。当时我们这么折腾，好像也没人管。现在应该是不允许半夜进入明孝陵了吧。

今天阳光很好，陵区也甚是明媚。我先走到了明东陵，这片已没有任何建筑的废墟，是朱元璋长子朱标的墓。要是当年朱标没死，可能就没朱棣什么事了。朱标被立为皇太子，但后来因病去世，葬于明东陵。朱标死后，朱元璋立朱标之子朱允炆为皇太孙，也就是建文帝。他的叔叔朱棣不服，在朱元璋去世后一路从北京打到南京，篡夺了帝位，建文帝不知所终。后来就有了朱棣派郑和下西洋寻找建文帝的说法。朱棣对朱标诸子和建文帝的后代实施了残酷迫害。他也废除了建文帝的帝号和朱标被追封的帝号、庙号。从此，终明一朝，朱标和建文帝再也没有获得承认。反而到了清朝，乾隆恢复了建文帝及朱标的历史地位，明东陵也予以恢复。帝王家权力之争下的绝情和杀戮，基本上都是血腥的、你死我活的。在权力争夺面前，亲情和人性可以忽略不计。

走过明东陵，就到了明孝陵。孝陵规模明显比东陵大很多。沿着两边种满了松柏的宽阔甬道，我从文武方门一直走到了明楼。由于游客还没进来，整个陵区在早晨的阳光中显得肃穆安静，除了啾啾鸟鸣，只有苍翠绿树。明楼后面是安葬朱元璋和马皇后的宝顶，这是我离朱元璋最近的一次。中国历史上，草根出身做皇帝的，没有几个。刘邦算一个，朱元璋是地地道道的一个。可惜因农民出身的眼光和格局，明朝一直都没出现像唐朝那样的雍容华贵和盛世气象。在阳光下，明楼和宝顶安详宁静，没有阴森森的感觉。我爬上明楼绕了一圈，楼内有用VR模拟的地宫内景可观看，但我因时间关系放弃了。走下明楼，走到金水桥边，本来还想去石象路走一走，看看时间，已接近九点，上午的会议就要开始了，就拐上了回国宾馆的道路。

大家可能不知道，明孝陵之所以叫明孝陵，不是因为朱元璋，而是因为马皇后。明朝建立后，朱元璋滥杀功臣，羞辱贬低士大夫，但对自己的原配夫人马皇后却一直言听计从，尊敬有加。马皇后去世后，谥"孝慈"，所以陵地叫"孝陵"。朱元璋去世后，和马皇后合葬在一起。可见，他对马皇后依然有着患难夫妻富贵共享的那种淳朴感情。

历经600多年，明孝陵没有受到大的破坏，陵墓也没有被盗掘过。人们用现代仪器测量，发现地宫完好无损。没被破坏的主要原因就是一直受到保护。当然，地宫构建复杂，让盗贼无从下手也是一个原因。明朝几百年来，一直有一支5600人左右的军队守卫陵墓。明朝灭亡后，清朝为了对汉人表示诚意，收买人心，从顺治开始就对陵墓加以保护。康熙皇帝六次下江南，五次到明孝陵进行祭拜，行三跪九叩之礼。"上由甬道旁行，谕扈从诸臣，皆于门外下马。上行三跪九叩头礼，诣宝城前，行三献礼。出，复由甬道旁行，赏赉守陵内监，及陵户人等有差。谕禁樵采，令督抚地方官严加巡察。"康熙态度恭敬，礼数尊崇，"父老从者数万，人皆感泣。"

明孝陵遭到的最大一次毁坏，是在太平天国时期。太平军几乎把明孝陵的地表建筑全都毁掉了，把康熙手书的御碑也推倒在地并击断。今天我们看到的明东陵和明孝陵的享殿，都只留下了柱础，可能就是被太平军捣毁的。太平军有没有设法掘墓，没有看到文史记载。太平天国灭亡后，清朝曾经想修复明孝陵，可惜没钱，最后只把康熙御碑"治隆唐宋"扶起来黏合到了一起。后来为了保护文物，确保御碑不倒，就修了一堵墙把御碑砌在里面。这样就出现了一个很好玩的现象：驮着御碑的龟趺，本来应该一眼就能看到全身的，现在就只能从正面看到一个头，从外面绕到房子后面，才能看到翘着的屁股。

明孝陵还有一块好玩的石碑，叫外文石碑。这个石碑上刻有六个国家的文字，碑文的大概意思是："鉴于明孝陵内御碑及附近古迹历年破坏、毁损情况严重，端方总督大人下令竖立围栏对其加以保护。游人越栏参观或者可能对前述御碑及陵区古迹造成损坏之行为，一律禁绝。"该碑是由清政府竖立的，算是中国第一块禁止在文物上乱涂乱写的告示。看来在文物上涂鸦，并不是中国人的专利。老外乱写"到此一游"也是由来已久。现在去爬长城，你依然可以看到不少老外在上面刻画出来的涂鸦。因为比较匆忙，我没能找到这块石碑，也不知道还在不在陵区。

回到宾馆，打开手机一看，已经走了18000多步。这是一个多么美好的充满喜悦和成就感的早晨：爬上了紫金山，走进了明孝陵，路过了紫霞湖，登上了头陀岭，俯瞰了南京城，眺望了玄武湖，呼吸了山林空气，驱除了隔夜疲劳，振奋了自身精神。

到达宾馆，在餐厅吃了我最喜欢的鸭血粉丝汤、鸡汤小馄饨、白面肉包子、糯米小方糕。这是我最近吃过的最好的早餐。其实不是早餐多好吃，而是登山后饿了，心情也好，所以觉得什么都好。吃完早餐，脱下被汗水浸透的衣服，舒舒服服洗了个淋浴，换上商务便装，"人模狗样"走进了会场。此时，会场的开幕式已经进行了半个小时。我迟到了，但是，这是我最开心的一次迟到。

李渔、李清照，还有那个八卦村

另类李渔

如果不是因为李渔，我不会冒雨来到兰溪。兰溪，是李渔的故乡。

李渔被誉为中国最出色的戏剧家和戏剧理论家。可惜的是，他的戏剧我一部都没看过。这次有人送了我一整套《李渔全集》，至少我可以翻阅一下了。据说他的戏剧，每一部都大受欢迎，演出时老百姓争相观看。但奇怪的是，我们一提起中国伟大的戏剧作品，往往都是《牡丹亭》《桃花扇》之类的，其中好像并没有李渔的作品。

李渔的《闲情偶寄》我倒是读过，从中可以知道，他是享受生活的好手——会写剧本，会搭戏班子演戏，懂园林，好美食，爱自然，也爱美女；摆脱了科举的羁绊，潇洒地度过了后半生，过着令大多数知识分子艳羡的生活。

我更加喜欢的，是他的《笠翁对韵》。尽管我小时候没背过，第一次看到已是在大学里，但初次阅读就喜欢上了。这是一本写给孩子们的诗歌押韵入门书，里面的文字本身就是优美的诗歌，读起来朗朗上口。这本是教小孩从小朗读背诵的书，我却到大学才读到，已经没有任何心情去背诵了。前面几句大家一定很熟悉："天对地，雨对风。大陆对长空。山花对海树，赤日对苍穹。" 他当时编这本书，并不是出于什么情怀，而是因为他在南京开了印书局，一心想印一些销量大的书。于是，才气横溢的他，轻松地就把这本书搞出来了，而且一直畅销到今天。

李渔倡编的《芥子园画谱》，是绘画艺术界一直到今天都越不过去的临摹必备品。里面的画谱，简单明了，收集了当时的名家作品。一个人只要临摹过《芥子园画谱》，就算是对中国画入门了。之所以叫芥子园，是因为李渔在南京有一个小园子，地方，故命名为"芥子"。芥子，小小的植物种子，取其"芥子虽小，能纳须弥"之意。园子虽小，包容万物也。

还有人所共知的艳情小说《肉蒲团》，写得畅快淋漓，把伪道德彻底抛却，只讲肉色生香。这也是李渔的作品，到今天还被拍成了色情电影。因此甚至有人怀疑，《金瓶梅》也是李渔的作品。

李渔写剧本，不是因为他对此有多热爱，而是因为他住在杭州的时候，千方百计地想要寻找挣钱的机会。他在街头巷尾观察后发现，杭州老百姓看的戏剧，古老而陈旧，没有任何新意。他就想，何不自己写几个剧本出来，也许会有更多的人看呢？凭着才气，他的剧本基本上属于一气呵成，他写一本红一本，如《怜香伴》《风筝误》《意中缘》《玉搔头》等，他还写了《无声戏》《十二楼》两部白话短篇小说集。很快，他的笔名"湖上笠翁"成了杭州家喻户晓的名字。

李渔的作品由于太红，被不断盗版，严重影响到了他的收入。他用各种途径拼命维权，可收效甚微，于是他干脆深入虎穴，直接把家搬到了南京。因为南京盗版者最多，刻印也最方便。他到南京刻印自己的作品，从源头上去打击盗版。这个办法效果很好，不知不觉他有了自己的"出版公司"。

后来，李渔觉得光靠印书挣钱不过瘾，且家里还有一大堆人要养。于是干脆自己成立了一个戏班子，到全国各地巡回演出，形成了写作、出版、演出一条龙服务。可以说，这是中国最早的巡回剧团之一。

他在剧团还得到了乔、王二姬。姬，小妾的意思。这两个女孩都是13岁进入的演出队伍，一生一旦，天资极其聪慧。李渔亲自悉心培养，二人的演出广受欢迎。除了演出，这两个女孩在生活上对李渔也照顾得无微不至，成了李渔的红颜知己。可能是演戏太累，风餐露宿的缘故，加之当时的医疗条件也不好，二姬都在20岁左右就去世了。李渔内心充满悲伤，戏班子也散了，内心郁积的伤心一直没有得到释怀，不久自己也追随二姬而去。我算了一下他的去世年龄，大概在70岁，这也算是古来稀了。

李渔虽才华横溢，但一生不顺，挫折不断。他原籍兰溪夏李村，生长于江苏如皋。李渔从小天资聪颖，过目不忘。父母虽不是读书人，但他有位好母亲，时时鼓励他认真读书。如皋是个尊师重教的地方，算是给了他一个读书的好环境。19岁时，父亲去世。守孝几年后，李渔扶枢回到家乡兰溪。同年，他娶了隔壁村庄徐氏女为妻，两人相守相知一生。当然这并没有妨碍李渔后来妻妾成群。尽管他才华出众，但连续几次参加科举考试，都名落孙山。紧接着，明朝覆灭，李渔对参加清朝的科举考试了无兴趣，遂隐居故里夏李，建"伊园"自得其乐。"只少楼台载歌舞，风光原不甚相殊，"他自认为伊园不比西湖风景差。居留家乡期间，他兴修水利，开河筑坝。该坝一直存留到今天还在使用，已经变成文物保护对象，叫李渔坝。

李渔一生最期待的事情，是生个儿子。结果到了50岁，一个儿子都还没有生出来。朋友来给他庆祝50岁生日，他说不想过生日，想要儿子。没想到一年不到，侧室纪氏就为他产下一子。晚年得子，为他寥落的生活带来无穷乐趣。更令他没想到的是，从此一发不可收，次年，纪氏又生一子；52岁时，纪氏再生一子；过了一个月，侧室汪氏也得一子；后来又得三子。结果一共生了七个儿子。其中两个早夭，其余五个都健康活了下来。这种"战斗力"，演示了什么叫老当益壮。

这就是李渔，他用一生证明了——天生的才华也需要靠折腾才能够发挥出来。今天的李渔，已成为浙江兰溪的一张名片。同时，江苏如皋也认为李渔是如皋人，因为他成长的关键时期在如皋。这进一步证明了，"人怕出名猪怕壮"是错误的。只要是有好名声，死了也会有人争抢。即使有坏名声，有时候也不会寂寞，你没看到，有些地方还为历史上的奸臣树碑立传呢！

芥子园、夏李村

为了寻访李渔的踪迹，我专门来到了兰溪。有当地朋友招待午饭。午饭结束，天还在下着微雨，我们便乘车到了兰江边横山脚下的芥子园。真正的芥子园在南京，现在好像也没有了。兰溪的芥子园，是20世纪80年代，当地为了纪念这位文化名人，根据李渔书中对芥子园的描述，复原出来的。

我们信步入园。陪同人员让我打伞，我婉拒了。我喜欢在微雨中散步，让微雨落在身上，湿了衣裳，润了心田。复原的芥子园不大，连后花园一起也就十亩地的样子。园子修建得非常精致。南方气候湿润，地面墙面都生出了青苔，曲折小径，亭台楼阁，小桥鱼池，给人的感觉是小中见大，曲中见幽。园子走廊的墙上镶嵌着大理石的各种书法题词，其中红楼梦学会会长冯其庸的诗，给人的印象比较深刻："顾曲精微数笠翁，名园小筑亦神工。只今移向兰溪去，好听秋江一笛风。"院子中间是一个类长方形的池塘，里面长满了睡莲，有鱼悠游于莲叶之间。池塘两侧，一边是个小戏台，戏台楹联为："休萦俗事催霜鬓，且制新歌付雪儿"，其中的雪儿，就是上文提到的乔姬；一边是二层小楼燕又堂，取"燕子归巢"之意。在楼上隔水看戏，应该别有趣味。楼里是李渔的生平展览，也有一些研究李渔的书籍，记录了一些重量级人物来参观访问的踪迹。

下午，我们又特意驱车到了李渔的故乡夏李村。到达村口，首先映入眼帘的，是马路边的且停亭———一间不起眼的长方形休息亭。古代在路边一般会有由官方或民间建的亭子，方便来往客人休息，甚至还提供免费茶水。小时候，在我家不远处，就有一个五里亭，意思是距县城五里修建的亭子。村民们进城走累了，就会在亭子里休息。且停亭，是李渔修建的。据说当地有个富人出了钱，想取名叫"富贵亭"。李渔说"且停停"。富人继续问，那你说叫什么？李渔回答，我已经说了，"且停亭"。且停亭到今天还很有名，主要是因为李渔在亭子里题的一副楹联："名乎利乎，道路奔波休碌碌；来者往者，溪山清静且停停。"该亭在太平天国时期毁于兵燹，现在的亭子应该是后来补建的。

亭子不远处，就是李渔建的第一个院子"伊园"。除了一道围墙，已经看不出原来的样子了。我们由于时间紧迫，就没去看。夏李村头已经竖起了巨大的花岗岩牌坊，上书"李渔故里"四个大字，粗壮醒目。村边两旁的田地，也都变成了花园、鱼池、草地。李渔特别喜欢吃杨梅，所以这里也种了一些杨梅树。夏李村已呈现出一派现代村庄的模样，多是三层楼左右的现代建筑。一眼看过去，并没有古村落的味道。进入村庄，有李渔耸立的雕像。当地领导在雕像下送了我一套《李渔全集》，让我欣喜万分。村中当初李渔打造的水利系统还在，通过李渔坝抬高水位，让水流绕着房子循环往复，为村民提供非常方便的用水服务。在古代没有自来水的情况下，这一设施尤其重要。李渔曾经担任过宗祠总理，相当于族长，为家族做过不少好事。

如今的夏李村，对李渔非常重视，也特别引以为傲。村中建了一个仿古戏台，还有两间李渔祖居，展览着李渔的生平。但李渔的老房子早就了无踪影。"文革"时期，大家都对"李渔"二字，唯恐避之不及。因为那个时候的李渔，是反动派、大流氓的代名词，是一定要与之划清界限的。今天，大家不仅认识到了他的文化价值，也意识到了其经济价值。毕竟，因为李渔的缘故，游客来来往往，对村民来讲不是坏事。村上80%的人都姓李，或多或少都和李渔有些血缘关系。李渔可能从来没想过，他的名声，曾给村民带来过不安，现在却又能够福荫子孙、恩泽后代。是是非非，风风雨雨，他的名字，也堪称中国文化价值变迁的一张晴雨表了。

时间紧迫，晚上还要回金华参加活动，我们在村庄里匆匆忙忙走了一圈，就打道回府了。能到达夏李村，我就已心满意足了。毕竟，这是李渔留下很多痕迹的地方。我来了，我看了，我走了，也算跟李渔有一点交集了。最重要的，还是去读他的书吧。一套《李渔全集》，够我翻一个月的了。人的肉身总会烟消云散，但文字留下来的精神、情怀和思想，只要有价值，就会与人类一起永存，直到天荒地老。

诸葛八卦村

同样位于兰溪的诸葛八卦村，作为保存最完好的古村落之一，今天也是全国知名。这个村庄之所以建起来，背后有两个厉害人物，一个是诸葛亮，一个是元朝时直接参与村庄选址和建设的诸葛亮第27世孙诸葛大狮。

所有诸葛村姓诸葛的人，都认为自己是诸葛亮的后代。传言诸葛亮有三个儿子，但据说真正的儿子就只有诸葛瞻。这样代代相传，人丁居然兴旺起来。到五代时，第十四代孙诸葛利，到寿昌县，也就是今天的浙江建德，当了县令。诸葛家族就在浙江兴旺起来。到了诸葛大狮这一代，选择到现在的诸葛村所在地发展，逐渐成为当地的大户村落。此地本叫"高隆村"，源自诸葛亮高卧隆中之意。后来旅游兴起，为了吸引客流，改名叫诸葛八卦村。

有诸葛亮在背后垫着，子孙后代的发展也有了底气。出于对诸葛亮的敬重，周边的老百姓也会对诸葛族人礼让三分。诸葛族人也很争气，一直把诸葛亮当作家族的道德典范。所有族中孩子，都必须从小背诵诸葛亮的《诫子书》："夫君子之行，静以修身，俭以养德。非淡泊无以明志，非宁静无以致远。夫学须静也，才须学也，非学无以广才，非志无以成学。淫慢则不能励精，险躁则不能治性。年与时驰，意与日去，遂成枯落，多不接世，悲守穷庐，将复何及！"可惜我只会背其中的两句："非淡泊无以明志，非宁静无以致远。"能够熟背这样文字的后代，气质上自然要好一点。但一族的兴旺，终究需要有能耐的领头羊，光把老祖宗作为榜样是远远不够的。这个时候，诸葛大狮出现了。

诸葛大狮这个名字也挺怪的，因为复姓诸葛后面一般跟的都是单名。大狮不光是复名，而且在谱系中没有上下联系，从名字本身看，还有一种山大王的感觉。据说诸葛大狮是一位出色的风水师，他第一次来到此地，便发现这里背靠山峦，面对流水，是非常难得的风水宝地。周围八座小山环绕，似连非连，如同八卦的八个方位。因此，他决定带领全族人拿下这块宝地，作为诸葛家族的永久居住之地。

他把村庄设计成了八卦形状。在村子中心，挖了一个水池叫钟池。水池的形状是八卦双鱼图的一半，另外一半是水池边上的平台，两相呼应，形成水陆八卦阴阳图。所有的房屋都按照预先设计好的八卦图形，沿着八条巷子往外延伸。后来村里人口越来越多，房子也造得越来越多，在八条放射线街巷的基础上，又出现了很多纵横交错的小巷。不熟悉的人走进诸葛八卦村，很容易迷路，因为横平竖直的街巷几乎没有。

一件事情能够做成，首先要有一个说话算数的领袖人物；其次，这个人还要有一个设想，且有把这个设想变成现实的能力；最后，随着时间的推移，还要形成文化和传统。诸葛八卦村的存在，刚好符合了这一要求。有诸葛大狮，有八卦村的设想，全族人实现了这个设想，随着时间的推移，形成了以诸葛亮人生价值为核心的宗族文化，代代相传，绵延不绝。

我们在下午的微雨中，来到了诸葛八卦村。还没到村口，就发现一汪巨大的水面，在绿树的包围中荡漾，紧接着是一大片荷花，绿叶粉花，莲蓬高举，在雨中显得超凡脱俗，俊俏飘逸。导游告诉我，这一大片荷花池，曾经是村里的农田，现在为了旅游开发，改造成了荷花池。通过展览室的模型可以看出，村庄里有一条隐约的水系，连接了村中的上塘、下塘、荷花池，还有两边的水塘。如果下雨太多，这些塘中的水就会泄出，顺着地势流到村庄外边去，不会淹没村庄。可见诸葛大狮在规划的时候，一定进行过精心的思考和布局。说句玩笑话，小时候，我家乡的村庄几乎年年都会被水淹，就是老祖宗当初没找好地方；要是找好了，说不准我今天的事业会更发达。

这个村庄已存在了近千年，当地老百姓可能从没想到过，自己的家乡会成为一个全国人民都想来看看的热门旅游地。诸葛家族世世代代过着安静的耕读生活，全村人主要就是读书、行医和耕作。周围农田肥沃，居民不会被饥荒困扰。因为诸葛亮的面子，官府对其也有一点特殊照顾。改革开放以后，老百姓开始做生意，变得富有起来。他们曾经有过讨论，要不要把旧房子拆了盖成新房子？幸亏当时来了几个清华大学的教授，惊叹这个村庄不啻为建筑布局的瑰宝，强烈要求把村庄保护下来。今天的村民，曾经因为不让拆旧房子而抱怨，现在应该知道这一做法的远见了吧？光是靠门票，村庄每年就能收入两千万。

村中保留或复原的最重要古建筑，包括了丞相祠堂、大公堂、天一堂、古商业街等。在村中小巷穿行，很多房子前厅后屋相连，曲径通幽，别有趣味。高低不平的青石街道和斑驳陆离的墙体，彰显着岁月留下的故事和痕迹。村中心的上下两塘，碧水周围的道路，是村人聚集的所在，也是全村的商业中心，有很多酒吧、咖啡店和旅游商店。全村大部分人都姓诸葛，现在是一个人口超过5000人的大村镇，由一个村变成一个镇，除了农业也有了商业。今天不少村民把房子租给外来经营者，自己则搬到村外新建的居住区，每年靠租金过着悠闲的小日子。在他们眼里，村庄里或许就是一些旧房子，没什么稀奇的。不过今年的日子有点不好过，因为疫情的影响，整个村庄的收入大为减少，影响到了大家的经济来源。

今天接待我们的，是诸葛村的书记诸葛坤亨，一个温和淳厚的人。他告诉我，他是1951年出生的，但看上去好像比我还年轻几岁的感觉。他说，小时候就有拄着拐棍的老爷爷老奶奶叫他爷爷的。他一说我就明白，农村的宗族社会，随着一代代人的繁衍，很容易出现"少爷爷、老孙子"这样的辈分和年龄的错乱。这次我来诸葛村，首先是我自己想来看看，毕竟我对古城古村一直都很感兴趣；另外，兰溪市政府领导听说后，也希望我考察后提出一些对未来村庄发展的建议。

走遍整个村庄，我觉得一切都好，安静古朴，还没有像丽江那样，被现代商业竞争所污染。但村书记不这么想，他希望村庄能够更加繁荣，让老百姓过上更好的日子。于是我和他说，现在门票100元一张，可能会让人们来一次就不来了。能否设置一套系统，只要买过一次门票的人，以后就可以自由出入？这样更多的游客就会愿意来这儿过周末，小镇的商业和民宿就会繁荣起来，这样良性循环，小镇一定会得到更好的发展。

访问小镇最开心的事情，是发现村头放了两架水车，这可是我小时候在农村常常使用的农具。农民把河水从低处用脚踩上来浇灌农田，全靠水车。我很开心地在水车上玩了一会儿，还把玩水车的视频发到了快手上，结果很快几万人就看到了这个视频。现代信息世界，只要你愿意，很多事情一分钟就能传遍全世界，人与人之间的信息渠道，变得如此直接和生动。

在小巷行走的时候，我还被一个小商店店主认了出来。他是一位徐姓的艺术家，在这里租了房子做生意。除了卖一些旅游小商品之外，他自己还会作画或写书法。可根据客人的要求，把其喜欢的话写在折叠扇子上。他认出我后很开心，一定要送我一把扇子作为纪念，我恭敬不如从命，笑纳下来，打开扇子，映入眼帘的便是他很有笔力的书法。

诸葛八卦村，值得你来一趟。尤其是在江南的细雨中，徜徉在古老的街道，看当地的老百姓或坐或站、悠闲聊天和生活，你会觉得，在繁忙的追逐中，给生命留一点不需要计算的时刻，是一件特别美好的事情。

李清照与八咏楼

我来金华参加新东方国际双语学校的宣传活动。活动下午四点半结束，离晚饭还有一个多小时的时间。我让司机带我到婺江边上的八咏楼去看一看。

其实此前我并不知道八咏楼，是聊天的时候周骏提到的。周骏是新东方金华国际学校建设的负责人，当地出生，对金华的历史脉络和文化传承门儿清，随口就诵出了李清照的《题八咏楼》诗，我才知道八咏楼有这么大的名声。

李清照于绍兴四年（1134年）九月避难金华，投奔当时在婺州任太守的赵明诚妹婿李擢，就卜居在八咏楼边上的酒坊巷陈氏第。在金华期间，李清照写了不少诗词，其中最著名的是一首诗和一首词。诗是《题八咏楼》："千古风流八咏楼，江山留与后人愁。水通南国三千里，气压江城十四州。"词是《武陵春》："风住尘香花已尽，日晚倦梳头。物是人非事事休，欲语泪先流。闻说双溪春尚好，也拟泛轻舟。只恐双溪舴艋舟，载不动，许多愁。"诗词中充溢着李清照对辗转漂泊、无家可归的感叹，更表达了她对国破家亡、宋室不振、江山难守的悲慨。家国的变迁，个人的苦难，后半生的颠沛流离，一方面让李清照苦不堪言，另一方面也成就了她诗词的内涵和境界。真是"国家不幸诗家幸，赋到沧桑句便工"，其中的"只恐双溪舴艋舟，载不动，许多愁"和"江山留与后人愁"，两个"愁"字，一直到今天仍是绝唱。

今天的八咏楼，被维护得很好。原来的八咏楼，登楼就可以看到婺江上的船来船往，听到江上的渔歌互答。今天八咏楼的前面，江边的滩涂已经被填高，种上了绿树，成了森林公园。婺江已被绿树挡住，看不见了。即使看见，也没有太多意趣了。婺江已经不通航，没有了东吴的万里船，更没有了载人的舴艋舟。不过八咏楼自身的气势还在，在花岗岩堆砌而成的台基上，双层飞檐的八咏楼，像一个张臂翘首的文人侠客，凝视着眼前大江的灵动和更远方南山的逶迤。

根据网上的资料介绍：八咏楼，位于八咏路。此楼系南朝齐隆昌元年（494年）东阳郡太守、著名史学家和文学家沈约建造。竣工后沈约曾多次登楼赋诗，写下了不少脍炙人口的诗篇，最著名的是《登玄畅楼》："危峰带北阜，高顶出南岑。中有凌风榭，回望川之阴。岸险每增减，湍平互浅深。水流本三派，台高乃四临。上有离群客，客有慕归心。落晖映长浦，焕景烛中浔。云生岭乍黑，日下溪半阴。信美非吾土，何事不抽簪。" 沈约在此基础上又增写了七首诗歌，称为《八咏》诗。在唐代时，以诗名改玄畅楼为八咏楼。南宋淳熙十四年（1187年）八咏楼扩建，元皇庆（1312—1313年）年间毁于火灾，明万历（1573—1602年）年间重建。现存八咏楼，为清嘉庆（1796—1820年）年间重建，1984年大修。该楼坐北朝南，共四进，依次为楼阁、前厅、二厅和楼屋。

我们到达八咏楼，其实已经到了关门时间，但相关部门特意安排了导游等待我们。下车后，八咏楼赫然出现在眼前，一股思古幽情油然而生。我的这种心情，和李清照登楼的心情是截然不同的。今天的中国，国泰民安是基本底色，登上斯楼，抒怀长啸，把酒临风，才是应有的姿态。李清照登楼的时候，家国残破，人生困顿，自然不可同日而语。

楼基平台上，有沈约和高僧慧约喝茶对谈的雕塑，供人瞻仰。沈约当初建这栋楼的时候，一定没想到能够留存千年吧？这有沈约的功劳，更有李清照的功劳。中国的一些著名楼阁，之所以能保存到今天，不是因为楼有多么结实，而是因为有美丽的文字触动了人们的情怀。滕王阁、岳阳楼、黄鹤楼，都是因为美丽的文字才得以留存至今。描写楼阁的文字，还会代代相传，直到永远。

拾级而上，到达二楼。这里本该是把酒临风、一览江山的地方，但眼前的江对岸，已是高楼林立的现代城市，瞥一眼就已足够。下楼到后面的大厅，是整个金华古城的复原模型。这个倒值得一看，毕竟还能遐想一下古代金华的风貌。三江六岸，风光无限，气势壮阔。厅室墙壁上，是历代诗人、词人的诗词介绍，这里就不一一列举了。

八咏楼下，就是李清照曾经居住过的酒坊巷。既然叫酒坊巷，想来当初这里酒坊不少。现在这条老街已经被政府整修恢复，街上也有了不少酒吧，还有一些旅游商店。游人几乎没有，疫情带来的影响依然巨大，人们还没做好在全国各地自由行走的心理准备。不过，没有游人的古巷，别有一番幽静。

我正在感受这种幽静，一辆快递车从旁边隆隆驶过，留下我一脸穿越时空的惊诧。时光穿梭，千年之后，老街还是那条老街，八咏楼还是那座八咏楼，但历史沧桑巨变，人类繁衍不息，生活方式也天翻地覆。不变的，是一代又一代人对文化精神、家国情怀的坚韧传承。

万佛塔

金华自古以来的地标性建筑，是耸立在古城中央的万佛塔。由于在相当长的时间内，一直是浙江地区的最高塔，所以有"浙江第一塔"之称。

万佛塔今天还在。只要在婺江边上，你就能看到它高高矗立的身影。金华城的布局就像一艘船，自古以来老百姓就把万佛塔看作金华这艘船的桅杆。可以想象，古时候，船只从远方沿着婺江驶来，当船客远远看见万佛塔时，他们那种终于到达，可以在一个繁华地歇脚的愉悦心情。

今天的万佛塔，已经不是原来的万佛塔了。原来的万佛塔，抗战时被拆除了，底座还曾经变成过日本鬼子的炮台。现在的万佛塔，是在

2014年启动复建的，地址还移到了靠近婺江的地方。新建的万佛塔，自然要比原来的更加雄伟壮丽，远远看去，在绿树和古城中拔地而起，俯视众生。

关于万佛塔的来历，金华人传说是孙权为庆祝母亲百岁生日而建。这个说法有点不靠谱，因为三国时期，建塔好像还没有成为风尚，况且孙权的母亲也没有活到一百岁。可靠的资料显示，该塔始建于北宋嘉祐七年（1062年），位于老城区塔下寺的山坡上，九层八角楼阁式砖木结构。因塔身外壁上半部的每块砖上都雕有精美的如来佛像，一排排结跏趺坐在莲台上，数以万计，故称"万佛塔"。据说该塔自建成之后，就一直没有倒塌过。明代和清代关于金华的绘画，都能够看到万佛塔的身影。古人手扶佛塔楼梯，曲折而上，凭栏远眺，看到双溪似带，群山如屏，一览江山无余，内心一定充满了波澜壮阔、气吞山河的激动吧？

万佛塔岿然不动了近千年，直到抗日战争时期遭到厄运。据网上的资料介绍，1942年春，美军为报日本偷袭珍珠港之仇，出动大批轰炸机，长途奔袭日本东京。空袭成功后，飞机按计划飞到中国，在浙江衢州等地机场降落。因此，日寇视杭州、衢州、金华等地为眼中钉，发动了浙赣战役，强渡钱塘江，对金、衢两地造成威胁。当时，国民党第三战区司令顾祝同，对金华兰溪警备司令王铁汉下令："万佛塔目标过大，易被日军飞机轰炸，予以拆毁。"老百姓闻讯纷纷反对，王铁汉为尊重民意，一方面执行毁塔的命令，一方面尽量保护古塔。他让人从塔顶慢慢地往下拆，尽量使古塔少受损失，便于战后修复。拆塔未几，日寇兵锋逼近金华，部队撤离，日本鬼子进占金华。鬼子驱使民工继续拆塔，把拆下来的材料在最后三层基础上构筑了炮台等工事。

日本鬼子在万佛塔的基座上一待就是三年，万幸没有发现塔下面还有个地宫。1949年后，这里成为部队营地的一部分。1956年，一次偶然的机会，有个解放军战士发现了一个洞，地宫从此重见天日。从地宫里出土了很多宝贝，现在这些宝贝很多都收藏在国家博物馆里。

2014年，当地政府规划"三江六岸"景观，将万佛塔纳为金华"十景"之一，新万佛塔破土动工。2019年12月31日，万佛塔公园正式开园。从此，万佛塔再次耸立在婺江江畔，古老的地标散发出新的光彩。

相关部门邀请我参观万佛塔，我欣然从命。万佛塔离八咏楼很近，参观完八咏楼，我们就信步来到万佛塔。接近塔身，宝塔巍峨挺立，高耸入云。陪同人员告诉我，此塔有100米高，明面9层，实际里面达到了17层，每层都有对佛教不同主题的展示，外部墙面的每块青石上，都雕着如来佛像。底层为花岗岩台阶，汉白玉扶栏。

我们拾级而上，进入塔内。塔内装饰金碧辉煌，四周都是佛教故事壁画，精美程度堪比莫高窟壁画。地面上，用各色大理石和宝石拼成的圆形、方形拼花图案，做工精美，平滑如镜。进入地宫，宽敞庄严，除了壁画，还有十八罗汉石雕，气势非凡，美轮美奂。新建高塔还安装了电梯，电梯可以一直到第15层。再到第17层，就需要攀爬台阶了。上三层中间镂空，安装了一口巨大的铜钟，纹饰精美。如果敲响，整个古城应该都能够听到。陪同人员让我撞一下，我拒绝了。古代的暮鼓晨钟，传递的不仅仅是声音和时辰，还传递着国泰民安、心灵安宁和精神寄托。我如果随便乱撞，传递的只能是扰乱和惊讶，甚至还意味着特权。不过我建议他们，其实可以每天在固定的时间，如早6点和晚6点，各撞钟六下。久而久之，就会在老百姓心中形成一种祥和的期待，心灵的寄托，以后即使远行万水千山，这一浑厚的钟声，依然会时刻回响在他们心里。

走出塔顶小门，有一圈石砌围栏。凭栏远眺，整个金华城一览无余。婺江从远处流淌过来，江水闪闪发光。不远处的武义江也汇入其中，形成"三江六岸"的景象。婺江的独特处，是江水从东向西流，然后在更远处和衢江汇流，形成兰江。兰江再向北流，汇入富春江，到下游便是钱塘江，在钱塘江潮的轰鸣声中奔流入海。

金华的地形是"两山夹一城"。北山几乎就在城边上，山峦轮廓清晰可见。南山要稍微远一点，比北山更加逶迤腾挪，绵延不绝。两山高度都超过了一千米，站在宝塔上看，两山都有崇山峻岭的气势。南方的山，没有北方山峦的冷峻，透着一种秀丽和宁静。宝塔的脚底下，就是金华古城。古城范围内，没有什么高楼，不少古旧房子还留着，鳞次栉比地绵延着，借此可以想象古代的繁华。金华的现代高楼建筑，都是隔江而建。一条江，把古代和现代进行了清晰的划分，也起到了对古城的保护作用。弯曲的河水，像母亲的臂弯，把古城像孩子一样抱在怀里。

　　这段时间正是黄梅雨时节。朋友告诉我，这里已经连续下了三十多天雨了，没想到今天云开日出。站在塔顶，太阳已经西斜，万佛塔和整个金华，都笼罩在一层朦胧的夕阳霞光中，显得沉静而厚重。历史告诉我们，古代和现代，其实并没有明确的分界线，人们的心里，既需要古代淳厚的抚慰，也需要现代发展的激励。只有两者美好的融合，才是一个民族新的精神生命诞生的根源。

历史在这里沉睡
——在潮汕的感悟

　　这段时间因为各方面的原因，内心烦闷郁结，每天在办公室思考新东方的出路，犹如苍蝇在瓶中飞舞。不知不觉中，中秋节快到了。前几天晚上散步，看着天空的半个月亮慢慢变圆。蛩声四起，凉气侵骨，秋天不可阻挡地来临。女儿知道我最近心绪不佳，提议中秋节一起出去玩一下。讨论半天，最后决定去潮州和汕头玩两天，不是因为那里风景优美，而是女儿对那里的美食心向往之。在我看来，只要和孩子在一起，到哪里都是最美好的时光。女儿说，吃什么归她管，玩什么归我管。

龙湖古寨

　　出机场去的第一个地方，是龙湖古寨。其实我也是来之前翻阅资料，才知道这个地方的。古寨实际上是一个市镇，坐落在韩江边上。

　　一般在江边的市镇，多由于地处水上交通要冲和物资集散地，人群在这里聚集而逐渐形成。龙湖古寨就是因为韩江码头兴旺起来的，作为海运和河运的集散地，据说已经有上千年历史。古寨保留了大量的老建筑，到今天依然有老百姓住在里面。在韩江上的大桥建成之前，这里一直是水上集散中心。

中国的古村落，一般都是以某个姓氏为核心，但龙湖古寨是经年累月由四面八方的人汇聚而成，没有占主导地位的姓氏，不同的姓氏有几十个。这就形成了古镇的开放性，大家互相包容，不狭隘，一起做生意，和气生财。随着历史的推进，古镇产生了不少大户人家和官宦世家。

商人有钱之后想到的第一件事，不是培养后代继续做生意。在中国文化中，做生意被认为是二流的，到今天为止仍是如此。看看商人们在当官的面前心惊胆战不受待见的样子就明白了，当官才是正道。古寨的商人，最重视的是让后代读书，参加科举考试，然后当官。

当官需要考试，考试需要学习，书院就此兴起。不同的姓氏互相比赛，看谁家的书院办得更好，谁能够请到最好的老师。现在，书院的遗迹居然还有几十处，有"读我书屋""芥舟书斋""友竹居""梨花吟馆""抱经舍""兰后斋""津南别墅""雨花精庐"等。一个经济繁荣的古寨，一个书声琅琅的古寨，看上去就像一幅美好的画卷。因为重教，人文荟萃，人才辈出，仅进士、举人、贡生等就有六十多位。最成功者，有南宋的探花姚宏中，明朝的布政使刘子兴、户部郎中夏懋学，明末清初的诗人黄衍启等。

成了进士举人，当了官，自然要光宗耀祖，就回来翻建房屋。龙湖古寨的高堂大屋就比较多。同时也要建庙建祠纪念，所以公共建筑也比较多。年复一年，古寨的规模越来越大。如果不是世事变迁，这一切似乎会一直持续下去。

但历史动动手指头，一个热闹的市镇就会失去发展的基石。清咸丰八年（1858年），中英《天津条约》规定将潮州辟为通商口岸，但遭到了潮州民众的强烈反对（缺乏历史眼光啊），中英双方就把通商口岸从潮州改到了汕头。当时汕头还只是个小渔村，却借了这个机缘逐渐发展起来。今天的汕头是一个比潮州发达得多的城市，而潮州只剩下一点漫长的历史值得骄傲。龙湖古寨作为码头市镇的功能也逐渐退化，直至被汕头替代。没有了商业保障，唯一的归宿就是沉寂和衰败。有钱人一转头就告别故居，移居去了汕头。好在当地人有重视祖屋的传统，古寨居然躲过了十年浩劫，得以保留到今天。

一个古寨的历史，也是中国市镇的商业和文化发展史的缩影。今天的龙湖古寨，就像韩江边上一个活着的博物馆，诉说着曾经辉煌的往事。

我们到达古寨的时候，正值下午两点多。火辣辣的太阳当空照下，几乎要把我们瞬间蒸干。古寨的小门楼在巨大的榕树掩映下，显得非常袖珍。里面的街道，最主要的就是被称为"龙脊"的古街道，石板铺路，两边都是一层瓦房建筑，两层的房子很少。很多小巷从主街延伸出去，形成很多分岔，房屋随着街道和小巷纵横交错。

今天是中秋节假期的第一天，我本以为会有很多人来旅游，实际上游人寥寥无几。街道两边的房屋多被辟为商店，卖的东西有点千篇一律，不是当地特色糕点，就是自产的手工产品。我转了一圈，就明白了游人少的原因。古镇几乎没有饭店，也没有咖啡店，好像民宿也不多。这就意味着本地人不会来，外地人来了看看老房子也就走了。我们没有吃午饭，因为这里居然找不到饭馆，不知是古镇里不让开饭馆，还是有其他原因。总之，我们在古镇转了一圈，有点兴味索然。于是折到韩江大堤上看了看，没想到韩江江面倒是宽阔，水清如碧。我伫立江边，想象了一下当年码头的繁盛，就从古镇离开了。

不过，古寨还是值得来的。但如何做到让游客流连忘返，就要考验古寨人的智慧了。他们的先辈塑造了古寨的历史，但后续的历史如何写？已经没法从历史中找到答案了。

潮州古城和广济桥

潮州市已经有1600多年的历史，早在秦汉时期，这附近就有了行政建制——南海郡揭阳县。今天，揭阳市依然存在。而现在潮州市的古城遗址，可能始自东晋时期。

如前所述，在中英《天津条约》签订时，潮州曾经错过历史发展的机遇。一方面，潮州曾经保守；但另一方面，它也开风气之先，逐渐醒悟，学会了和全世界做生意。从明朝开始，潮汕人就开始和东南亚地区进行贸易，到鸦片战争后，贸易更是扩大到了世界上许多其他地方。很多潮汕人也移居海外。今天，东南亚各国依然有很多讲着潮汕话的家族。因为历史传统，潮汕人都很会做生意。如果要找个代表，大家脑海中想到的第一个人可能就是李嘉诚了。李嘉诚是潮汕人，后来为回报家乡，还资助了汕头大学的建设。

有历史，就有古城。虽然在改革开放之后，潮州城区发展迅速，但潮州人并没有把古城拆掉，而是把新城区建在了古城边上，这样古城就比较完整地保留了下来。当然，这也不能算是当地政府有先见之明。潮州古城的建筑，都是清朝和民国时建的仿西洋建筑，以骑楼建筑为主，都是楼房，质量上乘，里面还住有居民。这样的建筑很实用，确实没有必要拆除。

在历史的大潮流中，没有一粒尘埃能够幸免。潮州在那段特殊的历史时期，还是拆了不少东西的。潮州人过去喜欢造牌楼，凡城乡间于节义、功德、科第等方面有突出成就者，人们常常建造牌楼，以纪念其"嘉德懿行"。据说整个潮州城有七八十座牌楼，到1949年的时候，还有三四十座，最后都被拆得一干二净。古城墙和古城楼，也被拆得了无踪影。著名的广济桥，中国四大古桥之一，上面的亭台楼阁也全部被拆除，之后架以钢梁，加铺钢筋路面，汽车由桥上通过。

现在你去潮州古城，会发现几十座牌坊又出现了。广济楼巍然耸立，周遭的亭台楼阁错落有致。广济桥横跨韩江之上，还有一座由十八只木船连成的浮桥，荡漾于清波之上。这一切，给我们一种破坏似乎从未发生过的错觉。但这只是幻觉，所有这一切，都是后来复建的。复建花了很多钱，其中多数是来自海内外潮汕人的捐赠。广济桥头的纪念碑，赫然写着李嘉诚曾出资720万。2003年重建广济桥时，720万可不是小数。

全国近二十年都在复建古建筑，有的地方建得比较到位，尽量建新如旧，质量也不错。但有些地方的复建，就不敢恭维了，一看就是豆腐渣工程，油漆刚上一年就已经开始剥落。我仔细看了潮州复建的牌楼、城楼和古桥，觉得造工还是比较认真细致的。希望这样的复建，今后不至于再被拆除。拆拆建建，历史来回往复，没有进步，实在是没有意义。

我们在古城牌楼下转了转，看了很有特色的骑楼建筑，登上广济楼俯瞰了宽阔的韩江，看广济桥长桥卧波，步行走过500多米长的广济桥，体会古人建设该桥时候的智慧。在如此宽阔湍急的江面上建桥，实在不易。据说最终形成所谓的"十八梭船廿四洲"格局，用了300多年的时间。桥上的石条，要比埃及金字塔上的石头平均重量重好几倍，达几十吨。古人是如何运过来的？又是通过什么工具将其架设在了横跨水面的桥墩上？我们只能想象和感叹。

广济桥始建于南宋，早先是用许多木船连成的浮桥，后来逐渐增加桥墩，百年后形成现在式样的广济桥。由于当时的潮州知州丁允元指挥修缮了这座桥，所以这座桥又叫丁侯桥。真正改名广济桥，则要到明宣德十年（1435年）。当时，由潮州知府王源主持，对桥进行了规模空前的重修，全面加固了23个桥墩，墩上加梁，木石间用，梁上铺厚板，板上再铺砖，成为行人通达两岸的大道。桥上还建起126间亭屋，亭屋间建造了12座楼阁，这样使得行人过桥时免遭日晒雨淋。桥修好后，更名为"广济桥"，意为"广济百粤之民"。

骑楼、牌坊、城楼、古桥，成了人们来潮州的理由。你走在街上、桥上，就是在穿越历史。哪怕你知道有些东西是新修的，依然可以据此走进对历史的想象中。

韩文公祠

说起韩愈，大家马上能够想起的，可能是《师说》："古之学者必有师。师者，所以传道、受业、解惑也。" 一篇文字，确定了千年以来对老师的定义。

大家可能不知道的是，韩愈是历史上为数不多的因为对地方上的贡献，使当地为之易名的人。今天潮州的韩江和韩山，都是因为韩愈而改名的。韩江，原来叫鳄溪；韩山，原来叫笔架山。

韩愈自然是个牛人，出身贫寒，奋发有为，不仅心直口快，文采斐然，治理能力也相当了得。当时，唐宪宗过分宣扬佛教，派使者前往凤翔法门寺迎佛骨，于是长安一时掀起信佛狂潮。韩愈觉得这样实在太过分，就不顾个人安危，给唐宪宗上《论佛骨表》劝谏，言辞激烈："乞以此骨付之有司，投诸水火，永绝根本，断天下之疑，绝后代之惑……岂不盛哉！岂不快哉！佛如有灵，能作祸祟，凡有殃咎，宜加臣身，上天鉴临，臣不怨悔。" 宪宗看完大怒，要用极刑处死韩愈。裴度、崔群等人极力劝谏，皇亲国戚们也认为对韩愈处罚太重。最后宪宗将他贬为潮州刺史。

没想到的是，这一贬，反而成就了韩愈。按唐代和宋代的风气，一般情况下大臣得罪了皇帝，基本都是被贬谪，被杀头的不多。这一人生的起伏波折，成就了中国历史上很多的文化巨头。唐朝的韩愈、柳宗元（被贬柳州，写出了"共来百越文身地，犹自音书滞一乡"的杰出诗篇）、刘禹锡，宋代的苏轼，明代的王阳明等，都是因为被贬谪，反而完成了生命的升华和跃迁。

不过韩愈到了潮州，好像没有写什么诗文。只有一首诗，还是在没有抵达潮州的时候写的，诗的格调很愤慨和悲壮。当时唐宪宗贬他，要求他当天就离开都城，所以他连行李都来不及拿。他在路上写了下面这首诗："一封朝奏九重天，夕贬潮州路八千。欲为圣明除弊事，肯将衰朽惜残年！云横秦岭家何在？雪拥蓝关马不前。知汝远来应有意，好收吾骨瘴江边。"

可到了潮州，情况好像没有他想的那么糟糕，于是韩愈迅速安心待下来。他在潮州待的时间并不长，也就七八个月，但据说做了很多为民造福的事情。其中主要是四件事情：一是带领大家驱除鳄鱼。当时潮州鳄鱼很多，所以韩江叫鳄溪。韩愈具体是如何驱除鳄鱼的，史料失载，但据说从此潮州的鳄鱼就消失了。二是释放奴婢。潮州当时有畜养奴婢的习俗。韩愈下令奴婢可用工钱抵债，钱债相抵，就可重获人身自由。三是发展农业。他主持兴修水利，并推广北方先进的耕作技术。四是兴办教育。他请先生，建了一批学堂。潮州人一直重视教育，据说就是韩愈努力推动的结果。短时间内韩愈就做了这么多事情，深受老百姓爱戴，这是挺了不起的一件事情。

当然，韩愈是不是真的做了这么多，并在短短几个月里就使潮州移风易俗，没有更多的历史资料来支撑。也许是因为后来韩愈的名声太大，潮州人民为了进一步加强自己和韩愈的联系，就把很多好事都加到他的身上。但由此也可以看出文化名人造福一方百姓的力量。潮州人世世代代都以韩愈为骄傲，不惜把江、山改成韩姓，本身就说明了潮州对文化的尊重。

今天的潮州，有韩文公祠，就是韩愈纪念馆，坐落在韩山脚下。韩山在江边，江对面即是古城。韩江很宽，在有广济桥之前，只能坐渡船过江。韩愈应该不止一次，渡江到当时的笔架山游玩，据说他曾在山上手植了一棵橡树。到了宋朝，地方政客文人为了纪念韩愈，就在山上修建了韩文公祠，后来历代修补，一直延续到今天。这一祠庙，在"文革"时也没有被拆除，据说是因为韩愈的革命精神。他的《论佛骨表》得罪了唐宪宗，差点令其送命，却在后世阴差阳错救了他的祠堂，为后人留下了一个瞻仰他的所在。今天的韩文公祠经过当地政府的重修扩建，亭台楼阁已一应俱全了。

祠堂正厅放着韩愈的塑像，显得有点胖，不像文人，更像官僚。我想象中，韩愈应该有一张忧国忧民的面孔才对。塑像上方挂的匾额写着"泰山北斗""百代文宗"等字样，墙壁四周是对韩愈生平的介绍。从祠堂边上的台阶往上爬，就到了楼上的侍郎阁。这也是纪念韩愈的，因为韩愈后来曾官至吏部侍郎。这是一座二层建筑，比下面的建筑要新很多，看上去是后来修建的，里面没有什么东西。下来的过程中，我想寻找韩愈手植的橡树，却没有找到。不过我也不太相信橡树是韩愈手植的，韩愈那个时候，这里应该还是荒山。文人喜欢附会，估计这也是后世文人为了故事的丰富性，而附会出来的。

看完韩文公祠，已经夕阳西下。从祠堂门口的山坡上极目远望，金色的阳光洒在江面上，熠熠生辉。左前方的广济桥，横卧在江水上，已有了上千年。江水奔流，一去不返，前面是广阔的大海。人类的进步，就是从河流走向大海的过程，也是从黑暗走向光明的过程。引领人类进步的人，都有着江海一般的人间情怀。有了韩愈这样的人，人间生活，在黑暗中便有了灼灼的光明。

南澳岛

南澳岛是广东省较大的岛屿之一，几乎一岛自成一县，岛上常住居民在7万人左右。原来在岛屿与汕头之间，只能靠摆渡船来往联系，自从2015年初跨海大桥通车，汽车就可以直通岛上了。现在渡船还在，不过基本上已经没有什么生意了，只有游人和当地老百姓偶尔用一用。

作为"基建狂魔"，中国通过造桥将无数岛屿和大陆连了起来，这样做确实方便了人们出入岛，也促进了岛内经济的发展。但换个角度想，未必是好事。一座岛，应该有点世外桃源的色彩，渡船来往尽管有点不方便，但会带来一定的间隔，赋予岛屿海上仙山般的神秘，增加人们对上岛的期待。现在直来直往，海岛已经失去了原本的意义，变成了大陆的一部分。

加拿大温哥华岛和温哥华之间，一直有人提议建桥和隧道，结果几十年一直没有被接受。据说是因为渡船公司为了保护自己的利益不让建。但也正因为没有桥，温哥华岛才更显得有魅力，更让人希望到岛上去看一看，而岛上的经济也并没有因此就受到多大影响。希望未来的琼州海峡上不要建起跨海大桥，如果真有一座跨海大桥，那海南岛的魅力会失去一半。

南澳岛的百姓世世代代为渔民。他们中有潮汕人，也有闽南人，古代两地人常会发生冲突。据说闽南人中多海盗，所以潮汕人常落下风。岛上有一村，叫吴平寨，就是传说中海盗的巢穴。400多年前，诏安人吴平聚众为党，勾结倭寇，劫掠沿海。吴平将平时劫来的金银分装18坛，藏于不同地方，留下谜一般的两则歌谣："吾道向南北，东西藏地壳。潮涨淹不着，潮退淹三尺。""九坛十八缸，一缸连一缸。谁人能得到，铺路到潮州。"可惜，到今天也没人能够找到这笔财富。

今天岛上的居民已经融为一体，语言也互相融合，偏向潮汕话。整个岛，也都属于广东了。据说当初李嘉诚曾想承包南澳岛50年，将其建成美丽的度假天堂，但地方政府可能出于种种考虑，没有同意。今天的南澳岛以人工养殖海产为主要产业，而作为度假地，才兴起不久。要是当初接受李嘉诚的提议，今天可能就是另外一番景致了。

我们绕行环岛公路一圈，大概有七八十公里的样子。北边的大海湾，是一望无际的养殖基地，各种红黄蓝的塑料大瓶漂满水面，据说下面养的都是牡蛎。还有些小海湾里有网箱养殖，养的可能是鱼类。东边面向台湾海峡，有几个特别漂亮的沙滩海湾，其中最出名的是青澳湾，天蓝水碧。但沙滩管理混乱，周边房子也建得乱七八糟，缺少度假地的美感。南边的海滩多崎岖，巉岩层叠，惊涛拍岸，是很好的自然景观。公路两旁开满了三角梅，十分好看。在环岛公路上行驶，海阔天高，云淡风轻，周围是一片青翠山峦，内心颇有一种心旷神怡之乐。

整体说来，南澳岛只要设计和规划得当，绝对是一处与世隔绝又充满乐趣的度假胜地。但就目前来看，岛上的旅游业才刚刚起步，而且思路不清。未来如何发展，决定了南澳岛的命运。这样的命运，就掌握在少数地方政府领导手中，老百姓似乎只能听天由命。

南澳岛上有很多渔民，其中有些人会组织游人出海打鱼。渔民自己去打鱼卖钱，可能一天下来也不会有多少收入，但如果带游人出海打鱼，至少能收500元的费用，这可比自己打鱼去卖合算很多，所以渔民更乐意做这种生意。

但这样做，是被渔政禁止的，因为渔船没有这样的营业范围。渔船并不大，设施也很简陋，容易出危险，万一游人掉下海淹死，就是大事。但利益所在，屡禁不止。游人也很喜欢这种带有冒险色彩的活动。

女儿知道有这样的活动，居然从网上找到电话号码，和对方联系上了。我们随后到了一个海边的村庄。几艘小渔船停在一个小湾里。居然有不少游人都找到了这里，都要上船打鱼。渔船就是用小柴油机驱动的小木船，禁不起大风浪。

我们上船后，小渔船穿过养殖场，到达一个比较开阔的水面，依然是在大海湾内，风平浪静。小船的驾驶者就是渔民，开船和下网的是同一个人。网用的是粘网，这种网只要鱼虾碰上，就进出不得。把网拉上来，鱼虾就粘在上面。除了我们，还有好多船只在来往捕鱼。网下水半小时后，开始收网。我们把网一点点拉上来，发现网到了十几条大小不等的鱼。我本想把鱼放回海里。但等到收网结束，大部分鱼都已经翻了白眼，只能找了个塑料袋带回去，中午找到一家饭店，用自己打捞上来的鱼做了一份红烧鱼。

人生的浪漫，大多来自想象或者事后的美化。下海打鱼，听上去是一件美好的事情。其实在海上的两个小时，几乎被太阳烤个半死。放了半天渔网，就网上来不多的几条鱼，放网拉网的过程也十分辛苦。如果让你当一个渔民，终身捕鱼，估计你就不会再觉得这是一件让人激动的事了。捕鱼小哥一脸平静，说除了刮风下雨，每天都这样劳作。带游人打鱼的生意其实并不多，更多时候还是得出海打鱼卖钱，而他昨天就打鱼到凌晨两点。我听完心有戚戚，于是多给了他100元小费。

下船上岸，回头看，渔船漂在水上，景色依然美丽，而我心中的浪漫，却已经让位于人生多艰的思考了。

汕头老城

中国的城市，动不动就有上千年的历史。尽管很多城市连古建筑都没有了，都拆掉了，但在文字介绍中，依然以千年古城自居，就像一个穷得把家产卖光的人，依然在夸耀祖上的财富。

汕头没有这种骄傲。在1858年之前，汕头只是一个位于韩江和榕江之间的小渔村，很像是划为特区之前的深圳。深圳因为成为改革开放经济特区，迅速从小渔村变成了一个大城市。其实在深圳之前，同样的历史在汕头也上演过。

由于潮州人拼命抵抗，中英《天津条约》中约定的开埠城市由潮州变成了汕头。从此，小渔村有了另外的身份。远来的货物在这里集散。逐渐地，潮州被冷落了，龙湖古寨被冷落了，汕头迅速繁荣起来。有钱人、商人纷纷移居到汕头。汕头，成了中国商业最前沿的城市之一。潮汕人喜欢做生意，善于做生意，最后把生意做到了全世界，尤其在东南亚，潮汕人几乎成了中国人的代名词。

一个城市的命运就这样被决定了。一直到今天，汕头也是中国最开放的城市之一，不仅仅是地理上的开放，更是思想上的开放。只有思想开放了，创新能力才会被激发出来。潮汕著名的商人，如李嘉诚、马化腾、黄光裕、姚振华、谢炳等，都是巨大的商业帝国的创始人。而孙中山当初的革命，背后就有很多潮汕商人的支持，他们给钱买枪炮，支持革命。

汕头在两条宽阔的大江之间，又面向大海，这给了汕头"春暖花开"的机会。四散在全球的潮汕人，在改革开放之初立潮头之先；此后他们抱着对家乡的热爱，回馈故里，捐款修路建桥，同时发展企业。李嘉诚直接投资建了一所大学——汕头大学，还不遗余力把大学建成了"建筑博物馆"，到今天去看依然亮丽醒目。我曾去汕头大学做过演讲，深深折服于李嘉诚对家乡的贡献。

其实，潮汕人对家乡的深情，从汕头建城之初就有了。今天你到汕头老城区去走一走，就会发现，那里的建筑，真的是把全世界的建筑样式都搬回来了，巴洛克式、哥特式、中西结合式，其中大部分都建成了骑楼的形式。骑楼，就是一楼临马路的一边，全都留出走廊，相当于屋檐下的人行道，可以让行人避风雨、避太阳。同时也留有供人进出的空间，甚至可以拿把椅子，闲坐路边，喝茶、看风景，甚至把自己变成风景的一部分。

汕头老城位于榕江北岸，从汕头西堤码头一直到外马路口。我们于黄昏时到达老城。老城对小公园四周的核心区进行了修复。房屋都重新粉刷和修补，建筑特色却依然保持着原始的模样。从这些建筑，你可以想见当年的繁荣，它既像一个小的旧上海，又像欧洲的一个小镇。当时的这些楼房都属于各个商家，它们聚集在一起，成为城市的核心。周边的天主教堂、老妈宫戏台、龙尾圣庙，彰显着文化的包容性和多样性，是最早的开放的样板。

后来在某个特殊时期，中国走向封闭，一个靠和世界的联系而兴旺的城市，必然走向衰弱。楼房逐渐颓败，灯红酒绿的商店招牌全部被拆除，然而老百姓还是住在里面，跟楼房和时光一起变老。在热带地区无穷无尽的慵懒瞌睡中，他们可能偶尔会想起昔日的陈年旧事，但未来在哪里，一片迷茫。所有的楼房久经日晒雨淋，墙皮剥落，门窗破碎，爬满青藤，如寂寞的老人，不再期待未来的美好。在一切都无望之际，一声春雷响起，改革开放来临，汕头又迎来了新的发展机遇。一切重新开始，活力迅速恢复。老城已经太小了，跟不上发展的脚步。汕头像一只充满活力的章鱼，城市如触手般四面延伸，老城渐渐被遗忘了。

等到人们再回头看，才发现历史在这里沉睡，精神的根基也扎在这里。于是政府开始修复老城，人们开始回归老城，游客来到汕头，最感兴趣的还是老城。现在修复的核心区域还不够大，但已经可以在里面从容地散步、怀旧。我们漫步于街道，华灯初上，灯光和西边的晚霞融为一体，有着别样的美丽。

这就是汕头的老城，在沉睡了几十年之后，它用一种从容的姿态，展示着自己的高贵和雍容。

尾声

其实，我在潮汕只待了一天半的时间。19号中午到达揭阳潮汕国际机场，21号早上乘八点多的飞机，就匆匆离开，飞回北京了。

当初，韩愈从长安去往潮州，走了几个月的时间。今天，我从北京飞到潮州，却只需要三个小时。现代交通工具让我们的出行如此方便，也让我们有机会见到古人行走一生也见不到的风景，但在这样的匆匆忙忙之中，我们好像也丢掉了什么。说不清楚的一种失落、一种空虚，总是伴随着我们，让我们心灵不安，顾此失彼。本来，我们应该比古人更悠闲，但我们却更忙乱；我们应该比古人更多地思考，但我们的脑子里却常常一片空白。迷花乱眼，声色乱性。

我试图冲破繁乱与庸碌日常的包围，希望自己能够亲密地和文化对话，悠然地和古圣贤神交，结果却像入网的鱼虾，越挣扎，被粘连得越

▲于紫金山顶观景台俯瞰南京城，山川城郭在晨雾中显得既真实又缥缈

金 华

▲浙江兰溪芥子园里的小戏台，隔水看戏，别有趣味

▲金华八咏楼，双层飞檐，凝视着眼前婺江的灵动

▲浙江兰溪诸葛八卦村，静谧的青石街道上，岁月留下多少故事

潮 汕

▼灯塔注视下的跨海大桥，如一条蜿蜒长龙，将南澳岛与大陆连成一体

▲韩文公祠证明，即使被贬千里，也能完成生命的升华

▲在南澳岛环岛公路上行驶，满眼海阔天高，极目远眺，云淡风轻，心旷神怡

▲桂林日月双塔，日塔高大，月塔玲珑，各显魅力

▲坐竹排沿漓江而下，近山亲昵，远山妩媚，人已成为风景的一部分

▲兴坪古镇最有名的景点——20元人民币背景取景处

▼登上相公山极目远眺，漓江的蜿蜒身躯一览无余，无限风光尽在眼底

紧。人从赤条条无牵挂来到人间开始，这一生就一直主动或被动地被世事裹挟捆绑。等到蓦然回首，才发现自己能够动弹的余地已经不多。斩断尘缘，说起来容易，做起来难。大部分人只能一声叹息，继续过着让自己烦躁甚至绝望的生活。

我其实也是这样的人，每天叹息，重复同样的故事，没有勇气舍弃，没有能力重新开始。于是只能在百忙之中挤出一点点空间，让自己如小麻雀一样，在草丛之上飞一飞，然后告诉大家，看，我飞起来了。

每次有机会去到一个地方，我总是希望用文字记录下一点自己的感受，表明自己并没有白白活着。其实，这也是使自己落入了另外一个俗套，本来应该是轻松吃喝玩乐的过程，又弄成了另外一种痛苦：咬文嚼字，冥思苦想。

好吧，我还是体会到了行走的乐趣的。所到之地，必有新意，也必能吃到从来没有吃过的美食。这次在汕头，吃了不少海鲜，还造访了著名的网红餐厅"富苑饮食"，吃了生的醉蟹和醉虾，当时觉得大饱口福，结果回到北京，拉肚子拉了两天。

也许，这就是乐极生悲，这就是人生吧。

近山亲昵远山妩媚的自在

——山水甲天下中的心情

2020年因为疫情的影响，全家放弃了出国旅行的机会。在全世界都被疫情包围的环境中，去其他任何一个国家度假都不安全。相较而言，中国几乎成了没有新冠肺炎病毒的净土。除了个别例外，全国人民基本都恢复了正常的生活，全国各地也大多开放了旅游。

儿子九月份要去上大学。一上大学，就像飞出去的鸟，能和父母待在一起的时间就很少了。于是我决定在他上大学前安排一次全家旅行。我的工作很忙，所以旅行的时间不宜过长。全家人一起商量，终于挤出了四天时间：8月21日至24日。四天也去不了太多的地方，本来想去稻城亚丁或九寨沟转一转，终因路途太折腾而放弃。最后我们决定一起去桂林，来一次相对轻松的度假。

既然是度假，就需要有几个要素：一是路上不能太折腾，北京到桂林有直飞的航班，不用转机。二是要有一个好的住处，刚好桂林有Club Med。这个宾馆是复星集团的郭广昌投资的，他曾向我推荐过几次，我相信品质不会太差。三是要有山清水秀的环境，能让人放松心情，洗涤疲惫。四是最好有可口的美食，让人一纵口舌之欢。总之，就是要走好、住好、吃好、玩好。

选择桂林，就是因为以上四个条件基本都能满足。我原来去过桂林，不过不是去旅游，而是去做讲座，算是匆匆而过，一眨眼已经十年过去了。那一次，在桂林城里的漓江上，坐上竹排匆匆兜了一圈，只看到了叠彩山、伏波山和象山的山影，而没有感受一下漓江山水甲天下的美丽，而有名的阳朔城，更是未曾谋面。

这次带着家人，打算以悠闲的心态，好好享受一下漓江的山水。为了避免旅行社各种不靠谱的干扰，我打算所有的行程都自己安排，时间地点都自己掌握，想在宾馆休息或者想去任何一个地方，都可以随心所欲，不受掣肘。唯一需要解决的是交通工具。我想到了可以租一辆车自驾游，也可以包一辆车带着我们游玩，后来我决定选择后者。尽管租车自由自在，也更省钱，但要自己开四天车，总觉得会浪费不少时间。我喜欢在路上工作或阅读。

订好机票、宾馆和汽车，8月21日，我们正式开启了桂林之旅。去的时候我们乘坐的是海航HU7215，早上8点50分起飞。全家7点出发，到达机场办登机牌、过安检，到休息室吃早餐，然后登机。飞机准时起飞。在飞机上的三个小时，我工作、阅读、写作，觉得没多久飞机就落地了。12点，飞机落地桂林两江国际机场。司机靳师傅已经在机场等待，在随后的四天里，他将全程为我们服务。我的条件是：不计里程，不计时间，我们想去哪里就去哪里，他要像私人司机一样为我们服务。所有的费用都已提前谈好。

靳师傅看上去四十多岁，穿着得体，说话温和，一看就是个稳重的司机。于是我心里稍稍放下心来。后来四天的行程证明了我的判断。靳师傅开车稳重，办事也灵活。旅游的时候有一个好司机，真是太重要了。毕竟一个不好的司机和你一路相伴，会严重影响你的心情。

Club Med位于桂林和阳朔之间，并不在桂林城里。从机场到Club Med要接近一个小时的车程。宾馆坐落在大埠乡乡下，四周原来应该是一片农田，后来改建成了一个叫"愚自乐园"的度假胜地。Club Med就坐落在愚自乐园中，二者融为一体。Club Med的特点是饭菜实行包餐制，早中晚三餐都算在房费里面。这样做的好处是方便，不好的地方是如果你出去玩了在外面吃，餐费也不会退给你。愚自乐园里有山有水，还有很多极有特色的花岗岩雕塑。宾馆主打亲子主题，安排有各种亲子活动，来这里居住的大多数也都是带着孩子的家庭。院子很大，绿树成荫，早起睡前、茶余饭后，是散步的好地方。但南方夏季温度极高，太阳直透肌肤，出去散步，有可能会一头栽倒。我一直希望能够碰上一天烟雨朦胧的日子，可以在烟雨中租个竹筏看漓江山水。但连续四天都是艳阳高照，没有一点下雨的迹象。

入住后，在宾馆吃了自助午餐。一路风尘仆仆，已经有点疲倦，加上外面艳阳似火，遂决定在房间午休一下。下午4点半，我们出发前往桂林城里。今天的打算是晚上逛逛桂林城，再坐船游览一下两江四湖。两江四湖是桂林最著名的游览项目之一。我请靳师傅帮忙买了两江四湖的游览票，订了晚上8点15分的游船。

靖江王城和独秀峰

到了桂林城，时间还早，我们决定先到靖江王城和独秀峰去看一看。靖江王城起初是明朝靖江王朱守谦的藩王府。朱守谦是朱元璋的侄孙。他的藩王府始建于洪武五年（1372年），用了20年才建成。由于王城地处桂林城中心，就有了"阅尽王城知桂林"之说。"阅尽王城"之所以能够"知桂林"，是因为独秀峰就在王城内，登上独秀峰，整个桂林一览无余。

在民国时期，整个王城都变成了省政府的办公地点。王城旧的房子被推倒了，建起了带有民国色彩的新楼房，带有很浓厚的时代风味。后来，这个地方加上周边一些地方，就变成了广西师范大学的校园。现在广西师范大学的大部分学生和老师已经搬到了新校区，但这里依然保留着历史文化与旅游学院，有学生在里面住宿和上课。

发展旅游业后，学校把王城的核心建筑让出来，建成了5A级旅游景区。师范大学的整体建筑都是黄色的，看上去就像佛教的寺院。建筑大多是二三层楼高，掩映在高大的绿树之中，显得古朴宁静。我不知道广西师范大学是什么时候成立的，但这些建筑，看上去也像民国的风格。后来上网查了一下，原来1945年11月，因原校舍在战争中被毁，国立桂林师范学院就向当时的广西省政府申请迁至王城。而国立桂林师范学院，就是广西师范大学的前身。难怪整个校园充满了历史感，不仅仅因为王城，也因为这所学校也有着悠久的历史。校园内古树成荫，环境清幽，真是读书学习的好地方。中国大学的老校园，都有一种古色古香的读书韵味，后来很多新造的大学校园，则显得像暴发户一样没有文化。那种大学的文化气息，需要百年以上的修炼才能够养成。

现在作为旅游景点的王城主楼，曾经是民国时期广西省政府的办公楼，后来变成了师范学院的办公楼，现在则改为了王城纪念馆。里面陈列着关于王城发展史的各式文物，以及明朝历代靖江王的图像和介绍。历史天翻地覆，这些王爷已经了无踪影。当初他们很霸气地把桂林著名的山峰，也圈在了王府之内，使得老百姓只能望峰兴叹。徐霞客曾经来到桂林，一心想要攀登独秀峰，最后因为王爷不同意而没有成行，成为终身遗憾。

今天的独秀峰和王城连在一起，成为同一个旅游景点。独秀峰并不是明朝才出名的。早在唐朝，李靖就在独秀峰下构筑了子城。子城就是城中之城的意思。李靖为唐初名将，在621年到达桂州（桂林），派人分道招抚，所到之处，皆望风归降，于是连下九十六州，所得民户六十余万。自此，"岭南悉平"。李靖认为，此地为南方偏僻之地，距朝廷遥远，隋末大乱以来，未受朝廷恩惠，若"不遵以礼乐，兼示兵威，无以变其风俗"，遂率其所部兵马从桂州出发南巡，所经之处，李靖亲自"存抚耆老，问其疾苦"，得到当地人民拥护，于是"远近悦服"，社会安定。

自唐朝以来，独秀峰周围开始兴起摩崖石刻，历朝历代的文人墨客，打磨独秀峰四周的悬崖峭壁，刻上字体不一的各种文字。其中南宋人王正功留下了"桂林山水甲天下"这句诗，并被人刻了上去。从此，"桂林山水甲天下"流传开来，成为响遍中国的最佳广告语。也许是因为和摩崖石刻相关，独秀峰下自此成为读书人聚集的地方。在独秀峰下还有一个叫"读书岩"的地方，我现场看了一下，就是峭壁下凹进去的一小块平地，可能是当时读书人聚会切磋的地方。

没想到的是，山脚下还有一个岩洞。进入岩洞，里面曲径通幽，岩洞的墙壁上也有很多石刻，写的多是"福禄寿"等字。其中还雕刻了无数太岁像，每一个像对应着不同年份出生的人，游客可根据自己出生的年份拜不同的太岁。到了这里我才知道太岁是有不同的形象的。这些太岁像是今人为了商业需要刻上去的，还是古人早就刻上去的，不得而知。岩洞的另一尽头已被改造成了旅游纪念品商店，里面卖着各种彩拓下来的太岁像和各种字体的"福"字。

从岩洞出来，我们终于到了登山的台阶下。独秀峰之名，来自南朝文学家颜延之咏独秀峰的诗："未若独秀者，峨峨郛邑间。"其实独秀峰并不算独特。桂林周围都是喀斯特地貌，像独秀峰这样的山不在少数。桂林著名的叠彩山、伏波山，高度和独秀峰也差不多。之所以独秀峰很有名，是因为它就在靖江王城的正中间，而峰顶乃是观赏桂林全城景色的最佳去处，因此自古以来为文人名士所向往。可惜到了明代，该山被王城独霸，大部分人在几百年的时间里，再也无缘攀登此山。和历代王朝相比，明代的朱家最独，恨不得把天下尽收囊中，而且对文人名士最不客气，常常动不动就扒掉裤子打屁股，甚至还有灭十族的酷刑。明代大旅行家徐霞客，在桂林周围游荡了一个多月，也没有被允许登上独秀峰。

其实独秀峰不高，总共只要登上306级台阶，就到了顶峰，爬到山顶并不算太吃力。顶峰上空间有限，造了一些不大的房子，像是凌霄殿、财神庙什么的，还有一个观景亭。站在顶峰四望，桂林风景确实能尽收眼底。尽管桂林也建了一些高楼，但可能因为旅游城市的限制，最高的楼也就20层左右，所以独秀峰还是高出周围楼房不少。极目四望，远山如黛，群山来奔，河流蜿蜒，民居鳞次，商厦栉比，市井生活，一片繁荣。今天天气炎热，爬到山顶已是一身大汗。站在山顶，微风吹拂，极目远眺，有"襟怀天地阔"之感。徐霞客当年心心念念想上来却不得其门而入，而我今天只要买一张门票，就能够完成他的心愿。历史还是在不断进步的，今天的我们和古人相比，已经相对能够为自己的命运做一些主了。峰顶上有一块牌匾，写着"孙中山夫妇留影纪念点"几个字。看来爬上过这座山的著名人物还不少。

描写独秀峰的诗篇不少，最好的是清朝袁枚的一首诗，我抄录在这里："来龙去脉绝无有，突然一峰插南斗。桂林山水奇八九，独秀峰尤冠其首。三百六级登其巅，一城烟火来眼前。青山尚且直如弦，人生孤立何伤焉！"

两江四湖

从独秀峰下来，我们到桂林城里吃晚饭。城里的饭店都大同小异。在靳师傅推荐下，我们找了一家叫"有饭"的饭店，晚餐吃的是莲藕炖排骨。

晚上8点钟，我们在文昌桥码头登船，开始了两江四湖的游览。这相当于坐船夜游桂林。所谓两江，指的是漓江和桃花江；四湖，指的是桂林城里的木龙湖、桂湖、榕湖和杉湖。这在古代实际上是一个环城水系，漓江和桃花江在城市的东边和南边形成天然屏障。在西边和北边，则人工挖出了巨大的护城河作为城市的防御系统。这个护城河，连通今天的桂湖、榕湖、杉湖和木龙湖，从而形成一个巨大的护卫城市的水系。今天，这些水系已经完全处于城市中心，成为城市核心景区的一部分。据说在宋代，四湖已经热闹非凡，是游人如织、舟楫纵横的游玩之地。

我们的游船从文昌桥码头出发，逆桃花江而上。这条游览路线经过精心打造，两岸都配上了璀璨的灯光，各种霓虹灯在两岸闪烁。这是一种人为的热闹，但岸边的老百姓三三两两在岸边纳凉、散步，似乎根本就对游船视而不见，还有一些人在河边夜钓，给人一种十分自在的感觉。

从护城河进入湖里，需要经过一道船闸。湖面要比河面高出3米左右。船开进船闸后，后闸门关闭，前闸门放水，船体上浮，就能进入湖里了。这种水位上的落差，应该自古以来就有，不知道古代是如何解决航行问题的。据我个人的猜测，古代的湖与河之间是不通航的，其实也不需要通航。水位落差的问题，用堤坝来解决。如果不解决落差问题，两边直接打通，湖里的水就会全部流入桃花江和漓江，以至彻底干涸。

游船入湖以后，水面就变得开阔了。湖面上有不少游船来来往往，两岸绿树连绵，尤以榕树为多。游船广播说，岸边有一棵榕树已经存活一千多年了，依然蓬勃生长，这也是这个湖叫榕湖的原因。游船前行穿过一道半圆形的石孔桥，我们就进入了拥有日月双塔的杉湖。杉湖四周比较热闹，两岸游人熙熙攘攘。有外地来的游客，也有当地居民出来散步纳凉的。日月双塔是桂林的著名象征。日塔更加高大，矗立水中，月塔玲珑巧妙，伫立岸边。相关部门给日塔配上了橘黄色的灯光，给月塔配上了银白色的灯光。两塔在不同的灯光下，各显魅力。游船到此会短暂停留五分钟，让游客可以以双塔为背景照相留念。然后，游船在湖上转一圈，沿原路返回，右转进入桂湖，再进入木龙湖。沿木龙湖向前，就到了叠彩山前。山上装饰的灯光，确实让叠彩山显得色彩斑斓，有变幻莫测之感。湖到尽头，有另外一道闸门。船进闸门，由水上升降梯把船下降到漓江江面。驶出闸门，船就进入了宽阔的漓江。之后绕过叠彩山，顺流而下。沿途可以遥看伏波山、逍遥楼和象山。这些都是桂林有名的景点。游船最后停靠在象山游船码头，全体游客下船，两江四湖游览到此结束。

这样的游览实在是走马观花。要真正品味桂林的文化和生活，可能要到四湖边上走一走，或者沿着桃花江、漓江走一走。游完两江四湖，已经接近晚上10点。回到宾馆，已经11点，颇感疲倦，赶紧洗漱休息。

游漓江

在桂林的行程中，漓江游是必不可少的一个环节。漓江游有两种选择，一种是坐漓江旅游公司的大船，就是那种机动的大船，早上五六点就得从宾馆出发到指定地点坐船，然后乘船沿江一路南下，一直到阳朔结束，路途大概要花五六个小时，中途也不能下船。另外一种就是坐竹筏顺江漂流，沿着漓江一路南下，在沿江的各个景点都可以下竹筏游玩。后者的缺点是费用比较高，好处是时间自由，游客随时到，随时都可以出发。

既然是出来度假，自然要选择更加自由自在的方式，于是我们选择了坐竹筏游漓江。和靳师傅约定了早上9点从宾馆出发。其实从什么地方开始坐竹筏我并不知道，反正只要在漓江上就行。汽车开到了一个叫杨堤的地方，从这里坐竹筏顺流而下，可以到兴坪古镇，沿途还可以看到漓江山水最美的部分。至少文字介绍上是这么说的。不管怎样，只要能坐着竹筏在漓江漂流就行，总比坐在拥挤的机动大船上要浪漫。

我们买了票，到江边看到竹筏，才知道竹筏上也安装了机动螺旋桨。这样顺流而下到目的地后，还可以通过发动机逆江而上，回到出发的地点。竹筏的材料也已经不是竹子，而是像竹子一样的蓝色塑料管。知道这些情况后，心中的诗意不禁少了一半。我们在日复一日的枯燥工作中想象着诗和远方，但到达远方后，才发现诗和远方的现实也是如此不堪。退而求其次吧，尽管是塑料管做的竹筏，但毕竟外形还是竹筏的样子。用上了机动螺旋桨，应该说也是一种进步吧，至少对船主人来说，不用一路用竹竿撑着竹筏前行了。顺流而下后，要是没有发动机，如何把竹筏弄回去也是一个关键的问题。

一个竹筏最多可以坐四个人，我们一家刚好坐在一个竹筏上。竹筏的票价不菲，从杨堤到兴坪古镇，每个人差不多要300元钱。我们买的是来回票，这样顺流而下与逆流而上，就能看到截然不同的两种风景。反正把时间和距离交给竹筏就好，剩下的就是悠闲地在江上漂着。

掌管竹筏的是一位壮硕的中年妇女，看上去朴素开朗，没有因为在旅游区工作就变得油滑。在整个漓江风景区，不同的江段有不同的竹筏公司，相互之间都有竞争，但各江段又有统一的管理，免得竞争失控。我们买完票之后，检票处收回票据中的一半，然后撑竹筏的人留下另一半。我估计留下的这一半，就是后续算提成的凭证。我们从杨堤坐竹筏到兴坪，又从兴坪回到杨堤，她一直都非常开心地为我们服务，也没向我们要小费什么的。估计今天我们这样来回一趟，算是一单大生意，能够拿到比往日更多的提成。

坐着竹筏沿江而下，是一种享受。那种满眼风景的惬意，脚下流水的愉悦，鱼翔浅底的惊喜，岸边水牛的幽远，竹篱茅舍的田园，不紧不慢顺流而下的随意，渔民一甩钓竿的潇洒，近山亲昵远山妩媚的自在，船娘一声问候的亲切……只有当你坐在竹筏上的时候，才能融入其中，深切体会。顺势而为，也许就是顺流而下，不问西东吧。我们从杨堤出发，就这样一路在山水中，成了风景的一部分。

兴坪古镇

一个多小时后，就到了兴坪古镇码头。

弃竹筏上岸，从码头到达古镇还有800米左右的距离。我们坐上电瓶车一路过去，道路两边都是卖旅游纪念品的小摊和农家乐。我们决定先逛完古镇，再找饭店吃饭。

兴坪古镇坐落在漓江边上。据说早在三国吴甘露元年（265年），就在这里置熙平县，负责管辖阳朔一带。后来到隋代，废熙平县，改置阳朔县，兴坪成为阳朔县的附属镇。据说古镇南侧的狮子崴村，就是熙平县城故址。我们到达古镇里面，没有看到县城遗址，毕竟已经过去了1700多年，就算有遗址也可能真假难辨了。但古镇的街道是实实在在的，一直到近年之前，这里应该都还是一处幽静的、几乎被人遗忘的、老百姓几百年来日复一日重复着没有新意的生活的小镇。这样的小镇我很熟悉，因为我小时候就是在这样的小镇生活的。

那一层或二层的沿街房屋，木制的排门，青石铺就的道路，幽深的院落，都是南方小镇的特点。后来旅游业兴起，人们寻幽仿古之情勃发，小镇上的游客就开始多了起来。小镇的沿街门面，许多都被改造成了旅游纪念品商店，销售当地特产和各种通用纪念品，更多的则被开发成了饭店和民宿。小镇其实不大，古街一纵一横就两条。横街要更加长一些，往前走远一些，就显露了小镇的原始风貌，人迹渐少，两边的商店也少了，保持了某种古旧的原样。纵街要短很多，除了商店，还有一个古戏台院落。我们也进去参观了一下。中国的古镇，已经因为旅游被开发得几乎千篇一律了。不过兴坪古镇有个地利，因为就在漓江边上，所以站在古镇边的江堤上，就能看到远山如黛，碧水长流，来往游船如织，它们和古镇相映成趣。在江边还有人漂洗衣服，这就有点诗意的味道了。

逛完小镇，我们找地方吃午饭。街上的饭店，太雷同了，没法分辨好坏，而且环境逼仄。在电瓶车上时，看到有一些农家乐，就在漓江边上，可以一边吃，一边看风景。我们决定沿着来路走回去，找一家满意的农家乐，驻足吃饭。中午时艳阳高照，幸亏路边还有一丛丛高大的竹林，能把阳光挡住一部分。我们沿着漓江走到了著名的20元人民币风景处。所谓20元人民币风景处，指的是20元人民币背面的漓江山水风景，就是按照这里的风景画出来的。江边设立了很多游客照相处。我们到江边看了看，拿出20元的钞票，对着眼前的真实风景照了几张照片。兴坪古镇之所以有名，吸引游人驻足，和这个景点有很直接的关系。不过，我来之前，并不知道这里，现在看到实景，还是颇为惊喜的。

在路的对面，就有几家看似很不错的农家乐，环境敞亮，直面漓江。我们最后决定在一家叫作"旺旺农家乐"的饭店吃饭。原因是这家饭店在路边支起了火，在上面煮着竹筒鸡，冒出的青烟混合着竹筒鸡的香味，一下子勾起了人内心的食欲。阳朔境内以两种食物闻名，一种是啤酒鱼，一种是竹筒鸡。我们打算晚上到阳朔西街去吃正宗的啤酒鱼；而竹筒鸡，据说兴坪古镇做得最好。所谓竹筒鸡，就是把粗壮的竹子截断，在竹段的中间开一个口子，把切成块的新鲜土鸡放进去，加入水，盖上竹盖，放在火上烤煮。竹筒外部会被烧焦，但由于里面有水，不会爆裂。在烤煮过程中，竹子的香味就会渗透进鸡汤里，到一定的火候，一竹筒奇香的新鲜鸡汤就熬成了，吃起来绝对是人间美味。我们找座位坐下，要了竹筒鸡和油炸漓江小鱼等菜，同时要了竹筒饭，在满眼青山绿水、江风徐来的环境里，悠闲舒适地吃了一顿午餐。

吃完午餐，沿着江边慢慢地散步，走向码头。码头边，船娘正在竹筏上等着我们。我们坐上竹筏，船娘发动了推进器，我们开始进入漓江中心航道。来的时候，我们是顺流而下。现在我们是逆流而上，这在没有动力的年代，是不可想象的。漓江的水流颇急，要是人工撑着竹筏逆流而上，应该是极其不容易的事情。不知道原来老百姓运载东西顺流而下后，是如何把竹筏再次划到上游的。估计不是通过陆地运输，就是靠纤绳拉上去，就像长江纤夫拉纤一样。现在有了机动推进器，就十分方便了。船娘开足马力，我们的竹筏就平稳地逆流而上，直奔来时的杨堤而去。司机靳师傅就在那里等着我们。

又是一路青山绿水，一路百舸争流，两岸风景和来的时候相似，又有所不同。来时看的是山的那一面，回去的时候看的是山的这一面。就像看一个美人，正面背面有不同的风姿绰约，窈窕婀娜。蓝天还是那样的蓝天，白云还是那样的白云，但归去的航程少了兴奋，多了宁静，少了躁动，多了阅尽美色后的坦然。在轻微的颠簸摇晃中，在午后熏风的吹拂下，我居然昏昏欲睡，在美丽的山水之间悄然睡去。朦胧间睁开双眼，扑面而来的都是满眼的风光。这是修行了几世，度过了几劫，才换取了这一刻如此惬意的时光。

夜游阳朔

经历了一个多小时的逆流行舟之后，我们从杨堤上岸，告别漓江美景，回到宾馆休整。今天的后续安排是，晚上到阳朔西街漫游，吃啤酒鱼，酒足饭饱之后，看《印象·刘三姐》的演出。

下午5点半，从宾馆再次出发，目的地是阳朔西街。一路顺畅，40分钟就到了阳朔县城。阳朔很明显是一座山城，城里的房屋绝大多数都依偎在山脚下，打开屋的后门几乎就是垂直的山体。真有点担心一旦山体滑坡怎么办。司机解释说，在这里基本上一座山就是一大块岩石，所以滑坡的可能性很小。不过我想我要是住在这样的房子里，还是免不了担惊受怕。穿过城区，我们很快就到了西街。这几十年，西街已成了世界著名景点，不仅中国游客来西街，中国的文艺青年定居西街，不少老外也来到西街，开店做生意，甚至和当地姑娘结婚，成为长久的定居者。黄昏时分，霓虹灯陆续亮起，西街也慢慢热闹起来，各种饭店、民宿都热闹开张。几条纵横交错的大小街道上，满是熙熙攘攘的人群。这是自疫情以来，我见到过的最热闹的街景了。大部分人都没戴口罩，疫情的影响似乎已经消失。这里的咖啡店看上去格外洋气，也许是因为有老外经常出没的缘故。

我们主要是来吃啤酒鱼的。问当地人啤酒鱼哪家做得最好，都说是刘姐啤酒鱼或者大师傅啤酒鱼。因为啤酒鱼是刘姐这家先做出来的，所以我们找到了刘姐啤酒鱼总店，坐下来点了一份啤酒鱼，又点了几个配菜，惬意地吃了一顿晚餐。啤酒鱼的做法其实比较简单，把鱼（可以用不同的鱼）清理干净后，切成段放入砂锅，然后在砂锅里放入啤酒、调料等，盖上锅盖，现场点上小卡炉煮熟就行。其中最重要的是调料，号称秘制酱。这份酱，决定了做出来的啤酒鱼是否好吃，而啤酒只是增加了鱼肉的风味而已。据说其他地方的啤酒鱼不是那么好吃，就是因为做不出同样的酱。我吃的时候，总感觉吃的不是鱼，而是这种鱼的名气。和其他方法做的鱼相比，是不是啤酒鱼更好吃，其实很难判断。不管怎样，吃到了正宗的啤酒鱼，也就获得了心理上的满足感，可以心满意足地离开了。

其实，阳朔在古代并不是以人文热闹吸引人，而是以自然风景取胜的。在唐代，阳朔比桂林更加有名。唐代诗人沈彬有一首诗，叫《阳朔碧莲峰》，是这么描述阳朔的："陶潜彭泽五株柳，潘岳河阳一县花。两处争如阳朔好，碧莲峰里住人家。" 今天的阳朔，以市井繁华取胜了，自然风景反而没人提及了。

逛街的时候，我还有一个收获。医生曾建议，到了我这个年龄，经常梳头对大脑和身体都有好处，因此我一直想买一把牛角梳，放在书包里，经常梳头。看到西街上有一家专门卖牛角梳的小店，而且师傅还在门口现场加工。于是走进店里，挑了两把可以随身携带的小梳子，打算以后一把放在书包里，一把放在家里，随时梳头醒脑。梳子看上去很漂亮，而且还不贵，两把加起来才100多块钱，就开开心心地买了下来。

晚上9点15分，去看《印象·刘三姐》。今天的演出有两场，一场是7点40分的，一场是9点15分的，我们挑选了第二场，这样可以留出足够的时间吃晚餐。《印象·刘三姐》是由张艺谋和王潮歌等联合导演，于2004年公演的第一部大型室外自然实景剧。演出以天然山水为背景，创造了实景剧之最，而且动用的演员全部是当地村民，既保证了稳定的演员，又为村民增加了收入，使得项目可以持续发展。这部剧从开始演出到现在，已有16年的时间，其间灯光、内容、场景都有所更新。演出长盛不衰，每天的票房收入几乎都在百万之上。凡是到漓江的游客，几乎都会来看《印象·刘三姐》。后来张艺谋又做了不少印象系列，包括《印象·西湖》等。

　　整个演出已经形成了流水线作业。前一场在演出的时候，后一场的观众就可以进入候场区等待。前一场散场，观众从另外的出口离开，后一场的观众就可以鱼贯而入，进入观众席。这是典型的业务和效率关系。只要有好的业务，效率自然会有人设计、提高。据说最忙的时候，一天能演出三场。据我的目测，现场应该能坐5000人左右，三场就是15000人的规模，实在是太可观了。

　　《印象·刘三姐》的实景位于漓江和遇龙河交汇处。两条大河交汇，本身就很壮观，加上江上异峰突起的山峦，形成了超级宏大的布景。我们进去的时候，因为场景灯光还没亮起来，看不到眼前的山形。等到演出一开场，映照远山的灯光一亮起来，整个场面就变得十分宏大。山、水、灯光融为一体，造成一种梦幻的真实。演出不以突出人物为主，而是体现了人类和自然的融合，以及在大自然中人类生息繁衍的美好。水上红绸舞、月亮独舞等，确实是十分让人震撼又迷人的表演。水乡生活的场景，也足以打动人心。所以，《印象·刘三姐》十几年来广受欢迎、口碑相传，不仅仅是因为演出场所在旅游区内，更是因为演出自身杰出的设计。

　　看完《印象·刘三姐》，坐车回到宾馆，已经快12点，赶紧洗漱休息。

遇龙河漂流

　　今天的安排比较休闲，打算带孩子去遇龙河体验竹筏漂流。这是真正的竹筏漂流，竹筏是人工撑的，不再是用发动机推进的。漂流结束后顺便去看银子岩溶洞，在回来的路上再登上相公山，俯瞰一下漓江全景。

网上对遇龙河的介绍大致是这样的：遇龙河是漓江在阳朔境内最长的一条支流，全长43.5公里，人称"小漓江"，不是漓江胜似漓江，水深0.5—2米，常年水质清澈，水流缓慢，有28道堰坝，景点百余处。整个遇龙河景区，没有人工雕琢的痕迹，没有都市的喧嚣，一切都是那么原始、自然、古朴、纯净。如果把漓江比成"大家闺秀"，那么遇龙河则是让人怦然心动的"小家碧玉"。

我们早上9点从宾馆出发，沿着G321国道一路南下，拐上响水路，就到了遇龙河边的骥马码头。后来才发现，遇龙河上不止一个码头，在景色最美的十公里遇龙河上，就散落了好几个可以坐竹筏的码头。估计每个码头都是乡镇自营的，互有竞争。外来的游客到哪个码头坐竹筏，全看汽车司机把你拉到什么地方。骥马码头处于遇龙河中段，从这里漂流到下游的青厄渡码头需一个多小时，可以经过全程最美地带。

一个竹筏可以坐两个人，由一个船夫撑着往下走。每走一段就会遇见一个堰坝，水从堰坝上漫过，不同河段落差在一米左右。堰坝上开有水位低一点的口子，这样竹筏就能顺利通过堰坝。过堰坝的时候，竹筏的头部先一头栽下去，激起浪花翻滚，如果穿着鞋，不把脚拼命抬高，就会把鞋彻底弄湿。我干脆把鞋脱下来，把脚泡在碧清凉爽的水里，感受水流从脚掌和脚趾间流过的舒适。

遇龙河的河水很清，船夫说本来清澈见底，但因为这段时间下雨，已经有点浑浊了。不过这已经是我看到过的最清的河水了。船夫全部来自周围的村庄，每撑一次竹筏，能够拿到50多块钱，一天大概能跑两趟。这也算是一份悠闲的工作。竹筏撑到下游后，由旅游公司用卡车把竹筏拉回去，这样周而复始。由于有这样稳定的工作，所以他们一般不会到外地去打工。

漂流不急不慢，让人心情放松。我已经很久没有过这样闲适的心情了。两岸的村庄不再是竹篱茅舍，而是二三层的小楼了。房子掩映在茂林修竹后面，周遭满是田园风景。远近山峰清秀迤逦，形态各异，犹如绵延不绝的山水画廊。在漓江上的漂流气势宏大，在遇龙河上的漂流则清幽宁静，不同的感受，不同的心境。

我们的船夫三十岁左右，刚刚结婚不久。临别提示，如果愿意给点小费他会很开心。尽管这有点破坏了我完美的心情，但我还是扫码给了他一点小费。毕竟这点钱对我来说不算什么，但一定能够让他更加开心。

去荔浦，吃芋头

上岸后，我们坐车继续前行，前往银子岩景区。银子岩主要是溶洞景区，这里已经出了阳朔，而到了荔浦市境内。说到荔浦，大家脑袋里蹦出来的最有名的东西可能就是荔浦芋头了。荔浦芋头在清朝就享有盛名，由于乾隆皇帝喜欢吃荔浦芋头，芋头就成了广西首选的贡品。到了现代，荔浦芋头又通过电视剧《宰相刘罗锅》，成了中国人家喻户晓的农产品。

溶洞景区全都大同小异。不过，银子岩的溶洞，还是值得一看。里面大、广、深，溶洞空间很大，石柱、石幔等形态各异，在灯光的映照下很有梦幻色彩。溶洞高低错落，千转百回，别有洞天。要想参观整个溶洞大概需要一个小时，我们走得比较快，用了40分钟就出来了。

司机师傅突然说旁边的村里有一户农家乐，做芋头炖鸡特别好，建议我们去那里吃午饭。我们自然说好。去到村里，发现就是一户普通人家，三层小楼，全家人都在忙着做饭。吃饭的人还不少，坐了好几桌。我们到三楼的一个房间坐下，点了芋头炖鸡，还点了另外两道小菜。点完后等了半个多小时，芋头炖鸡才上来。其实，芋头和鸡是不太容易放在一起做的，芋头煮熟了，就容易成为芋头泥。鸡，尤其是土鸡，则需要千炖万煮才能够熟烂。

芋头炖鸡上桌后，我看是一个砂锅，上半部分是鸡，下半部分是芋头。我分析，厨师大概是先把芋头煮好，放在砂锅里，同时用另外一个炊具把鸡炖好。然后，把鸡连同里面的汤汁倒进盛好芋头的砂锅里，让汤汁渗透到芋头里，再把鸡同芋头一起炖一下，让芋头的香味渗透到鸡里，如此一来，一锅芋头炖鸡就做好了。端上桌后，再点上炉子，微火炖煮，边炖边吃，口感很好。这也算是当地的特色菜了。在北京的时候，吃过芋头扣肉，把肉片和芋头片交替间隔着，放在一个盘里，加上调料蒸，直到把肉片和芋头片都蒸烂，一盘香喷喷的芋头扣肉就做好了。

相公山俯瞰漓江

吃完芋头炖鸡，我们从原路返回阳朔。前两天在宾馆的时候，看到一个视频，说漓江边上有一座山，爬到山顶可以俯瞰漓江全景。我问了一下，于是知道了这座山叫相公山。用高德地图搜了一下位置，从G321国道到达葡萄镇，往东拐上乡道，开到漓江西岸就是。

对我来说，登高远望有着不可抗拒的吸引力，既然知道有这么一个地方，那就非去不可了。于是我们驱车前往相公山。去相公山的乡间小公路风景也好，路两边是桂林特有的喀斯特地貌。山坳里坐落着一些村庄，村庄周围是被开垦出来的农田和果园，有点世外桃源的感觉。随着坡度的上升，我们回望来路，层峦叠嶂，山川秀丽，一幅完整的山水巨画展现在眼前。

相公山其实并不高，从入口处到山顶也就走几百级台阶。但它的位置恰到好处，既地处黄布滩和九马画山两个景点附近，又在漓江西岸，登上山顶，能够一览无余地看到漓江蜿蜒的身躯。山峰青青，水流潺潺，竹筏相连。极目远眺山峦无限，低头俯瞰屋舍俨然，无尽风光尽在眼底。其实周边还有几座山，也能看到这样的景致，但可能由于太陡峭了，没有被开发出来。相公山的山坡不算太陡，能够修台阶上去。临江的一面，却是万丈峭壁，观景台建在峭壁之上，刚好为游客提供了一览无余的广阔视野。

这个景点应该是当地乡镇开发出来的，来桂林的游客一般不知道这个地方，来的也都是一些开着车过来的散客。票价也不便宜，一张票要60块钱。在摄影爱好者中，这个地方好像挺有名，周边还坐落着几家摄影爱好者聚集的基地和客栈。他们来这里拍日出、云海等景致，抱着相机守候最美时刻的出现。据说，在此拍摄的作品，曾经获得过第10届国际影展铜奖。

在山顶看完漓江全景，内心有一种充实的美感。从山顶下来，一路又看到阡陌相连，层峦叠嶂，犬牙相接，层层叠叠，景致无穷。不知道生长在这里的人们，是否会因为这样的景致而心情更加舒畅。可能对他们来说，更加关心的是每天的油盐酱醋。这样的景致，他们应该已经熟视无睹了吧。

一路回到宾馆，决定晚上不再出去。前两天说是在休闲度假，其实到处走也很辛苦。全家在宾馆里吃了晚饭。本来Club Med的房费里就包含了餐费，不吃也是浪费。宾馆里有个蒙古烤肉馆，我们预定了座位，6点半去吃了烤肉、涮肉。宾馆配备的食品还算丰富。晚餐结束，已经夜幕垂地，但空气还是异常闷热，我们遂到园区散步。园区范围很大，有山有湖有树林，我们大约用了半个小时才走完一圈。散步结束回到房间，我处理工作一直到11点多，才洗漱休息。

意外的折腾

早上6点醒来，打开手机看到的第一条消息，就一下子把我惊醒了。秘书说，我们原定下午1点55分的航班被取消了。航班是海航的，估计取消的原因是旅客数量太少。海航已经陷入重大的财务困境，大概需要尽可能节约地运营吧。现在除了晚上6点直飞北京的航班，已经没有其他航班了。

我晚上在北京还有一个活动要参加，需要在6点之前赶回去。研究了各种前后左右的方案，譬如可以坐高铁到广州再飞，坐高铁到长沙再飞，甚至直接坐高铁回北京，结果发现都行不通。最后查柳州机场，发现居然有一班12点45分的航班。我们住的地方离柳州机场只有两个半小时车程，只要9点之前走就来得及。这可能是下午6点前回到北京的唯一选择了，于是我赶紧把票订上。

女儿要去广州见朋友，定了12点的高铁。我计算了一下时间，要是先把女儿送到桂林北站，我们再掉头去柳州机场，时间就来不及了。于是就只能让女儿自己打车去车站，我们直接从宾馆奔柳州机场而去。

一路顺利到达柳州机场，办好登机牌，过安检后进入候机厅，还有时间坐下来吃一碗螺蛳粉。机场的螺蛳粉做得很一般，味道不怎么浓厚。螺蛳粉是柳州特产，尝一尝而已。飞机延误了快一个小时，在1点半的时候总算顺利起飞。飞机升空，我心里一块石头才落下，赶晚上答应的活动应该没有问题了。

飞机下午5点落地，连来带去四天的桂林漓江之旅顺利结束。

四天的时光，匆忙而疲惫，但漫游中的经历，美景中的陶醉，让生命多了一些体验和品味。人生更多的时候是一场枯燥无味的辛苦前行。当我们难得偏离自己的日常辛劳，融入山水自然，和家人享受天伦之乐，那就是老天对我们的馈赠，也是我们对自己的奖励。毕竟，人生不仅仅是一场苦旅。

消融于天地间

——梅里雪山纪行

　　这次去梅里雪山，是和女儿一起去的。我们要先在昆明住一夜，第二天早上从昆明飞香格里拉。

　　我想，既然是度假，就不住在昆明城里的大酒店凑热闹了，但住在机场酒店又实在无趣。上网查找机场周围的酒店，就查到了千寻墨问。这家酒店坐落在世博园内，据说是一家"以'大隐隐于市——于繁华都市中，造一方宁静土壤'为宗旨，结合庭院内汉唐复古回廊式建筑风格的特点，糅合'人与自然相沟通'的理念，打造一步一景、一房一格局的庭院式温泉SPA酒店"。

　　还有更有诗意的描述："小桥香溪，素衣佳人，汉唐雕饰，竹林小径……一舍方田，一曲云水，一方天地，皆有顿悟；一茶，一器，一衣，皆有禅意；一花一木，一盏夜灯，一张木床，皆是悠然；虚与实，空与有的枯山水庭院，皆是禅意之境，空寂之美。"描述得这么空灵，勾起了我去体验一下的冲动。

　　我们于傍晚5点半出机场，加上堵车，行驶了一个多小时后，终于到了千寻墨问。本以为世博园应该被打理得干净大气、美轮美奂，但进园后却是一副破旧衰败之相。有不少房子好像很久没人用过，更不像有主人在打理的样子。当初这里举办世博会的时候，是何等热闹？

千寻墨问坐落在国际园中，这里原是昆明世博会举办期间日本展览馆的一处园林，后来酒店的创始人常觉租了下来，保留了园林，修建了日本风格的庭院，做成了小型的禅意酒店。墙上挂了不少来住宿的演艺界人士的照片。

小型园林，真的也就是一亩地大小。但日本人善于在螺蛳壳里做道场，把一小块地方弄得有山有水，茂林修竹，禅房花木，曲径通幽。酒店依据这种风格，建了古色古香的四合院，加起来总共不超过10个房间。房间装修也有古意和日本风格。

在来之前，我预定了酒店的云南米线。下榻后，我们一人一大黑陶碗滚烫的云南米线下肚，心满意足。饭后在世博园散步，很多异域风格的房子都被改成了饭店，但基本上没有人吃饭。晚上的园区寂静无人。天空白云飘过，月色正好。园区内道路纵横，树木森森，是个月下散步的好去处。

第二天早上醒来，打开门，外面细雨霏霏，空气中弥漫着树的芳香。我再次在园区里散步一圈。白天能更加清楚地看出当初各国的建筑风格，但因为是为了展览而建，建筑者似乎从一开始就没有做长远的打算。这些房子现在归属于谁？有人精心打理吗？能感觉到，整个园区的使用效率并不高。

千寻墨问挺好，至少感觉有主人，并且主人在精心打理。任何事情，只要有主人，并且专注、热爱，就能够做好！

玉龙雪山

没想到以这种方式和玉龙雪山再次相遇。

从昆明飞迪庆，突然云层上面露出几个山头，山头上有一点残雪。我猜，既然是在从昆明到迪庆的航线上，眼前的山大概率是玉龙雪山。用手机一定位，发现下面果然是丽江和玉龙雪山。

这是我第三次和玉龙雪山相遇。第一次大概是在20年前，我和几个新东方人到丽江旅游。玉龙雪山在夏天还覆盖着皑皑白雪。之所以叫玉龙，就是因为山形绵长，积雪绵延不绝，像一条玉龙从天而降。

第二次是在5年前，玉龙雪山已经修了索道，能够把人运送到4000多米的高处，让大家去接近山顶的千年积雪和冰川。没想到这些年积雪不断消失，现在到了夏天，雪山上已经基本没雪了。山上的冰川也在不断退缩，几近消失。大家名义上登上了雪山，实际上只有在冬天和春天才能和雪相遇。全球变暖，雪山的雪线都在上升。

这次在飞机上遇见玉龙雪山，完全是意外。我从来没想过能俯瞰玉龙雪山。尽管从云层中不能观其全貌，但露出的壁立峻峭的山峰，足以让人产生惊叹之情。那个最高最陡的应该就是主峰扇子陡。从空中看，确实像一把打开的扇子。在陡峰下面就是残剩的冰川，即使在空中也清晰可见。我不知道这些冰川什么时候会最终消失，但我知道如果全球变暖持续下去，消失是必然的。也许随之消失的，还有丽江古城终年不断的潺潺流水，和北半球最南雪山的称号。

地球的变化从来没有停止过。全球变暖是不是人类的过错，现在还没有最终定论。地球变暖或变冷，对地球本身来说，连感冒都算不上，但对人类，就是灾难性的。人类需要地球，但地球并不需要人类。所以在力所能及的范围内爱护地球，让我们有一个更好的生存环境，并不是为了地球，而是为了我们自己，为了我们的子孙后代在茫茫的宇宙中能有生存的一席之地。现在大家忙着到火星上去找未来的生存空间，对地球的保护却不是那么积极，岂不是像拿着火炬，却到处去寻找光明？探索火星固然很好，但保护好地球才是真正的大事。

独克宗小学

独克宗是迪庆古城的别称，意思为月光城。

独克宗小学原来叫红卫小学，坐落在独克宗古城旁边。11年前，新东方捐献了150万人民币，为学校建造了一栋教学楼，并将其命名为新东方教学楼。学校有在校生300人左右。

后来独克宗古城因为一场火被毁掉了大部分。灾后重建，重新规划，政府决定把小学搬离古城，于是重新规划了一块地，造了更加现代化的学校。旧学校就被拆掉了，连同新东方捐建的那栋教学楼。但新建的学校，教学楼依然叫新东方教学楼。当地政府和学校，很有点"吃水不忘挖井人"的感恩之心。

这些年，新东方一直和独克宗小学保持着联系，给学校捐献教学和学习用品，安排老师和学生到北京参观学习。新东方还有不少老师参与"我的大朋友"项目，自愿和学生结对子，在学习上对学生进行一对一的帮扶。

这次我去梅里雪山，知道要经过迪庆，就问了一下小学需不需要什么东西。答曰需要15台手提电脑给老师使用。我就安排新东方相关部门，购买电脑并快递给了学校。我也打算路过的时候去学校看一看。

飞机11点多落地迪庆，我预定的车已经在机场等候。前校长齐玉英来机场迎接我。现校长唐向阳中午一定要安排便餐，我也只好恭敬不如从命。就餐地点在敏珠拉姆藏餐厅，是当地一个著名的餐厅。没想到校长还惊动了当地领导，教育局局长、旅游局局长、镇政府书记、州政协主席都来共进了午餐。一场便餐演变成了隆重的正餐。

饭后我们一起前往学校。新学校建设得很不错，背靠青山，环境优美。唐校长安排了一个捐献仪式，让所有孩子坐在操场。校长发言，家长代表发言，学生代表发言，我发言，学生又表演了好几个节目。节目质量很不错，孩子们天真、活泼、好看。我本来想来随意看看，不打扰学生和老师，结果又演变成了一场全校的欢迎活动。我只能自我安慰：就算是给学生枯燥的学习增加点意外的乐趣吧。

活动结束，我们告别师生，去往德钦，去往这次行程的主要目的地——梅里雪山。

大江大河

从迪庆到梅里雪山，要沿着金沙江一直行驶到奔子栏。奔子栏，是金沙江边上的一座小镇，一座大铁桥，把分布在金沙江两岸的小镇连为一体。作为滇藏茶马古道上的咽喉重镇，奔子栏一度繁荣，有着辉煌的历史，其历史可以追溯到吐蕃王朝时期。进藏客商也必须经此才能抵达拉萨。

过去，这里以出能干的"马脚子"（赶马人）闻名。从奔子栏到德钦，需要翻越白马雪山的垭口，从江边2000多米的海拔，一直上升到4000多米的高度。沿途会经过两大景点，一个是金沙江大湾，另一个就是噶丹东竹林寺。

茶马古道的路线主要有三条：川藏线东起雅安，大致经康定、芒康到拉萨；滇藏线起自普洱，大致经大理、丽江、迪庆、德钦、芒康到拉萨；青藏线起自陕南，途经甘肃南部和青海地区后到拉萨。现在的G214国道，著名的滇藏线，就是沿着大理、丽江、迪庆、德钦、芒康一线走的。到了奔子栏，道路就离开金沙江，开始翻越白马雪山垭口，过了垭口，就到了澜沧江边上的德钦。德钦，也是茶马古道重镇之一，原名阿墩子，后改名德钦。德钦在藏语里是"极乐太平"的意思。著名的梅里雪山就在德钦境内，来梅里雪山朝圣和旅游的人络绎不绝，德钦近20年来得到了很好的发展。

从德钦开始，G214就沿着澜沧江一路向北，直到芒康，和G318也就是川藏线相接。澜沧江发源于青海唐古拉山，自北向南，经云南流出中国，流经缅甸、老挝、泰国、柬埔寨，在越南胡志明市注入南海。出了中国，改了名字，就是著名的湄公河。由于电影《湄公河行动》的热播，湄公河对中国人来说并不陌生。

我们这一次沿着两条大江，在山高水深的峡谷中穿行，有的时候公路就在水边，能够听到江水翻滚而下、波涛怒号的声音，有的时候从江边走着走着，一下子就上升到了离江面至少1000米的高度，再看大江，就变成了一条黄色的丝带。我们的汽车在高山大水间，变得像甲壳虫一样渺小。如果从这样的高处翻车滚下去，除了溅起一点水花，可能任何踪迹都留不下来。横断山脉到处都是壁立千仞的山峰。每次在高处从车里往下看，都心肝俱颤，两腿发软。在这样的高山大水间坐车，对胆量和勇气，是一种历练。有时你心里会产生下次再也不来了的念头。

三江并流，除了金沙江和澜沧江，还有一条就是怒江。怒江也发源于唐古拉山，流经云南，进入缅甸，改名叫萨尔温江，从缅甸入印度洋。从大理开始，走高速到怒江傈僳族自治州，过了自治州，高速变成普通公路，沿着怒江，一路向北，经察隅、林芝入藏。这条路是最近才通车的，据说沿途风光绝美。我希望以后也能自己开车走一下，这次来不及，姑且留个念想吧。

我们这次从德钦出发，沿着澜沧江向北，一直到了西藏的盐井乡。盐井乡属于芒康县。从盐井到芒康县城，还要沿着澜沧江向北继续开车两个小时。5年前，我开车沿川藏线旅游的时候，曾经深入盐井底下，考察盐井的历史和晒盐的方法，后来又折回到了川藏线。这次开车再到盐井，就和上次的行程接上了，这样就走了比较完整的滇藏线。

一生至少应该有一次这样的经历：在三江并流地区开车行驶，沿着云贵高原和青藏高原挤压而成的横断山脉，在高山大水间体会天高云淡、雪山巍峨、大江奔流、碧峰连天的壮观。更加值得体会的，是人类在大自然面前的渺小，以及人类战胜艰难险阻的伟大。一路上，老百姓的坚韧、勇敢、豁达、奔放，一定能给你带来更加深刻的人生思考，并让你解不开的心结，瞬间豁然开朗。

梅里雪山

这次的迪庆之行，我们是专门来看梅里雪山的。

11年前，我带着孩子来过梅里雪山。那次是在五一，在迪庆捐完款之后，地方领导热情安排我们去看梅里雪山。非常可惜的是，连续两天，梅里雪山都躲在云雾之中，我们只在照片上看到了山头，现实中则是一片迷茫。后来爬到明永冰川旁边拍了几张照片，就郁郁而返了。

到了梅里雪山脚下，却看不到梅里雪山，就像到了美人跟前却只看到一层面纱一样，反而让你更加念念不忘。那次离开后，我就下定决心要再来一次德钦，一定要看看梅里雪山的真容。没有想到，这一等，就是11年。

梅里雪山，在藏区又叫卡瓦格博雪山。那座著名的金字塔形的最高峰，就叫作卡瓦格博峰。后来之所以叫梅里雪山，是因为当年一支解放军测绘队从这里进藏时，在雪山脚下一个名叫梅里石的地方，误把雪山标注为了梅里雪山。1991年，中日联合的登山活动，几乎以全军覆没而告终。由于全世界媒体纷纷报道，梅里雪山变得尽人皆知。此后，梅里雪山就成了固定的名称。对汉人来说，"梅里"两个字，比"卡瓦格博"好记得多，而且还带有一点诗意。"梅里"一词其实也是藏语，意思是药山，因山中盛产各种名贵药材而得名。梅里雪山之所以这么有名，还因为它是藏传佛教的四大神山之一。每年都有大量藏民到这里来转山祈祷。卡瓦格博峰海拔6740米，是云南省最高峰。另外还有12座海拔6000米以上的高峰，一起组成奇峰相连的美丽雪山。

现在是9月底，雨季已经过去，整个迪庆地区，都是蓝天和白云齐舞。当地的朋友告诉我，前面20天几乎一直是阴雨天，今天刚刚放晴。再往后，下雨天越来越少，看到梅里雪山的机会就越来越多了。我在心里祈祷，这次一定要让我看到雪山真容。为了能看到雪山，我把三个晚上和三个早上都留在了梅里雪山附近。这样，只要雪山露出真容，我就能马上看到。

非常庆幸的是，在到达我们的第一个住宿点，即坐落于飞来寺景区的高山别庄时，还没有办理入住，就已经看到从夕阳下的云层中露出一连串俊俏山峰的梅里雪山了。我和女儿一声欢呼，行李都来不及卸，就直接找到了最佳观景点，一边拍照，一边静静地看着雪山在黄昏的变幻中愈显雄奇神秘。

吃完晚饭后出来，快圆的月亮已经升上了天空，梅里雪山在月光的映照下，显得冰清玉洁、亭亭玉立。云带飘荡在山腰，雪山挺拔的山峰直刺青天。山峰上空，明亮的星星闪烁出钻石般的光亮。我打开华为相机的夜景模式，把月光下的雪山和星空拍了下来，发到朋友圈，大家异口同声地赞叹，都说美得不可思议。我站在夜空下看着雪山，看着皓月当空的幽深天空，看着天空中镶嵌的点点星光，有一种消融于天地之间的感觉。浩瀚天地之间，我们何其渺小。而当我们有机会感知天地之广阔时，我们的胸怀也可以无限广阔。人又是何其伟大，只有人才能以渺小之躯，感知、接纳、领悟整个宇宙的信息和气息。

梅里雪山最值得看的，是早上太阳出来时，第一缕阳光照耀在雪山上，整座雪山都被金黄色的阳光点燃和包围的壮丽景色。这就是著名的"日照金山"。为了在第二天早上看到日照金山，我们6点不到就起床了，6点半天还没有亮，就到了飞来寺景区的观景平台。这里基本能够看到雪山从山脚到顶峰的全景。

东方的鱼肚白越来越亮，雪山也变得清晰起来。清晨的云雾缭绕在雪山周围，我很担心太阳出来的那一刻，云雾合拢起来会把雪山遮住。还好，到了7点15分，山峰还在云雾外面。第一缕阳光照在卡瓦格博主峰上，山头立刻就变成了金黄色。东方的太阳一点点升起，太阳的金色从山峰一点点下移。10分钟后，整座主峰和其他一些山峰都被金黄色的阳光所笼罩，熠熠生辉。那种神圣的感觉，让人有一种下跪的冲动。我顿时明白了为什么不算真正高峰的梅里雪山，会成为藏民心中最希望前来朝拜的神山。不仅是因为卡瓦格博峰直刺云霄的壮美，更是因为这样日照金山的景色，会让所有人产生一种自内心溢出的神圣、圣洁、庄重的情感，让人内心有一种坚定的皈依，一种被凝固起来的信念。

惊叹之余，我周围观景的人，也都拿出相机，从各种角度噼里啪啦地照起相来。我也未能免俗，用手机照下了日照金山的美丽瞬间。最初的金色阳光消失后，洁白的雪山就沐浴在了更加纯净的高原阳光之中，美丽的雪峰变成了光彩耀人的闪亮大剑，直破穿苍。

以后的两天，我们一直颇为幸运。尽管或多或少都有云雾缭绕，但梅里雪山的身影，总是以各种不同的角度出现在我们的视野之内。这一次，梅里雪山对我们是如此青睐和宠爱，让我们饱览了它壮观美丽的雄姿。每天晚上，在明亮的月光下，我都会静静地在户外坐上很久，凝视月色下寂静无声的雪山全景，看云雾自由变幻，从山腰或山头飘过。特别巧的是，今天既是国庆节，也是中秋节，晚上的月色尤其皎洁，月亮周围彩云飞舞，雪山上方群星闪烁。起舞弄清影，何似在人间。第二天早上我5点起床，又看到了月亮西斜的美景，巨大的圆月挂在壁立万仞的雪山上空，在明月的清辉下，雪山和天空融为一体。

不管是早晨金光普照，晚上皓月经天，还是白天晴空艳阳，面对梅里雪山，我总会产生一种敬畏感，一种渺小感，感到一种长久的平和和宁静。当我坐在雪山对面，和它无声地对话时，我似乎听到它在说——

"只有冷峻到俯视一切，我才能包容一切。亿万年，我独立存在，与天地同岁。人类的朝拜与贬低，都与我无关。我不会因为朝拜长高一寸，也不会因为贬低减少一尺。在阳光和黑暗中我从未变色，在乌云密布时，我也从未消失。我就是我，天地之间，唯我独尊！"

进雨崩

雨崩，是11年前我来到梅里雪山时就听过的地名。有人告诉我，那是一个在梅里雪山深处，雪山脚下，一个与世隔绝、像桃花源一样美得难以形容的地方。里面有两个小村庄，叫上雨崩和下雨崩，但实际上是一个村庄，只不过一半在山腰，一半在山脚的两块台地上，所以分成了两个村庄。几十户藏民世世代代住在这里，几乎老死不与外界往来，过着像神仙一样的日子。

上网一查，才知道进入雨崩是没有公路可走的，要么徒步进去，要么骑骡马进去。不管哪种方式，都需要在海拔3000多米高的深山老林中，翻山越岭10公里，差不多走一天才能到达。进去后还需要两天时间才能走到村里的重要景点。从下雨崩到神瀑，来回需要一天；从上雨崩到冰湖、中日联合登山队大本营，来回又需要一天；再走出雨崩，回到可以坐车的大路旁，还需要一天。所以，要整整四天，才能够玩转雨崩。我肯定是没有这样充足的时间的，也没法保证能有这样的体能，在这么高的海拔徒步四天。所以，这次就不打算进雨崩玩了。

但是峰回路转，到了德钦，入住了高山别庄后，德钦县的宣传部部长马彩花来接待我，邀我共进晚餐。晚餐期间，她告诉我现在雨崩通车了。原来只能从澜沧江边上的西当村徒步到雨崩，但现在两地开辟了一条可以跑越野吉普的土路，由某个公司统一运营。游客自己的车开不进去，但可以坐他们的车进去。这一下子挑起了我去雨崩的渴望。马部长当场和对方取得了联系，说好了第二天去雨崩。

到了第二天早上，我们从飞来寺出发，沿着214国道开到澜沧江边上，再从岔道直下澜沧江，沿着悬崖峭壁上的道路一路前行，翻山越岭后到达西当村。我们把车停下来，换乘当地的越野车，踏上了去雨崩的旅程。这段路总共10公里左右，原来只能徒步进入，一般要花6个小时以上，走得筋疲力尽才能到达。现在坐车，40分钟就到了。

一路上看到，还有不少人带着某种虔诚的信念，选择徒步进入雨崩。徒步的道路和开车的土路有很多重叠的路段，徒步者的体验相较以前应该会大打折扣。原来徒步者是在静谧的深山老林中前行，一路鸟语花香，曲径通幽，现在则需要在越野车卷起的飞扬尘土中东躲西藏。朝圣之旅，变成了吃土之旅。我坐在车里，看到那些徒步者在路边躲避汽车，充满了内疚。商业的力量很容易改变事物的本质，通往雨崩的朝圣之旅，因为越野车的运营，也变成了轻飘飘的到此一游。

在快到雨崩的山腰上，有一个观景台。登上观景台，能够清晰地看到山脚下的上雨崩和下雨崩，分成了上下台地两个部分。村庄、草地、雪山、冰川组合在一起，形成了一幅完美的世外桃源画卷。这里的藏民原来与世隔绝，民风淳朴，有的人可能一辈子都没有机会走出大山。但现在一切都变了。旅游者越来越多，商业开发节奏也越来越快，现在几乎每户人家都变成了民宿，不是把房子出租就是自己经营，原来古朴的房子大部分都已经翻修过，原始的村庄有了小镇的感觉。

到了雨崩村，如果你想进一步到雪山脚下游览，还需要两天。一天从下雨崩到神瀑，一天从上雨崩到冰湖。我们只有大半天时间，最后选择了去神瀑。神瀑是藏民心里的圣水，更值得一看。我们在下雨崩吃了午饭，然后就向神瀑出发。这一趟有五公里左右，要从海拔3000米上升到3600米，才能够到达神瀑下面。过去，这条道路是朝圣者踩出来的山间小道，现在则已被修成了水泥台阶路，方便了很多，但也缺少了原始的野趣。

道路两旁古木参天，以云南铁杉为主，最粗的要好几个人才能合抱，直径有一到两米，树龄更是在千年以上。这样的原始森林在中国已经很少见到了，只有在这样的高山大水间、人迹罕见的地方，才有幸被保存下来。尽管只有五公里左右，但在路上一般要花费两个半到三个小时。海拔3000米之上已经缺氧，稍微走一下就会喘，何况还要爬山，要上升600米。一路风景很好，溪水潺潺，泉水淙淙，鸟语花香，古木参天，如果到达开阔地带，就能够看到远处云雾缭绕中若隐若现的雪山。巨大的冰川，层次分明，在阳光照耀下发出碧蓝色的光芒。

如果你不赶时间，放松心情，边走边观赏风景，一路走下来也不会很累。最累的可能是最后一公里，道路陡然上升，每走几步就要停下来喘息。游客不少，往上走的人都很累，往下走的人却满脸轻松，洋溢着完成使命的成就感，看到我们，还鼓励我们继续前行，说不远了不远了。其实我们知道不远了，美丽的神瀑就在眼前，能看到它从1000米高的山崖上飘然而下，洋洋洒洒，似云似雾，姿态优雅。看着瀑布挂前川，以为很容易就能走到跟前，结果爬了无数台阶，筋疲力尽，一抬头，发现瀑布还挂在前川。在希望和绝望之间反复很多次，转了十几个山弯后，才终于走到了瀑布底下。

神瀑其实并不是巨大的瀑布，而是山上冰川上的融水飘洒下来形成的小瀑布。这个瀑布被藏民们认为是一处非常神圣的地方。来转山的藏民，一般都会历经艰难来此，在瀑布下面转圈，让瀑布把自己浑身淋透。他们认为这会洗净自己的罪孽和不幸，并给自己带来吉祥和幸福。我也到瀑布下面走了一圈，避开了水流最大的地方，但衣服依然被淋湿了大半。万年冰川融化的水干净洁净，喝一口冰凉沁甜。我们用空的矿泉水瓶灌了两瓶水带下山。在瀑布周围，更加壮观的是藏民们挂在这里的经幡，层层叠叠，五彩缤纷，形成一种奇观，同时蕴含了一种力量和信念，一种坚韧和期待。

下山的路就比较轻松了，我们在中途的休息站还喝了藏民熬煮的新鲜牦牛奶。煮开的牦牛奶上漂着金黄色的奶油，喝起来奶香无限，刚好驱散浑身被瀑布淋湿的寒意。我们又要了一块牦牛肉，放在炭火上烤熟后分切享用，内心满是到达神瀑后心情喜悦的回味。

回到下雨崩村，已经下午5点多，我们用了接近五个小时的时间来回。如果时间充裕的话，真应该在雨崩村留宿，享受一下大山深处静谧的夜间生活，次日再精神饱满地从上雨崩村前往冰湖。但这次就只有一

▲从飞机上俯瞰玉龙雪山主峰扇子陡，壁立峻峭的山峰，让人惊叹

▼金沙江大拐弯，大江奔流，方觉人类在大自然面前的渺小

▲早晨第一缕阳光照耀在梅里雪山，卡瓦格博峰直刺云霄，壮美圣洁

▼月光下的梅里雪山，神秘雄奇，美得不可思议，有一种被消融于天地间的感觉

▲飞机斜切着祁连山前行，远方那一汪碧蓝的湖水，就是青海湖了

▲登上马牙山俯瞰，天山天池像一块碧玉镶嵌在群山怀抱中

▲东天山主峰博格达峰，挺拔威严，像一队武士，立队前行，奔赴战场

天时间留给雨崩，晚上必须出山回到德钦。坐上回去的车，我们到达半山腰的观景点后，再次回望夕阳中的上下雨崩村。远处雪山顶上的云雾已经散去了一部分，神女峰等著名山峰露出了美丽的身姿。千万年来，它们用纯洁的雪水浇灌着山脚下的这片土地，让它开花结果、生息繁衍。人类依赖这片土地而生存，也为这片土地披上了圣洁的外衣。山有了人，才拥有了意义和内涵；人有了山，也才拥有了精神和信仰。山和人，形成了自然和人的完整统一。

去盐井

盐井，我曾经去过。这个位于滇藏线上、澜沧江边的小镇，以产盐闻名。盐，在古代内地，大山深处，实在是太珍贵的物资了。大概五年前，我带着新东方的一些同事在青藏高原自驾旅行，路过芒康的时候，特意到了盐井。

这次再去盐井，有两个原因：一是希望带着女儿参观一下这个地方，让她感知一下自古至今，人类是如何用最原始的方法向大自然索取资源，以确保自身的生生不息的。二是这次如果从德钦去盐井，我就把整个滇藏线走完了，以后就不用再特意走一趟了。

从德钦到盐井，需要两个小时的路程。我们的住宿地雾浓顶，位于海拔3500米的高处。从雾浓顶沿着险峻的山路一路下行，到达澜沧江边，海拔骤降1000多米。三江并流地区多的是横断山脉。所谓横断山脉：一是山脉的走势呈南北向，刚好向东西向的喜马拉雅山脉横切过去；二是所有的山脉都像刀砍斧劈一样，陡峭险峻，从江边到山顶，短短的距离，常常就能上升上千米的高度。在横断山脉之间的公路上开车，用惊心动魄、魂飞魄散来形容，是很恰当的。坐在车里，除了司机不害怕之外，其他所有人随着车辆在盘山路上颠簸，分分钟都心惊胆战、虚汗直冒。

汽车到达澜沧江边，沿着江边行驶，心里就踏实了许多。车的一边，是急浪翻滚的澜沧江，另一边就是高耸入云的山脉。我想，每一座山头在当地的老百姓心里都有一个名称吧，但我们并不知道，也不需要知道。在外人看来，这些山头都是连绵不绝雄伟壮观的横断山脉的一部分，是中国伟大的脊梁之一，孕育出了独特的藏羌文化，也是汉文化和藏文化的交融之地。

　　滇藏线在古代是茶马古道的要道之一。古代没有公路，物资运输和贸易往来，只能沿着开凿出来的江边和山间小道进行。运输工具主要是骡马，所以运输的队伍被称为马帮。滇藏线起自普洱，主要行程就是从大理、丽江、迪庆到德钦，再沿着澜沧江到芒康。

　　澜沧江这边是云南，那边是西藏。古代没有桥，茶马古道上的马帮要过江，主要靠溜索。把货物、骡马捆在溜索上，拉过江去。一不小心，货物或骡马就会掉到江里，那基本上就是有去无回了。后来有些地方建了铁索桥，就方便了很多。现在澜沧江上还建了很多公路桥，汽车来回穿梭，毫无障碍，过去的天堑，早已变成了通途。那些溜索和铁索桥，早就没了踪影。我和当地旅游局的人说，如果复制一个安全的溜索，让游客体会溜索的感觉，一定很吸引人。

　　沿着澜沧江往北走，经过德钦的佛山乡，再往高处走就到了云南和西藏的分界线。过了分界线，就进入了西藏的芒康县境内。进入县境的第一个乡镇，就是著名的盐井。

　　我们到达盐井时已经中午，做的第一件事就是吃盐井的"一口面"。"一口面"也叫"佳加面"，一碗就真的只有一口，据说厉害的人能够吃一百多碗。"一口面"有个典故，据说和历史上的名人八思巴有关。八思巴被忽必烈奉为国师，受封后返回西藏，途径盐井。当地老百姓以面条招待上师，为了调整口味，以小碗进贡，结果八思巴吃了好几碗。从此，这样的吃面方式就流传了下来，变成了现在的一口面。纪录片《舌尖上的中国》曾专门介绍过一口面，因此这种面闻名全国。凡是经过盐井的游客，都会停下来，尝一尝一口面。我们到了《舌尖上的中国》的拍摄地"观景酒店"。我一个人吃了十几碗，就撑得吃不下去了，不知道吃一百多碗的人是如何吃下去的。饭店游客很多，来来往往，很多人把我认了出来，然后拉着我照相。

吃完饭，我们前往澜沧江边上的盐井村。到了江边，就能看到两岸排着高低错落、密密麻麻的晒盐架子和平台。千年以来，这里的老百姓就用这样原始的方式晒盐谋生。不知从哪天起，有人发现江边渗出的水是咸的。渗出水的地方叫盐泉，在江两边分布着。冬天的时候，盐泉露出江面，到了夏天，江水汹涌，就把盐泉给淹没了。老百姓为了常年取得盐水，就在盐泉周围修筑了很结实的井围，这样就能在涨水期继续取水晒盐，这也应该是盐井这个地名的来源。你能看到滔滔江水中耸立的那些盐井，自有一种我自岿然不动的姿态。劳动人民的智慧，在这里体现得淋漓尽致。

盐田分为东岸盐田和西岸盐田。东岸盐田一般采白盐，西岸盐田一般采红盐。游客一般会到西岸盐田参观，因为东岸陡峭，没法到达，也没有村庄，而西岸有村庄，晒盐的架子也更多。游客可以在架子间行走，看盐的结晶过程。我询问当地老百姓的收入，得知一年晒盐能有近十万的收入，看来还是不错的。这些年旅游业兴起，游客也给老百姓带来一些额外的收入。我们到了一家藏民家里，主人叫格松江措。他把自己的家改造成了一个藏民生活博物馆，供游客参观。他和弟弟俩合娶了一个老婆，他们的孩子已经上了大学。我们也看到了他们兄弟俩共同的老婆，一个健硕开朗的藏族女人。

不过，盐井更多的居民是纳西族，所以这里叫盐井纳西民族乡。事实上，纳西族绝大多数人都生活在云南，他们十分善于做生意。可能因为盐井是藏滇的交界处，又便于采盐，所以部分纳西族人就聚集到了这里。但不管是藏族还是纳西族，其中都有很多人信天主教。盐井拥有西藏唯一的一座天主教堂。而在新中国成立前，在政教合一的西藏，原则上天主教甚至是完全不被允许的。

从盐井沿着214国道走上一公里左右，就到了盐井天主教堂。教堂外观是典型的藏式建筑风格。从国道拐上一条小马路，进入教堂大门，才发现里面非常宽敞。三层楼高的钟楼应该是当地的地标建筑了。进入大门后是一个大院子，院子两边是修建得很好的厢房。迎面扑来的，就是有着巨大十字架的教堂主楼。十字架做得很巧妙，实际上是深蓝色的玻璃窗。这样的设计，既表明了建筑的身份，又能够让里面有很好的采光。进入教堂，里面的空间宽敞明亮，正中间挂着耶稣被绑在十字架上的塑像。从座椅数量来看，至少可以容纳300人同时做礼拜。

滇藏线上另外一些天主教堂也很有名，比如德钦的茨中天主教堂。历史上的传教士沿着滇藏线一路传教。除了传教，还把葡萄和酿制葡萄酒的技术也传了进来。所以澜沧江一线的老百姓，现在依然年年种葡萄和酿葡萄酒。云南境内因为信仰多元化，所以传教比较容易，受到的阻力比较小。但西藏在古代是政教合一的地方，传教要难许多。传教士都有一种不达目的决不罢休的精神，有一个传教士居然在盐井这个地方死磕下来一块地皮，成功建立了一个据点，直到今天。

这个传教士名叫邓得亮，来自法国。据说在19世纪60年代，他来到盐井这个地方，用一张牛皮、一牛角水，从喇嘛手里取得了修建教堂的地皮。实际传教的过程应该没有这么容易。西方传教士大多通过给当地老百姓看病来赢得他们的信任。那个时候西医已经比较发达，然而在老百姓心目中，这却是上帝的神力在发生作用，所以信教的人越来越多。因为这一地区也是藏传佛教的中心地带，所以宗教冲突在所难免。新中国成立前，盐井天主教堂15任神父中有7任被杀害。即便这样，这里信教的人仍越来越多。因为教堂，这一带的民风也被改变了，过圣诞节成了一个新的习俗。中国人民历来都有容纳百川的肚量。他们在做礼拜、过圣诞节的同时，也从来没有忘记按照纳西族或藏族的年历来过节，在唱着天主教圣歌的同时，也同样兴高采烈地跳着锅庄舞和弦子舞。

从教堂出来，我一方面为传教士的坚韧所触动，另一方面，也感叹于一种文化要想融入另外一种文化，需要付出何等的艰辛和努力。而两种文化无缝对接，实在是需要千年的时光，而且两种文化还得都有包容性，融合才能成为可能。最典型的例子，就是佛教融入中国文化的过程。今天我们基本可以说佛教就是中国文化的一部分。当然，中国的佛教，除了释迦牟尼外，早已远离了印度佛教的样子。中国人已经成功地把这一宗教，改造成了具有中国特色的信仰。

下午沿着澜沧江回德钦。蓝天、白云、江水、高山，这一切万年不变。生息在这片土地上的人们，其实也是万年不变的。自从有人类以来，我们无非追求两件事情：一是好好活着，物质上能够养活自己；二是活得开心、安全和有意义，于是有了艺术、宗教和国家。其中演绎出了千变万化的故事，但万变不离其宗。人类自己创造故事，又被这故事所感动，然后代代相传，绵绵不绝。

滇藏线

本次行程的终点，是丽江古城。女儿有一群朋友在丽江，等着她一起相聚。从梅里雪山到丽江，开车是唯一的方法。一路300多公里，需要七八个小时。

还好，一路上并不枯燥，有很多好玩的地方。天气也很给力，蓝天白云，阳光灿烂。我们再次翻过海拔4292米的白马雪山垭口。前行不久，就看到了白马雪山的全景。雪山山头有云雾飘荡，但山间的冰川清晰可见，山脚下的高山草甸开阔明朗。对德钦来说，白马雪山比梅里雪山更重要。梅里雪山紧邻澜沧江，融化的雪水全都流入了江里，没有办法滋润德钦城周围的百姓。而白马雪山流下来的雪水，常年不断，养育着山脚下的德钦人民。这里还是金丝猴的自然保护区。

快到奔子栏乡的时候，我们去朝拜了东竹林寺。东竹林寺建于1667

年，为康区十三林大寺之一。"文革"时期，寺庙几乎全部被拆毁。1985年，香格里拉地方政府拨款重修噶丹东竹林寺。1986年，十世班禅大师确吉坚赞亲临东竹林寺观察并捐款赞助。寺庙内，有不少十世班禅的照片。

过了东竹林寺，不远处就是金沙江大拐弯的观景台。我们在去梅里雪山的路上，已经进去看过了。拐弯本身确实美丽、优雅、壮观，但这个季节由于江水是浑浊的，反倒没有网上的图片好看。网上的图片，一湾碧水绕着圆锥形的山体流过，美丽得像仙女腰上围了一条飘逸的碧玉带。我不知道这样的照片是合成出来的，还是冬天的江水就是这样的。

过了奔子栏乡，再开半个小时左右就到了尼西乡。尼西乡有两样东西特别有名，一样是尼西黑陶，一样是尼西鸡。马路两边有很多卖尼西黑陶的店，边上还有很多饭店，用黑陶炖尼西鸡。这样的美味我们自然不会错过，刚好又是中午，就找了一家叫西木谷土鸡店的饭店停车吃饭。

尼西黑陶上过中央电视台，做工精细的黑陶是黑陶中的极品，敲起来有钟磬般动听的声音。网上对尼西黑陶的介绍如下："尼西黑陶享誉滇西北及全藏区，在中国黑陶艺术中独具一格。这种陶具大方美观，广泛地使用于滇西北以及我国的藏区，烹饪出的食物有着现代化的炊具所无法提供的地道的泥土味。" 我们吃饭的这家饭店，老板同时也售卖黑陶。他叫都丹，性格开朗健谈。据他说，他卖的黑陶都是自己做的，还上过电视。我看了看他做的黑陶，尽管不算精致，但还算过得去，就订了一个炖锅、一个火锅，让他帮我快递到北京去。后来回到北京两个星期后，我收到了这两个锅，炖锅完好，然而火锅盖已经碎成两半。我本来想找快递公司索赔或者找都丹再要一个盖，想想实在太麻烦，就此搁下。

尼西鸡是一种体型较小的鸡。网上对尼西鸡的介绍是这样的："尼西鸡体型轻小，结构紧凑，头尾翘立，胸深突出，背腰平直体质健实，躯体匀称，羽毛紧凑，尾羽发达而上翘。精神敏锐，肌肉发育良好。多为白色、灰白色，少数呈灰黑色。尼西鸡属于肉蛋兼用型鸡，汤色浓，肉香味鲜，肉质紧实，胴体光泽色粉，含人体所必需的氨基酸。2018年9月5日，中华人民共和国农业农村部批准对'尼西鸡'实施国家农产品地理标志登记保护。" 据说这样的鸡只产在尼西乡一带，到了别的地方味道就变了。

停车吃尼西鸡的游客不少。一溜过去饭店也有几十家之多。这里的吃法就是把新鲜的尼西鸡剁成块，然后放进黑陶砂锅里，在饭桌上边炖边吃，有点像鸡肉火锅。砂锅的味道确实鲜美，主要是鸡肉很新鲜。一边吃肉，一边喝汤，还可以加入应季的蔬菜和松茸，实在是畅快淋漓，给人一种活着真美好的感觉。

吃完饭继续上路，又路过我们来的时候曾驻足观赏的纳帕海自然保护区观景台。纳帕海一听就是个高原湖泊，但这个湖泊很有意思，是个季节性湖泊。雨季的时候是湖泊，浩浩荡荡，旱季的时候就变成了高原草甸，是香格里拉最大的草原。有水的时候，许多飞禽便光顾这里，形成群鸟飞翔、水天一色的美景；绿草如茵的时候，这里就是牛羊的天地，天苍苍，野茫茫，风吹草低见牛羊。站在高处的观景台上，纳帕海的美丽景色一览无余，值得停一下脚步。11年前我来这里的时候，5月份的雨季还没有来，纳帕海是一片草原，我曾经在上面骑马驰骋。这次则是站在高处，欣赏一望无际的茫茫"海"水。

过了纳帕海，就到了噶丹·松赞林寺。这是藏传佛教中很有名的寺庙，是云南地区最大的佛教寺庙，号称小布达拉宫。由于时间关系，我们没有进入寺庙参观。寺庙看多了，感觉都差不多，有无数的佛像、酥油灯、唐卡，加上穿着红色袈裟的喇嘛。当然每个寺庙都有着不同的故事。站在214国道上，能够看到松赞林寺的全貌。远远看过去，寺庙依山而建，高低错落，鳞次栉比，金碧辉煌，确实有点布达拉宫的气势。该寺最初兴建于1679年，后来逐渐扩建，"文革"时期好像没有被大规模破坏过，据说是因为该寺为革命做过贡献。1936年夏，贺龙率领红二、六军团长征经过香格里拉（当时叫中甸），亲临噶丹·松赞林寺（当时叫归化寺），拜访活佛、喇嘛。归化寺为红军筹粮十万多斤，还派出僧侣为红军当向导，支持红军北上抗日。

过了迪庆，沿着214国道一路南下，从海拔3000多米下降到2000米左右。再次和金沙江相遇，就到了著名的虎跳峡风景区。虎跳峡风景区我已经来过三次。在丰水期，江水被巨石所挡，翻滚奔涌，激浪四溅，吼声震天，极其壮观。观者站在水边，不由得心惊胆战，两腿发软。本来这次想带着女儿再看一次，但由于今天是10月2日，进入景区的汽车排成了长龙，估计开到景点就天黑了。女儿约了朋友们晚上在丽江古城吃饭，时间不够，只好放弃。

滇藏线上有很多好玩的地方，这样一路走一路玩，会有很多乐趣。你可以自驾，从丽江一路玩到梅里雪山，也可以先到梅里雪山，像我们一样一路玩下来。如果想玩得更野一些，还可以绕圈玩。先从丽江到梅里雪山，再从梅里雪山经盐井到芒康，再从芒康到理塘，然后南行到稻城亚丁。稻城亚丁属于四川，景色绝美，被认为是《消失的地平线》一书中所说的真正的香格里拉的所在地。游完稻城亚丁后，再驱车七个小时左右回到迪庆，南行回到丽江。这些地方我都去过，如果一辈子不曾去过这些地方，那实在是个遗憾。我喜欢在路上，走的地方越多越好，一路走一路体会，一路感悟。生命就那点事情，在不麻烦别人的前提下，活得越洒脱越好。

丽江古城

丽江，我已经来过很多次了。自己和家人来旅行过，带着团队来团建过，这次要不是因为女儿要过来和朋友相聚，我也许本不会在这里停留。

女儿住的宾馆已经没有房间了，于是我就让秘书帮我订了一个古城里的民宿，叫"一生一宿"。古城里面不让进车，只能拎着行李走进去，在老街上上下下，走了十多分钟才到。还好，这个地方靠近古城核心区，离木府和大石桥不远。

女儿晚上和朋友们一起玩，这样我就完全一个人独处了。一个人在古城独处，内心放松下来，决定晚上在古城随意逛逛。

中国这几年出现了很多古城和古镇。有些地方原本已经把原来的古镇拆了，等发现古镇可以赚钱，又开始大规模复建。当然，复建的古镇，大多数都不三不四，不值得一看。

真正从过去的原始状态保存下来，后来成了名副其实的古镇的，有江苏的周庄、浙江的乌镇、安徽的宏村等。当然，最出名也最热闹，至今还无比受欢迎的，就是丽江古城（大研古城）了。

我曾经思考过丽江为什么一直热闹至今，觉得有如下几个原因：

一是古镇的规模。丽江古城的规模之大，在中国现存的古镇中应排在前列，纵横交错的古街道，构成了一个完善的城镇。丽江并不是一般的小镇，自元朝起就已经设立丽江路（相当于地区中心），自明朝起就设立丽江府，一直到清朝，都由丽江府管辖周围地区。当地的土司木氏多年来一直是世袭知府，直到清朝后期"改土归流"，才由中央派遣的官员取而代之。今天的丽江古城还保存有木氏的王府，游客们可以参观游览。而木氏第一代土司原名叫阿甲阿得，木姓是朱元璋赐给他的姓氏，从此他的后代就改姓了木。所以，丽江在古时候一直是个大城镇，地位十分重要。

二是丽江位于交通要道上。丽江的名称，和金沙江有关。金沙江在古代又叫丽水，丽江也由此得名。自元朝到新中国成立前的数百年中，丽江一直地处茶马古道的核心要冲，各类商贾要人、贸易物品，都从这里进出，上达西藏，下入昆明。玉龙雪山的清澈雪水，潺潺不断地从山间奔流而下，给予古镇生命的水源，滋养了一代又一代丽江人。丽江的水渠里雪水日夜流淌，千年不竭，让丽江古城更显灵动。有水，古镇的活力也就自然而然地延续到了今天。

三是丽江周边景点众多，而要去这些地方都必须经过丽江。如果游客千里迢迢来到丽江，只是看看丽江古城，估计有一半人就不再费这么大力气过来了。毕竟如果你不在古镇生活，古镇一天就能逛完。但周围有玉龙雪山、虎跳峡，往北走还有香格里拉和梅里雪山，往南走则有大理的苍山和洱海。这样如果来这里旅游一趟，就很合算了。丽江周围形成了一个景点集群。玩的地方多了，游客自然就愿意过来一趟了。

当然，古镇到今天还依然热闹的真正原因，还是因为人。几十年的古镇旅游，养出了一帮丽江人。他们不是土生土长的丽江人，而是因为喜欢丽江古城，到丽江来定居和做生意的丽江人。他们来自五湖四海，有中国人，也有洋人，到了这里，感受到了和自己生命相契合的某种气息，于是不再离开，扎根下来，开商店、开酒吧、聚朋友、做歌手、装隐士，林林总总，共同创造出了丽江的文化气息、文青气质和潇洒氛围。这样的气息、气质和氛围，又吸引越来越多的人来到这里。于是，暂时失业的人来这里，刚刚失恋的人来这里，寻找艳遇的人来这里，仕途失意的人来这里。他们既是这里的过客，又是这里风景的一部分，加上来来往往看热闹和拍照的游客，就形成了丽江独特的吸引力。

丽江古城，是一个值得待上一段时间慢慢品味的地方，尤其是一个人的时候，你会更容易感知古城的韵味和内里。但我现在肯定没有这份闲暇和心绪在这里待上一段时间。明天上午我就得飞回北京，在古城只是简单地待一个晚上。但这样一个晚上对我来说依然是特别的，因为就我一个人，住在古城，游荡在古城。对我这样一个一年四季身边人来人往，没有一点独处空间的人来说，在这样一个陌生的地方，有一个没有熟人打扰的孤寂夜晚，实在弥足珍贵。

"一生一宿"是三个年轻人联合打造的民宿，地方不大，也就十几个房间。但院落设计得很有日本小院的味道，前厅有一小茶室，显得很温馨。我的房间在二楼，有木楼梯通上去。房间很简约，但已经很智能化了，灯光、音响等可以用手机控制。我刚入住，就被主人认了出来，于是邀请我一起喝茶。我和他们一起坐着喝了一会儿茶，就起身告辞，一人上了街。

街上热闹非凡，摩肩接踵，熙熙攘攘。正值国庆节假期，因为疫情，全国人民没有办法出国玩，于是就蜂拥来到丽江这样的地方。在我心里，热闹也是另外一种景致，所以心里倒也不烦躁。我对沿路卖的各种小吃和旅游品，包括当地的银器等，并没有什么兴趣。我随性走走，看到有趣的东西就停下来瞧一瞧。最感兴趣的是古街上的三联韬奋书店，居然很大，里面书也很多，在里面逛了一会儿，并没有买书。随身带着一摞书是一种负担，喜欢的书回去在网上下单就行。不知道这家书店卖出去的书多不多，是不是能够付得起这里的房租。

我沿着不知名的水边街道一直走到了大水车，又从大水车沿着酒吧一条街走回到木府。每个酒吧都疯狂地热闹。酒吧里更多的是年轻人，他们忘我地手舞足蹈，摇头晃脑。我喜欢这种忘我的状态，但我不敢进去跳，怕被人认出来围观，当然，我也没有心情进去跳。这几年我总觉得自己越来越老，内心产生了一种即将和青春活力告别的感伤，也不知道这算不算中年危机。不过逛街的时候，我的心情还算比较轻松，在斑斓的灯光下，没有人把我认出来，整个身心相对放松，也算是大隐隐于市了。

中间回房间休息了一会儿，到晚上11点，我又想出去看看喧嚣过后的老城，结果发现外面依然人山人海，于是只好就此作罢，回房睡觉。第二天早上6点起床，一个人独自到街上散步，才终于体会到几乎空无一人的丽江古城，在清晨中的那种静谧和美好。所有的商店都已经关门，排门把各家商店的面貌都关在了里面，外面留下的只是古老朴素的街道，高低不平的石铺路面，以及路边水渠里的淙淙流水。拥挤的大石桥上也没有了人迹，如释重负般卧躺在寂静的清晨里。我爬上了古城西边的狮子山，尽管有名的万古楼还没有开放，但站在高处，古城风光一览无余，整个老城都沐浴在早晨宁静的氛围中，远处的玉龙雪山云山雾罩，一片神秘。

尽管只在丽江古城待了一个晚上和一个早上，也没有对古城进行深入的考察，但我的内心已经得到了很大的满足，可以没有遗憾地离去了。在现代交通工具的帮助下，丽江离我们并不远，当我想回来的时候，随时都可以回来。因为可以回来，所以离开的时候就没有了太多的留恋。

中午12点多，我踏上了飞回北京的飞机，这次梅里雪山之旅宣告结束。留下的，是这些文字和满满的回忆。

天地与我共舞
——天山偶游记

26号，我们要去参加"乌鲁木齐新东方学校十周年"庆典。任何一个新东方学校举办十周年庆典，我都会出席，为大家鼓劲加油。

去乌鲁木齐的航班起飞时间是早上7点半。我们的航班准时起飞，在11点半落地乌鲁木齐，检查完了健康码与行程卡后，我走出机场坐上接待的汽车。这场庆典的场地安排在距离乌鲁木齐约100公里外，位于天山山脚下的三江温泉城。汽车沿着G7京新高速公路前行，这让我有一种"穿越感"——在北京我几乎每天都要行驶在G7高速上。这条路的一头一尾，中间隔了2000多公里。若放在古代，这是一段令人绝望的距离。晚清时左宗棠带着部队收复新疆伊犁地区，就是从北京这样走过来的。那是一次了不起的收复行动。左宗棠抬着自己的棺材上路，不收复失地誓不东归。如果没有他的坚持和决心，在沙俄的虎视眈眈下，伊犁地区鹿归谁手真不好说。

新疆的G7高速公路有四车道，上面行驶的车辆不多，两旁视野开阔。坐落在高速公路南边的天山山脉，在正午的阳光下熠熠生辉，高出云天。今天天气极好，蓝天澄澈，视野高远。东天山主峰——博格达峰，像一位庄严的英雄，端坐在云天之间，山体上的白色积雪和冰川，犹如战士身上披着的战袍，迎风飘扬，无比灵动。

一小时后，我们下了高速，车开进了一个农家乐，名叫"好客农家小院"。学校在这里为我们安排了简单的午餐——新疆的拉条子。拉条子，实际上就是拌面，它的拌料可以有很多种，像是青椒牛肉、芹菜肉丝、土豆鸡丝等，你可以混在一起拌，也可以分开拌。最重要的还是面本身，制作拉条子需要用很纯粹的白面，经过不断搓揉，变得十分筋道后，再拉成各种粗细的面条，放在滚水里煮熟，捞出来放在盘子里；面端上来后，客人根据自己的喜好选择拌料。面煮好、拌料好，一盘超级美食便摆在了你的眼前。农家小院的拉条子做得很地道，我很快就把一大盘吃完了，浑身洋溢着满足感。

我第一次吃到拉条子也是在新疆。大概20年以前，我从乌鲁木齐乘车去吐鲁番，沿途是无穷无尽的戈壁滩。到了中午，我肚子饿了，在可以说荒无人烟的马路边，突然出现了一个休息站——那是让卡车司机休息的地方。有维吾尔族人沿路支了几个小摊，在做拉条子。我们下车买了面条，本以为会很难吃，没有想到吃下去满口生香，令人胃口大开。我吃完一盘后又要了一盘，从此就迷上了拉条子。后来，在北京住的小区附近，我发现了一家新疆小饭店，也是由维吾尔族人经营的，小店待客热情，伙食地道，我每隔一段时间就会去那里吃拉条子或手抓饭。再后来不知道什么原因，那家店就搬走了。为此，我还遗憾了很长时间。

午饭后，我们到达三江温泉城。下午2点时，庆典活动开始。由员工自编自导的开场新疆舞蹈，充满了活力和张力，舞姿潇洒优美，动作收放自如，节奏明快生动，让人不知不觉热血上涌，情绪激动。舞蹈后，我先是给员工致辞，再给工作了5年以上的老员工们颁发荣誉证书和奖品，并在背景板前和每一个员工照相留念。庆典活动过了下午4点后圆满结束。乌鲁木齐新东方的发展尤其不易，在各种艰难考验中不断进取，到了今天已经有500位员工，为上万的乌鲁木齐孩子提供高质量的教学服务。

既然到了天山脚下，自然要爬一趟天山。何况今天天气出奇地好，天山就在眼前。

　　大概20多年前，我来新疆演讲，朋友安排我晚上在天池边上的旅店住宿，打算带我夜游天池。那时候高速公路还未开通，从乌鲁木齐到天池要开车近三个小时。我们入住的宾馆几乎就在天池边上（现在因为当地环保之需，这些宾馆已经全部拆掉，夜游天山天池已经不可能），到达天池边已经天黑，就着月色，我看到了夜幕下的天池。当时是五月初，湖面上的冰还没有完全融化，但池边的山坡上已经春意盎然。我记得那晚我们喝了很多酒，然后躺在草坡上看天池，看那一头的雪山（有人告诉我那就是博格达峰，后来才知道，从天池边上看不到博格达峰），看满天的繁星，看着星星和月亮一直旋转。我知道那是因为我醉酒了，产生了天地与我共舞的幻觉。

　　在新疆地区，和中国神话最紧密相关的自然景观就是天池。博格达峰在神话中被认为是西王母所居住的地方。据传3000多年前穆天子曾在天池畔与西王母欢筵对歌，因此天池也被称为"瑶池"。由于天山天池和道教的关系密切，如今的天池周围，依然有很多与道教相关的遗迹。比如天池边上的王母庙，还有天池以西三公里处的灯杆山上的老君庙、东岳庙。灯杆山名称的由来，传说是因为当年有位道士在山顶立了一根松杆，上挂天灯，昼夜不灭，故名灯杆山。为什么处在新疆不同文化中的天山天池，会有那么多和道教相关的传说呢？这就与一个人有关了。

　　这个人的名字叫丘处机。读过金庸《射雕英雄传》的人，应该都知道长春真人丘处机。有些人以为丘处机是一个编造出来的人物，因为道教人物通常"神神道道"，让人真假莫辨。但丘处机不仅是一个真实存在的历史人物，还为中国道教的传承发展、为中国的安定做出过重大贡献。因为他号长春真人，又有人以为他出生在长春，其实他和长春没有什么关系。根据史料记载，丘处机出生于1148年，字通密，道号长春子，登州栖霞（今属山东省）人，他是元初的道士，道教全真道"北七真"之一。

丘处机一生最重要的一件事情，就是在73岁高龄的时候，从山东出发，带着一群弟子一直走到了今天中亚的撒马尔罕；行程上万里，他们走了两年多。玄奘当年西行，是为了取真经。那丘处机等人一路西行的目的是什么呢？

成吉思汗晚年渴求长生不老，他听说丘处机有长生不老之术，便于1219年派使者带诏书到山东，请丘处机前来相见。丘处机原本不想去，但后来还是决定带着弟子西行。他倒不是怕如果不去引得成吉思汗发怒报复，而是把它当成了一路宣传道教，并且劝导成吉思汗向善的契机。于是，1220年农历正月，丘处机偕18名弟子从山东启程西去，历经艰难曲折，两年多后抵达"大雪山"（今兴都库什山），在行宫觐见了成吉思汗。逗留行宫期间，成吉思汗多次召见丘处机，向他询问治国和养生的方法，最后还形成了对话集——《玄风庆会录》。丘处机的随行弟子李志常，根据一路上的见闻，写成了《长春真人西游记》。

丘处机对成吉思汗的影响到底有多大？这方面缺乏史料记载，不好断言。不过，成吉思汗对丘处机如此尊重，想必后者对他的影响不小。丘处机告诉成吉思汗，要将追求"成仙"与"行善"结合起来，养生之道重在"内固精神，外修阴德"。内固精神就是不要四处征伐，外修阴德就是要去暴止杀。蒙古帝国统治中原时期的暴政和杀戮政策在后来都有所和缓，这可能和丘处机的宣讲有关。丘处机看到了在蒙古帝国的铁蹄下民不聊生的景象，有心济世救民，才以73岁的高龄行走上万里去见成吉思汗。没有伟大的精神和使命做支撑，怎么会有如此不畏艰险、毅然上路的决心呢？

后来丘处机一行人东归，回到了今天的北京。他是应燕京官员的邀请去主持太极宫的。他于1227年去世，享年80岁。同一年，成吉思汗下诏将太极宫改名"长春宫"，后来元世祖忽必烈又追封其为"长春演道主教真人"，便有了"长春真人"的说法。从这里也可以看出成吉思汗以及忽必烈对丘处机的敬重。长春宫，就是今天北京白云观的前身。

在去见成吉思汗的路上，丘处机经过天山，看到了博格达峰和天池。他出于对道教的热爱，把这美如仙境的地方看作西王母的居所，把天池看作瑶池，为此编出一系列的故事，便在情理之中了。此外，他写的《宿轮台之东南望阴山》一诗非常出名，读来委实不错："三峰并起插云寒，四壁横陈绕涧盘。雪岭界天人不到，冰池耀日俗难观。岩深可避刀兵害，水众能滋稼穑干。名镇北方为第一，无人写向画图看。"其中的"三峰"，就是博格达峰的主峰和另外两峰；"冰池"，就是天池，我自己也见过天池结冰的样子。直到清朝的新疆都统明亮写下《灵山天池统凿水渠碑记》，天山下的这个高山湖，才被叫作"天池"。

这次我上山，希望能一睹博格达峰的真容。进入天山天池景区后，能够游玩的地方主要有两处：一处是在天池边上，可以观赏天池和天池边的雪山，如果时间充裕，还可以绕着天池转一圈，不过一圈的距离不短，应该有十公里之上；另外一处就是天池上面的马牙山。之所以叫马牙山，是因为山上怪石林立、犬牙交错，远看过去像牙齿丛林一般。马牙山海拔高3056米，坐落在博格达峰对面，它们中间隔了一个峡谷，爬到马牙山山顶，可以俯瞰崇山峻岭中的天池全景，也几乎可以平视对面雄壮的博格达峰，或眺望天山峰峰相连、绵延至天边的壮丽景象。

到达马牙山脚下，可以选择坐缆车到半山腰后再步行，也可以选择直接走步道上去。考虑到时间有限，我先坐了缆车。半山腰的海拔在2500米左右，若要去山顶最高峰的观景台，大概还要攀爬500米，这大致相当于爬香山的高度。但半山腰已经令人有点缺氧了，所以攀爬起来吃力了很多。现在这里的旅游设施比较齐全，以前如果要爬马牙山，需要在巨石怪岩之间寻找道路，一不小心就可能掉下去，十分危险。现在，马牙山已经修了到山顶的木栈道，只要体力充沛就可以安全攀至顶端，不过，大部分人走到半山腰的观景台就止步了。因为再往上，海拔更高、山路更陡，很多人会吃不消。

我自然是要登到山顶的。一定要到顶，一定要在了无障碍的空间里，去朝拜博格达峰。刚开始爬山的时候，因为走得比较急，我喘得很厉害，后来我调整好了呼吸，匀速爬行，等过了疲劳的临界点，就能比较轻松地往上攀爬了。最后，我把几个年轻人甩在了后面。到达马牙山顶峰，举目四望，我见到了此生最雄伟壮丽的景色之一：下临天池，周环青山，郁郁葱葱，绵延无尽，天池像一块碧玉镶嵌在群山的怀抱中；面朝南自东向西看，白雪皑皑的天山山峰横亘在天地间，像一队立队前行、奔赴战场的武士。其中那耸立向天的高大威猛者，就是博格达峰。我坐在岩石上，静静凝视着博格达峰，陷入一种无言的豁然开朗中。尽管博格达峰的海拔只有5445米，但因为其秀于周围山峰，显得尤其挺拔威严。今天的天蓝得深邃，云白如棉花，周遭百里之内，一览无余。近看周围，马牙山本身就是难得的景致，乱石穿空，姿态各异，如醉酒后的豪杰，又如舞蹈中的人群。我们下山的时候已经是晚上7点，太阳依然当空朗照（因为时差的原因，此时此地相当于北京下午4点半左右）。

博格达峰并不是整个天山的主峰。天山分为东天山、中天山和西天山。博格达峰是东天山的主峰，它之所以声名显赫，一是因为离人世烟火近，大家容易到达；二是因为道教赋予了博格达峰更加神圣的意义。中天山的主峰是托木尔峰，该峰位于阿克苏地区温宿县境内，海拔7443.8米——这是整个天山的最高峰；同时中天山还拥有第二高峰汗腾格里峰。天山山系中，中天山最雄伟壮观，光是高度在6000米以上的山峰就有数十座。有一次我乘飞机从乌鲁木齐飞往喀什，在美好的天气里飞越了中天山，那机翼下面连绵峻峭的山峰，看得人心潮起伏。

从马牙山下来，我们回到了刚才经过的天池。现在的天池，周围已经被修整得过分商业化，建设了很多步道，旁边还有各种景点的介绍，天池里面还有游船往返。天池如此澄碧的一汪静水，里面开着游船，怎么看都破坏了完美的景致，天池就这样被折腾成了一个普通的湖。商业化的天池周围可以说是人山人海，许多人聚在此处摆着各种造型拍照，人声鼎沸。我们匆匆从湖边栈道走过，照了几张池景照片，看了一眼被取名为"定海神针"的老榆树（这棵老榆树的神奇之处在于，理论上榆树本无法在这么高的地方生存，但它已经在这里站了上百年，而且枝繁叶茂），就匆匆上车离去了。观天池，真的应该一个人独坐水边，看着天山雪峰沉思修炼。但现在天池已是旅游热门景点，想要这样做几乎不可能了，真令我怀念20多年前半夜醉卧天池边的潇洒快意。

回到山下，乌鲁木齐新东方的管理者们正在等我吃烧烤。爬完天山，我兴致很好，大家也很高兴。新疆的伙食，特别能够激发人的食欲和豪情，何况我们还身处天山脚下，天广地阔之间。红柳枝大羊肉串滋滋地冒油，香气扑鼻；大盘鸡里的翠绿青椒和黄嫩鸡肉，在巨大的盘子里堆出塔尖；当然更少不了新烤出炉的新疆烤囊，"嘎嘣"脆香……配上一壶伊力特曲，觥筹交错，起坐喧哗，最后大家一起齐声歌唱"我爱你中国"。在月色初上时，我们结束了令人身心舒畅的晚餐时光。

宾馆离餐厅只有1000米左右，我决定步行回去。马路两边是茂密幽深的树林。喧哗燥热的白天结束，这条通往天山景区的专用道到了晚上没有了川流不息的车辆，变得幽静凉爽。此时我们的身后还有一抹暗红色的晚霞，但前方的天山顶上已经露出了农历十五的月亮。月亮挂在山头，显得如此之大如此之圆，像一轮金黄的玉盘，和山上的积雪交相辉映。我顿时想起了李白的《关山月》一诗："明月出天山，苍茫云海间。长风几万里，吹度玉门关。汉下白登道，胡窥青海湾。由来征战地，不见有人还。戍客望边邑，思归多苦颜。高楼当此夜，叹息未应闲。" 我知道李白写的"天山"，实际上是祁连山，但那又何妨？自古经河西走廊到新疆，无数英雄豪杰千年征战，只落得"君不见，青海头，古来白骨无人收"的结局。

时代变迁，今天的我们躬逢盛世，也有幸参与祖国繁荣的建设。我们做的事情一定会被后代超越，但这并不意味着我们现在的努力没有意义。正是像丘处机这样有着济世救民胸怀的人的坚守，我们才有了今天美好的生活。世事沧桑，"人生代代无穷已……不知江月待何人"。但即使万年之后，博格达峰也一定会昂然屹立，明月也依然会高悬于天山之上。那个时候，它们所注视的人间，一定会比我们的今天更加美好吧。

飞越祁连山

乌鲁木齐出差结束。今天早上要飞往西宁，去见西宁新东方的全体员工。

这两天天气特别好。昨天的乌鲁木齐碧空万里，我攀登了马牙山，极目远眺天山山脉、博格达峰和碧玉一般的天池，晚上看到了"明月出天山，苍茫云海间"的壮美景色。

今天早上6点半，出门时晨光已大亮，东方的朝霞染红了半个天空。回望天山，博格达峰已经披上第一缕阳光，山峰亮得灼目。我们一路向西，直奔机场，一百公里的路，天山在左侧形影相随，山脉的轮廓越来越清晰。乌鲁木齐机场面对天山山脉而建，开门见山，位置得天独厚。

根据飞行路线测算，飞机航程中，我们不仅能够在空中看到天山，应该还会飞越祁连山。祁连山绵延千里，横贯中国西部，坐落在青海、甘肃两省之间。山上有着储量巨大的冰川积雪，为南坡山麓下的青海湖提供了重要水源，也为北坡孕育了河西走廊千年的文明。

去年，我在甘肃行走十天，主要就是沿着河西走廊一路向西，当时心里最想见到的，就是祁连山的真容。从祁连山东段开始，翻越乌鞘岭，我看了一眼阴云下的山脉，此后沿着走廊千里跋涉，一直走到敦煌。一路上不是彤云密布，就是阴雨连绵，祁连山始终也没有露过面。

河西走廊的文明、丝绸之路的繁荣，都是依托祁连山的无私滋养而存续的。一路沿着祁连山走过，却没有看到祁连山，我内心充满万分的遗憾。

"祁连"是匈奴语，匈奴称天为"祁连"，祁连山即"天山"之意。李白有诗云："明月出天山，苍茫云海间。长风几万里，吹度玉门关。"其中的"天山"，指的就是祁连山，而不是今天新疆的天山。自古以来，祁连山就是匈奴放牧生息之地，也是他们和汉朝政权对抗的大后方。张骞出使西域后，对匈奴的内部结构了如指掌。他曾两次被匈奴俘获，最后娶了匈奴姑娘，并与其一起逃回了汉朝。汉武帝在了解匈奴的情况后，派霍去病率军西征，从扁都口出奇兵，袭击并打败了匈奴。匈奴西奔上千里，流离失所，悲歌震天："失我焉支山，令我妇女无颜色。失我祁连山，使我六畜不蕃息。"匈奴西奔，又引起了世界的连锁反应——当时，匈奴人挤压了日耳曼人的生存空间，日耳曼人继续西迁，最后进入西罗马帝国，导致了西罗马帝国的灭亡。可以说，汉武帝抗击匈奴的战争，间接导致了西罗马帝国的衰亡。但如果不打击匈奴，匈奴东侵，也有可能会导致中华文明衰微。

祁连山对中国，不仅有地理和自然意义上的重要性，也有文明上的重要性。祁连山北坡的重要河流，如石羊河、黑河、疏勒河等，用源源不断的河水，像大地的乳汁那般，孕育了河西走廊几千年的繁荣气象。如果没有河西走廊作为中西方物质和文化交往融合的大通道，今天的中国或许就完全是另外一副模样了。汉文明的血液里，融合了太多其他民族文化的因子，形成了多元、包容和大气的文明底色。另外，如果没有祁连山作为屏障，从西边而来的军事力量就可以长驱直入，直达中国的心脏腹地，分分钟摧毁我们精心培育的华夏文明之花。

我一直在筹划一次专门围绕祁连山的考察之旅，可惜到今天也没有成行。今天，当我看到天气如此之好，以为在飞机上一定能够看到祁连山，内心便分外激动。在取票值机的时候，我特意请求工作人员给我安排右边靠窗的位置。因为我知道在右边靠窗的位置，一定能够看到祁连山。

飞机起飞，大概飞行一个小时后，机翼下面果然出现了连绵不绝的雪山，我知道祁连山到了，飞机正沿着祁连山的山脊飞行。祁连山总长度在800公里以上，南北宽200—300公里，大部分山峰在4000米之上，所以当飞机在祁连山上空飞行的时候，极目所见，到处都是雪峰，连绵不绝，龙盘虎踞，景色十分壮观。

在国内乘飞机的时候，我有幸看过青藏高原、天山山脉、横断山脉；在国外旅行的时候，则飞越过阿尔卑斯山脉。每次飞越雪山，我内心的激动都会难以抑制——心跳加速，血液流动加快，好像遇见了神仙一样。世界各地人民都习惯把雪山当作神山看待。不过，我至今也没有产生去攀登雪山的念头，因为我觉得雪山应被敬拜，而不应被人踩在脚下。

飞机似乎离祁连山很近，能感觉到无数的山头近在咫尺。但实际上飞机飞得比祁连山最高的山头还要高，至少在4000米之上，放眼望去，能够看到祁连山的南坡尽头，以及尽头外广袤无边的天地。难以用双脚翻越的大山，在飞机上看，似乎就是一指的高度。

飞机平稳地向前飞行，机翼下的雪峰不断变幻。看向远方，首先映入眼帘的是一汪轮廓接近圆形的湖水，根据我仅有的地理知识，我判断出这是青海第二大湖——哈拉湖。哈拉湖是青藏高原上内陆流域的一个大型湖泊，湖面海拔有4000多米，常年蓄水，又称"黑海子"，它和青海湖一样是咸水湖。

哈拉湖位于德令哈市北部。说到德令哈，大家应该比较熟悉了。著名诗人海子有一首诗叫作《日记》：

    姐姐，今夜我在德令哈，夜色笼罩
    姐姐，我今夜只有戈壁

草原尽头我两手空空

悲痛时握不住一颗泪滴

姐姐，今夜我在德令哈

这是雨水中一座荒凉的城

除了那些路过的和居住的

德令哈……今夜

这是唯一的，最后的，抒情。

这是唯一的，最后的，草原。

我把石头还给石头

让胜利的胜利

今夜青稞只属于她自己

一切都在生长

今夜我只有美丽的戈壁　空空

姐姐，今夜我不关心人类，我只想你

　　这是海子在1988年7月25日乘火车经过德令哈的时候所写下的诗篇。这时，距离他1989年3月卧轨，只有不到一年的时间。美好的诗人用一种决绝的姿态，来表达他对人世的最后告别。

　　飞机继续飞行，把哈拉湖甩在了后面。我知道，下一个能够看到的，一定就是青海湖。飞机斜着越过祁连山上空前行，过了半小时，远方果然出现了一汪碧蓝的湖水——那一定就是青海湖了！青海湖比哈拉湖大很多，看上去湖水一直漫延到天边。十几年前，我去西宁演讲，曾经开车翻越拉鸡山，去到青海湖东岸。那是一个冬天，在湖边被寒风吹得透凉之后，我们进入了一家帐篷中的农家乐，那里面正煮着一锅香喷喷的米饭。我兴奋地把锅盖揭开，结果一锅米饭再也没能煮熟。在高原上煮饭，水不到100℃便会沸腾，青海湖的海拔在3000米之上，沸点很低，因此锅盖一打开，米就变得半生不熟了，为此我还赔了店家20元钱。

足足有15分钟时间，青海湖一直在我的眼帘之中，可见其范围之广阔。古代有"青海湖方圆千里"的记载，现在青海湖的周长有300多公里。每年青海省据说都会举办环湖自行车比赛，想必是一场盛会。环绕着美丽的深蓝色的青海湖，看着周围高峻的雪山，一路骑行，就算比赛只得了最后一名，也必将心满意足。在这样的环境中，比赛已经退居其次，真正重要的，也许是把自己融入如此纯净的大自然之中，让自己完成一次忘我的旅程。

飞机离西宁越来越近，落地西宁之前，我在空中要寻找的最后一个祁连山地标，是扁都峡。扁都峡，是从西宁向西北斜穿祁连山的一条峡谷，到了峡谷北边，就是张掖市的民乐县。著名的扁都口，就位于民乐县的峡谷出口。在古代，进入河西走廊主要有两条道路：一条是翻越乌鞘岭进入武威；一条是从西宁进入扁都峡，出扁都口直达张掖。扁都口声名远扬，主要和两个历史事件有关：一是我上面提到的，霍去病打击匈奴，率部过扁都口，直捣单于的老巢焉支山；另一个就是隋炀帝在率军打击吐蕃之后，六月出扁都口，在焉支山召开"万国博览会"。隋炀帝是一个有雄心壮志的皇帝，他下令开凿贯通中国南北的大运河，使得天下物资得以流通，从此中国不再南北隔绝。他也是中国少数到过河西走廊的皇帝之一，不得不说，隋炀帝对隋唐时期中西方的经济和文化交流做出了重大贡献。非常可惜的是，他好大喜功、穷兵黩武，曾三次征讨高句丽，操之过急，弄得民不聊生，终于把自己也害得身首异处。我有时会想，他是真的不惜民力，还是觉得时不我待，"一万年太久，只争朝夕"呢？如果他不那么急于征服高句丽，也许中国最兴旺的朝代就不是唐朝，而是隋朝了。那次隋炀帝带着队伍过扁都口，老天不作美，六月下起暴风雪，结果由于缺乏防寒物资，军队冻死了一半，他的爱妃也冻死了好几个。现在扁都口有"娘娘坟"，传说就是当年隋炀帝的爱妃之墓。

在历史上，玄奘、李白、王维、高适、岑参、王昌龄等人，也都从扁都峡走过，走向了"醉卧沙场君莫笑，古来征战几人回"的大漠深处，去体会"琵琶起舞换新声，总是关山旧别情"的边塞豪情。

去年我在河西走廊时，一心要去扁都口看一看，结果由于当地朋友有事耽搁了，加上那一天阴雨绵绵、云雾缭绕，即使去了扁都口也基本上什么都看不见，最后只得遗憾地放弃。今天在飞机上，也许能够从空中俯瞰一下扁都峡整体的样子。山与山之间峡谷很多，要辨认哪条峡谷是扁都峡着实很不容易。我根据地理位置，以及峡谷斜切的方向，最终确定了一条从东南向西北斜切的峡谷，一直延伸，没有断头，我想这大概就是扁都峡了。峡谷中树木葱茏，有一条公路从中穿过，它应该就是国道G227了。现在从扁都口到青海的门源县正在修建高速公路，如果高速公路贯通，穿越峡谷近30公里的距离就很快了。过去穿行扁都口的那些艰难，将会永远成为历史；但同时可能失去的，或许是人们对历史的深刻体会和记忆。

以后如果有时间，我一定要来扁都峡徒步旅行一次，用一天的时间，从南边的峡口，走到北边的峡口，重新走一下当年霍去病、高适、岑参他们走过的路。不为别的，只为历史的记忆，为那一份埋藏在心里，不得不借此抒发出来的心情。

不久，飞机平稳落地西宁，飞越祁连山的空中旅行到此结束。一切的结束都是重新开始。任何经历都会让人产生新的思考和冲动，这是人类生生不息的活力来源。我在心里，已经开始整理未来再次前往祁连山的行囊。往往在路上，我才能拥有一颗安宁的心灵。

意念，决定人在世间行走的脚步
——魅力西班牙之行

去西班牙之前，我对这个国家的了解并不多。本来想出发前好好研究一下西班牙，但实在是工作太忙，没顾上。直到出发那天，我才匆匆忙忙把林达的《西班牙旅行笔记》和李元馥的《漫画西班牙》装入行囊中。

我们在28日0点55分，乘飞机前往马德里，此次航程近12个小时。睡了一觉醒来后，我开始阅读《西班牙旅行笔记》。这本书买来好几年都没有读过，这次因为要去西班牙，抱着得好好研究一下这个国家的念头，便带上了它。这种感觉很奇妙，一个似乎与你完全无关的地方，突然与你产生不可分割的联系。在某种意义上，人的意念决定了人的生活内容，也决定了人在世界上行走的脚步。

《西班牙旅行笔记》写得很不错，文笔流畅，它把现今与历史结合起来，对西班牙的历史和人物做了有情感、有理性、有思想、有见解的分析，通篇35万字，读起来没有累赘和拖沓的感觉，一看就知道林达对西班牙的研究是下了功夫的。尤其是他写西班牙第二共和国成立、西班牙内战和战后西班牙如何走向民主制度下的君主立宪制的部分，分析深刻，鞭辟入里，给人以启迪。我在飞机上和抵达西班牙第一天的零碎时间里，一字不落地把这本书认认真真读完了。

读完《西班牙旅行笔记》后，我又打开了李元馥的《漫画西班牙》。我本人很喜欢李元馥的漫画世界系列，他通过漫画的方式对各个国家的历史和文化进行系统的梳理，让人在兴趣盎然之中，不知不觉了解了一个国家的来龙去脉。这本《漫画西班牙》从西班牙的斗牛引入，分析了西班牙人的性格特征、文化习俗、历史沿革，整本书把西班牙的历史饱满地串了起来。漫画从新石器时代的西班牙壁画讲起，一路讲了罗马帝国时期、西哥特王国时期、摩尔人统治时期、天主教光复时期、大航海时期、拿破仑统治时期、西班牙第二共和国时期、西班牙内战时期、佛朗哥独裁时期，以及现在民主制度下的君主立宪制的西班牙；讲述了西班牙的王位之争、地区之争、宗教之争、思想之争和体制之争。读完这两本关于西班牙的书，西班牙作为一个有血有肉的国家，其模样就豁然眼前了。

我们的飞机于马德里时间早上6点半落地，落地时东方的天空才微微泛红。我很奇怪和北京同一纬度的马德里，为什么早上天亮得这么晚，此时的北京或许已天光大亮了。后来我才知道，西班牙为了和欧洲保持在同一个时区，马德里时间比地方时要早一个小时。我们落地的时间，按照地方时应是早上5点多才对。因此，西班牙人的作息习惯和其他国家稍有不同。他们往往在下午1点之后才开始吃午饭，由于中午天气炎热，饭后通常还要睡午觉。下午2点到4点是午睡时间，很多商店都会关门，行人在路上不能大声喧哗；晚饭时间则在晚上8点以后，通常会吃到10点；年轻人在酒吧玩到晚上12点更是家常便饭。这让我想起了中国新疆，新疆也使用北京时间，所以夏季的新疆晚上近10点天才全黑，而当地人一般在9点之后才开始吃晚饭。

来接我们的导游叫黄中振，个子很高且十分健谈。他告诉我们自己十几岁便随父母来到西班牙，在这里上学，怪不得他的西班牙语和中文都讲得极好，聊起西班牙历史，旁征博引，表达清晰。遇到一个让人开心放松的导游很不容易，接下来，他将陪我们走五六个地方。我想，在他的安排下，我们应该会拥有一段美妙的旅程。

塞哥维亚（Segovia）

　　和导游寒暄之后，我就提出了希望修改行程，不先去游览马德里的皇宫和皇家马德里足球队的主场伯纳乌球场，而将第一站改到塞哥维亚——那是距马德里几十公里的一座古城，有着著名的古罗马高架引水渠。导游爽快地答应了，领着我们迎着初升的太阳，向塞哥维亚出发。

　　红色的阳光洒在西班牙波状起伏的原野上，黄色的草地和远方的山峦彰显着西班牙的野性和奔放。经过一夜的飞行，我们走出了狭小的机舱，一下子来到了广袤莽苍的大地，穿越在充满故事和传奇的一望无际的原野，来到有着几千年历史的古城塞哥维亚。

　　到达塞哥维亚时，才早上8点多，整个小镇还沉浸在"这里的黎明静悄悄"中，但阳光已经洒满小镇。小镇的房屋屋顶都是红色的瓦，墙面大多是白色或者淡黄色，门楣和窗框上有着各种形状的几何图案，一看就是伊斯兰文化在这里留下的影响。从8世纪到15世纪，摩尔人曾统治伊比利亚半岛的很多地区，所以，不管后来天主教如何想方设法去磨灭伊斯兰文化的印记都是徒劳的，伊斯兰文化的建筑风格、行为习惯等早已融入伊比利亚半岛居民的日常生活之中，变成了伊比利亚文化的重要组成部分。西班牙的安达卢西亚地区，几乎成了"魅力西班牙"的代名词，不过，这里在古代实际上是伊斯兰教统治最核心的地区。

　　从塞哥维亚往北，就进入了西班牙的北部山区。当初普遍信仰天主教的西哥特人，就是被摩尔人一直赶到了山里面。摩尔人觉得最好的地区已经握在手中，就没有乘胜追击，放了山里的天主教徒们一条生路。没有想到这些天主教徒在山里卧薪尝胆、养精蓄锐，几百年后开始反攻。后来的摩尔人和他们的祖先相比，战斗力已经大大削弱，而且内部斗争不断，庞大的摩尔帝国也分裂成了一个个小王国。天主教的国王和骑士们步步为营，将一个个山头占领，建设并加固城堡，然后再占领新的山头和地区。在今天的西班牙北部，你依然可以看到很多建在山头上的星罗棋布的城堡，可以想象当初围绕这片土地所展开的激烈战斗。

而塞哥维亚就处在天主教和伊斯兰教战斗的最前沿。它被摩尔人占领了很长时间之后，又被天主教夺了回来，然后双方陷入了拉锯战，塞哥维亚数易其主。小镇中坚固的城墙，无声地诉说着当初进攻和防守的艰难。今天的塞哥维亚，早已远离战争，在阳光中多了一份明媚和安静。近两千年的历史，已经沉淀为一种深沉和超脱。

早上的温度还有些低，风吹在身上冷飕飕的，我们赶紧穿上夹克。到西班牙前查看过这里的天气状况，得知这个季节最高35度左右，所以我没有带厚衣服。实际上西班牙的气候与内蒙古高原的气候很相似，白天阳光普照时，天气会很热，由于大气透明度很高，紫外线很强；但晚上气温会退回到十几度，非常凉爽舒适，睡觉时基本上不需要开空调。

在古罗马时期，塞哥维亚是罗马人镇守伊比利亚半岛的重要基地。罗马人每征服一个地方，都会把那个地方当作永久的家园来建设，所以他们也在塞哥维亚修建了很坚固的城池，还在十几公里外的山上架了引水渠，把水引到城市里来。当然，没有什么东西是永恒的——西罗马帝国在5世纪的时候就在西哥特人的入侵下灭亡了。

小镇中的古罗马建筑，也被后来的建筑覆盖，不见了踪影，但其中的一段引水渠一直留到了今天。这段古引水渠长813米，高28.5米，都是由大石头垒起来的，没用任何黏合剂，看上去十分雄伟壮观。这段引水渠能够完好地留存到今天，主要应归功于它强大的引水功能，一直到18世纪，当地人依然在使用它。因为有用，所以不管什么人占领塞哥维亚，他们都会对这条引水渠加以保护。它是公元1世纪左右诞生的杰作，到现在基本上仍然完好无损。古罗马人的工程建造能力极强，修路、架桥、造引水渠，是他们的"拿手好戏"。这段引水渠如今吸引了世界各地许多人来参观。对此，我是带着一种崇敬的心情仰视着的——

对罗马帝国，我内心有浓厚的敬意，尤其在读了爱德华·吉本的《罗马帝国衰亡史》和盐野七生的《罗马人的故事》两大著作之后。面对大自然，一方面，人类是渺小的；另一方面，人类却从未渺小过。也许帝国无法永远存续，但人类的思想和能力却可以代代相传。这段引水渠就彰显着罗马帝国一种永恒的精神。

我们在小镇徜徉了一个小时。这里的街道干净宁静，沐浴在早上温馨的阳光中，小镇中央的广场四周布满教堂和商店，由于今天是星期六，很多商店还没有开门。广场上的白色哥特式大教堂，显得富丽堂皇。后来我们在西班牙走了更多的地方，发现到处都有教堂，每个小镇都有教堂，且不是简单朴素的新教教堂，而是宏伟庄严的天主教教堂。天主教十分讲究教堂的富丽堂皇，从宏伟的建筑外观到华丽的内部装饰，彩色玻璃、雕塑、绘画，往往镀金塑银，步入教堂便给人一种威严和震慑的感觉。

西班牙几乎是一个纯粹的天主教国家。其他宗教和信仰，在15世纪宗教裁判所建立后遭到了残酷的打压，几乎消失殆尽。塞哥维亚广场上的教堂没有开门，所以我们没能进去。不过后来每到一个城市，当地的大教堂我们都会进去参观，也都有令人震慑的宏大感受。

马德里（Madrid）

上午10点，我们从小镇返程，回马德里稍做休息。11点多，导游把我们带到了马德里皇宫。这一皇宫建于18世纪，到现在还在使用，只不过国王不住在里面。

皇宫没有国务活动时，便会对游客开放。我们进去看了各种房间，像是宴会厅、收藏室等。马德里皇宫和欧洲其他国家的皇宫大同小异，尤其是和法国的皇宫很相似——这大抵是因为中世纪晚期，西班牙王室和法国的波旁王朝同宗同源，享有同一种文化。建造这个皇宫时，西班牙已非世界霸主，此前的无敌舰队被英国打得七零八落，经济实力也已经远逊于英国。所以，尽管皇宫内布局宏阔，里面依然充满珍奇，但已经谈不上奢华。不过正是因为这样，远离闹市的皇宫反而显露出了某种人间烟火气。

从皇宫出来已是12点半，已是中国的午饭时间。但西班牙人习惯过了1点半再吃午饭，所以我们决定，这一小时里干脆把皇家马德里足球俱乐部（简称皇马）的伯纳乌球场（Estadio Santiago Bernabéu）游览一遍。我们平时并不了解足球赛事，所以并不清楚皇马有哪些足球明星。参观后才知道，有名的大罗、C罗、卡西利亚斯、齐达内、劳尔，全都是曾效力皇马的巨星。

在西班牙，皇马和巴萨（巴塞罗那足球俱乐部）是世界著名的两支豪强队伍，各自都拥有一座能容纳8万人以上的球场。两个队之间"相爱相杀"，都是本着不把对方踩在脚下决不罢休的精神在踢球。两队对抗的根源，和两个地区的历史有关。在古代，巴塞罗那所属的加泰罗尼亚地区和马德里所在的卡斯提尔地区曾是两个独立的王国。后来，卡斯提尔王国强大起来，统一了西班牙，只不过统一了国家，却没有统一人心。直到今天，加泰罗尼亚地区的人依然认为自己身处独立的地区，该地高度自治，不愿意和西班牙"沆瀣一气"。现在是和平年代，没有战争，于是举办球赛成了为地区争得荣耀最重要的方式，两个球队一旦比赛，便是万人空巷的盛事，双方的球迷都对彼此虎视眈眈，眼里冒火。两个球队的理念都是：输给世界上其他的球队不丢脸，但就是不能输给对方。恰恰是这样一种"狭隘"的"不买账"精神，促使两个球队都变成了世界上首屈一指的强队。可见竞争，尤其是绝不服输的竞争，一定会带来超强的活力。

我们排了会儿队才得以进入球场，可见皇马在全世界的球迷之多。我们按照计划，先来到球场顶层俯瞰整个球场，然后参观了历史和荣誉陈列馆，再经下层主席台，去参观球员的更衣室等。一个小时参观完毕，出来后刚好一点半，可以去餐厅吃午饭了。

离开球场后，导游选了一个叫作"CASA JUAN"的餐厅，它是一家大众餐厅，具有很高的知名度。西班牙前国王和现任国王，都来这里吃过饭，餐厅的墙上挂着国王和其他一些名流的照片。

我们到达的时候，餐厅里没有什么人，我还以为是周末的缘故所以没有人来吃饭，但导游说西班牙人一般过了下午2点才开始吃午饭，他们的午饭时间会一直持续到晚上五六点。果然，等我们点完餐开动后，饭店就热闹了起来，许多西班牙家庭围桌而坐，等待午餐。我们在3点多离开的时候，餐厅已经熙熙攘攘、人满为患了。这家餐厅的一大特色是很像中国餐厅，以共餐为主，也就是把菜放在桌子中间，大家共享。

我把导游和司机也叫上一起享用午餐，不仅点了西班牙著名的烤乳猪、新鲜的烤牛肉、海鲜饭、西班牙火腿等，还点了一些其他小菜，结果上来后发现菜量很大，我们吃到肚子鼓起来了还没有吃完。一结算，才200欧元出头，在国内吃饭有时候比这贵多了，光一盘西班牙火腿，在国内可能就得几百元。后来我们一路吃过来，深感西班牙的饭菜可能是欧洲饭菜中最符合中国人口味的，很值得推荐。

吃过午饭后，我们到宾馆登记入住。下午时分的马德里，阳光明媚得让人睁不开眼，在阳光底下站一会儿，就有被烤焦的错觉。这样热烈的阳光并不适合外出闲逛，于是我们决定在房间休息到5点，等阳光变得柔和了再出去。我原本想学西班牙人睡个午觉，但没有睡着，于是半卧在床上，把林达的《西班牙旅行笔记》读完了。

下午5点我们出发去老城时，阳光依然炙热夺目。马德里的老城其实并不老。1561年，当时的西班牙国王腓力二世（又称费利佩二世）决定把首都从托莱多迁到马德里，那个时候的马德里还是个荒凉落后的小镇。因此在今天的马德里，即使是最古老的建筑，也只有500年左右的历史。

马德里最有代表性的地方之一是西班牙广场。广场中央矗立着西班牙文学巨匠塞万提斯的纪念碑，碑前还有策马向前的堂吉诃德和骑毛驴紧随其后的仆人桑丘·潘沙的铜像。但遗憾的是，我们到广场的时候，发现堂吉诃德和桑丘的雕像被绿布包裹了起来。雕像在维修，根本看不到。随后我们到了马约尔广场。西班牙的许多城市都有自己的广场，但很多广场都以"马约尔"命名，因为"马约尔"就是"Mayor"，意思是"主要的""大的"，换句话说，"马约尔广场"就是各个城市的中心广场。马德里的马约尔广场建成于1619年，是腓力三世主持修建的。它是一个四面被红色楼房包围的四方形大广场，广场中央是腓力三世的骑马雕像。腓力三世是一个没什么出息的君王，一生被宠臣莱尔马公爵左右，国力在他统治时期被消耗殆尽；但他在"净化"天主教方面不遗余力，所以这个广场有过非常可怕的历史。在宗教裁判活动最狂热的时候，这座广场曾被用作火刑场，成百上千的异教徒在这里被烧死；当时围观的老百姓在周围欢呼，丝毫不觉得残忍。如今，宗教裁判所的历史已经远去，但世界上仍有些地区还在进行杀戮。马约尔广场后来除了各种皇家仪式，还会举行斗牛活动和其他纪念活动。

我们到达广场的时候，广场上游人如织，熙熙攘攘，每个人看上去都心情明快，过去的恐怖已经被时间彻底抹去了痕迹。三三两两的演员进行着如唱歌或者行为艺术的即兴表演。从他们身边经过时，我会给他们一到两欧元以示敬意。他们的表演至少给游人带来了欢乐，但同时更加重要的是，西班牙已经从一个不容忍异己的国家，变成了一个能够包容和欣赏不同思想和风格的国度。

广场周边是一圈商店，其中最有特色的是一家卖西班牙火腿的。商店的墙上都是参加斗牛表演时被斗牛士杀死的公牛前半身和头部的标本。标本把公牛"雄赳赳，气昂昂"的气概表达了出来。墙上贴满了斗牛士的照片，很多斗牛士被牛角刺穿胸部、腿部、肩部，甚至还有牛角从斗牛士的下巴进去，脸颊出来的。斗牛一直被认为是一项残忍但又充满刺激的活动。人类心底或多或少都藏着对血腥的嗜好。要把牛当场杀死，斗牛士也常常有生命危险。西班牙曾经禁止斗牛，今天的巴塞罗那也不允许斗牛，但为什么在其他地区屡禁不止呢？因为斗牛已经成为一种西班牙民族精神的寄托，象征着一种不怕危险、不认输，没有退路也要勇往直前的精神。这次来游玩，我本来也想去现场看斗牛，但夏天不是斗牛季，我们所去的城市没有斗牛表演。

穿过马约尔广场，就到了太阳门广场。太阳门广场位于马德里的中心地带，最初广场旁有一座太阳门，曾经是马德里的东大门，因为面向太阳升起的东方，所以取名为"太阳门"。广场上最有名的标志是镶嵌在地上的一块铜牌，这块铜牌是通向全国各地的所有公路的零起点处。从这里开始，西班牙的公路呈辐射状通向全国各地。广场中央最显眼的，是花坛内竖立的一座青铜像：一只棕熊攀依在草莓树上——这是马德里的城徽。这个城徽后面有一个故事，和马德里的名称有关。据说古时候马德里有大量的熊出没。一天，一个小朋友和妈妈玩捉迷藏时，发现有一只熊走到了妈妈身后，于是他大叫madre-id（意为"妈妈，快跑"），后来这一喊声就变成了这个地方的名称。

今天，太阳门广场是西班牙最热闹的地方。以太阳门广场为中心，四周分布着几个相连的商业区和休闲区，有许多餐饮和购物场所夹杂其间。有很多流浪艺人在街边表演各种乐器，听上去水平都很不错。但这个地方，历史上也曾经是血腥之地。1808 年，拿破仑治下的法国借道西班牙前去攻打葡萄牙，结果军队进入西班牙后就赖着不走了。那年的5月2日，西班牙人奋起反抗，在太阳门前浴血奋战，拉开了西班牙独立战争的序幕。起义的这一天，据说西班牙著名画家戈雅就住在太阳广场上面的楼上。5月3日起义失败，拿破仑的军队在太阳门枪杀起义者，戈雅在窗口目睹同胞被杀害，从此枪杀场景像噩梦一样在他的脑海里挥之不去。他最终于1814年创作了《1808年5月3日（枪杀）》这幅著名的油画（油画现藏于马德里普拉多博物馆），把起义者就义前的表情和法国军队的残酷，淋漓尽致地表现了出来。

现在广场周围的街道上遍布五光十色的橱窗和琳琅满目的商品，到处都是和平安宁的景象。过去的战争早已烟消云散，希望未来它们也永远不会再回来。我们在商业街来回穿行了一圈，欣赏了流浪音乐家的表演。到下午6点，大太阳还挂在天上，吃晚饭为时尚早，于是我和导游说，我们干脆到托莱多去。

托莱多（Toledo）

托莱多是马德里南边的一个古城，它曾是西哥特王国的都城，也是摩尔人统治西班牙时期的重镇，还是后来天主教统治时期卡斯提尔王国的都城。后来随着人口等因素的增加，城市在山头发展受限，腓力二世就在1561年将都城从托莱多迁到了马德里。在此之前，处于平坦处的马德里，只是一个不大的小镇。所以今天的马德里也没有什么特别古老的名胜古迹。但作为西班牙最古老的城市之一，托莱多就不一样了。

一路上举目所见的依然是西班牙广袤的原野，不少山坡上种有橄榄树。似乎自马德里往北，橄榄树就基本没有了；马德里越往南，橄榄树越多，因为橄榄树喜欢干热的气候。当我们到了地中海沿岸的安达卢西亚时，漫山遍野都是橄榄树。在西班牙餐厅吃饭，上来的第一盘免费小吃就是橄榄，吃面包的时候餐厅给的也不是黄油，而是橄榄油。

到达托莱多的时候已是晚上8点左右，但阳光依然充足，只是光线柔和了很多。整个托莱多城建在一座山头上，司机直接把车开进了老城，这样我们就不用从下面盘旋着爬上去了。可以看得出来，这里建城之前原是一个军事堡垒，后来慢慢扩建成了一个城市。和其他西班牙的古城一样，托莱多城里石板小巷纵横交错，小巷两边都是三四层楼的房子。主街道两侧是为旅游者开设的一些商店和餐厅，主教堂在城市中央盎然挺立。曾是摩尔帝国重镇的托莱多，现在基本已看不出有什么伊斯兰教留下的痕迹。据说城里还有一座典型的伊斯兰风格的建筑，但我们没有来得及过去看看。我的孩子们跟着我走了一天，已经累得一动也不想动了。到了傍晚，古城里已经没什么人了，我们走在空旷的小巷中，清晰的脚步声在空中回响，声音被拉得很长很长，像是穿越了好几个世纪而来。在托莱多古城2000多年的历史中，这里走过了罗马人、西哥特人、摩尔人，后来西班牙人又把摩尔人赶回了北非。再后来西班牙打起内战，托莱多又成了主要战场之一，山头的城堡甚至被炮火夷为平地。人们生生死死、来来往往了无数个回合，也许只有巷道中的石板一直卧在那里，冷静而无感，把人们踢踏纷乱的脚步埋进古老的记忆里。

托莱多城脚下的塔霍河，环绕城市三面。绿色的河水几千年来生生不息地流着。这条河既为托莱多提供了天然的保护屏障，又为其提供了源源不断的水源。我们把车开到了河对面的高坡上。隔河西望，托莱多的全貌一览无余。据说西班牙内战时，共和军曾把佛朗哥领导的一些保守派人员围困在城市制高点的城堡里，在河对岸架起大炮轰击，终于把城堡夷为平地。但共和军还没有来得及庆祝胜利，就被佛朗哥的军队反包围，不得不全面撤退。佛朗哥掌权后，为了纪念保守派在西班牙内战中的胜利，重修了城堡，现在城堡已转变为军事博物馆。只可惜我们到达的时候，博物馆已经关门，无缘入内参观。

对了，我们所熟悉的作家海明威、乔治·奥威尔，都曾参加西班牙内战。他们加入"国际纵队"，站在了革命队伍一边。从宏观层面来说，西班牙内战是一场改革共和派对保守保皇派，甚至是对法西斯的战争（因为佛朗哥得到了纳粹德国、意大利王国等的军队和武器的支持），但把它掰开来揉碎了看，只能说是一笔糊涂账。共和派里充斥着各种派别斗争，其中有些人滥杀抓到的保守派人士，后来甚至演变到在马路上抓到可疑的人就随便杀害的地步；保守派志于捍卫旧秩序和教会的利益，希望通过军队让国家恢复秩序，所以反而更加团结一致。但保守派也没做多少好事，他们也杀害了一些有良知的进步知识分子。后来佛朗哥取得内战胜利后，对大量共和派成员进行"清洗"，杀害了近10

万自己的同胞。或许正因此，西班牙流行过一句话，大意是：半个西班牙被另外半个西班牙杀死了。西班牙最著名的诗人洛尔迦，就是被保守派杀害的。他是我在大学期间最喜欢的诗人之一。他的诗歌影响了中国一批诗人，包括北岛、顾城、海子、西川（西川是我的同班同学）等，也启发了中国现代的朦胧诗派。

另外值得一提的是西班牙民族英雄熙德，托莱多是熙德英雄故事的发源地。熙德是11世纪西班牙人抗击摩尔人的英雄。他去世后，民间对他的英雄事迹广为传唱，形成了说唱版本的《熙德之歌》，后来有人把说唱版本用文字记录下来，就有了今天的《熙德之歌》。其中最主要的一段，说的是熙德原本要去向摩尔人收取贡赋，在没有经过国王同意的情况下，擅自对当时摩尔人治下的托莱多城发起了攻击。后来国王听信谗言，放逐了熙德和他的全家。熙德带着全家和手下，一路和摩尔人战斗，取得赫赫战功。由于他骁勇善战、慷慨大方且宽宏大量，卡斯提尔王国和周围王国的许多勇士慕名前来投奔，其势力迅速壮大。1094年，熙德攻下了瓦伦西亚及其周围地区，成为这一地区实际上的统治者。1099年，熙德在瓦伦西亚去世，他的妻子希梅娜携遗体回到卡斯提尔，全家被国王赦免。"熙德"这个称呼是摩尔人对他的尊称，意思是"主人"或"冠军"。据说熙德从来没有打过败仗，所以《熙德之歌》也成为西班牙民族精神的象征，鼓励着一代又一代西班牙人为了独立和自由而奋斗。

黑夜终于来临，西班牙大地笼罩在暮霭之中，我们即刻返程回到马德里。劳累一天之后，一路上大家昏昏欲睡，也没有了任何食欲，到了宾馆便上床休息了。

再逛马德里

清晨的马德里非常凉爽。5点半起床后，我们到外面的马路上走了走。

今天的安排比较轻松，下午5点要坐火车去塞维利亚，白天的安排就只有一项：去普拉多博物馆（Museo Nacional del Prado）参观。预约的参观时间是上午11点，所以整个上午几乎没什么事，我于是待在房间里，利用闲下来的两个小时处理工作。

时间到了，导游来接我们去普拉多博物馆。普拉多博物馆建于18世纪，被公认为世界上最伟大的博物馆之一，是收藏西班牙绘画作品最全面、最权威的美术馆。它主要收藏有15世纪至19世纪西班牙、意大利和佛兰德斯地区的艺术珍品，尤以西班牙画家戈雅的作品最为丰富。博物馆的绝大多数藏品原本都是王室的私藏，后来国王觉得自己家里藏了那么多的画作，不如和大众一起欣赏，所以干脆就把这个地方辟为博物馆，对大众开放。即使到今天这些画作在名义上依然是西班牙王室的私家珍藏，但实际上人们都知道它们已经属于全世界。

在博物馆画廊里一路走过去，你能够看到大量委拉斯开兹、戈雅、拉斐尔、米开朗琪罗、提香、鲁本斯、伦勃朗、丢勒、波提切利等大师的作品，但好像没有毕加索和达利的画。来博物馆参观的人不少，我们排队进入，在各个展室看画展。说实话，我对绘画一窍不通，实在看不出一幅画好在哪里。在博物馆转了一个半小时，又到它的咖啡厅喝了一杯咖啡后，我们就重新回到了阳光灿烂的户外。不过为了纪念此次游览，我专门购买了一本很重的书*The Prado Guide*，里面收录博物馆内所有画家的作品及其文字说明。

中午我们去了一家西餐厅吃饭，在餐厅里慢慢消磨时间。我们点了餐厅的品尝菜单（taste menu），每道菜只有一点点，一道一道菜上来，总共有10道菜，加上甜食和咖啡，一直吃到了下午3点。其实下午3点正是西班牙人吃午饭的时间，餐厅里才刚刚坐满人。看着外面火辣辣的阳光，想到还有两个小时的等待时间，我们决定去城市中心的丽池公园（Parque del Buen Retiro）走一走。

丽池公园曾经是西班牙王室的狩猎场，规模很大，现在已经占据了城市正中心，这一点很像纽约的中央公园。公园里道路交错，绿树成荫，绿树间的草坪上，游人或躺或坐，悠闲自在地享受着美好的下午。在公园中央有个长方形的湖泊，湖边便是高大的阿方索十二世的骑马铜像，他的陵墓就在铜像下方。阿方索十二世是一位很有才干的国王，他曾试图推行君主立宪制，把西班牙带向和平发展的道路，可是天妒英才，20多岁的时候他就去世了。在公园散步的时候，我听到远处传来悠扬的手风琴声，在空旷的公园里，琴声令我如痴如醉。循声过去，是一位中年男人在拉琴表演，他非常陶醉。我听完一曲，在他前面的帽子里放了两欧元。西班牙的各个城市都有街头音乐家进行音乐表演，吉他、提琴、手风琴、打击乐器等，大多数表演者使用吉他自弹自唱，只需在街头一坐，前面放上一个接收赏钱的容器，就沉浸在了自己的音乐世界里，心无旁骛地拨弹起琴弦来。

逛完丽池公园，我们便出发去马德里的火车站（Estacion Atocha，也称"阿托查火车站"）。火车站分为新、老两部分。新的部分现在是各列火车停靠的地方，老的部分看上去很有历史感，相传这部分最早是由设计了埃菲尔铁塔的同一个设计师设计的，后来由西班牙建筑师拉菲尔·莫内欧打造成了一座热带雨林花园。他运用大量玻璃、金属和光亮的石块，建构出一个温室，自动洒水系统滋润着繁茂生长的热带植物。在这里候车的旅客可以坐在环绕林子的长凳上，喝着咖啡，悠闲地欣赏绿色景观。这个火车站在2004年发生过恐怖袭击，死了近200人。当时的西班牙参与了美国在伊拉克的战争，结果陷入泥淖。那场恐怖袭击后，西班牙总理下台，西班牙军队也撤出了伊拉克。

今天的火车站已经看不出被袭击过的痕迹，只有乘坐火车的人，来来往往，行色匆匆。

堂吉诃德

火车穿越了西班牙中部大地。这是一片丘陵起伏地带，还是塞万提斯笔下堂吉诃德的战场。

说起西班牙，人们往往会想到的不是活生生的人，而是一个虚构的人物——堂吉诃德，当然还有他的仆人桑丘。我在大学期间阅读了塞万提斯的《堂吉诃德》，毕业的时候写的论文还与塞万提斯相关（主题是比较同一时期英国文学和西班牙文学的异同）。来了西班牙，我觉得有必要再翻阅一下《堂吉诃德》，于是在Kindle里下载了电子书开始翻阅，因为原来读过一次，所以用了三个小时左右就读完了，同时我还在网上看了电影《堂吉诃德》和动画片《堂吉诃德外传》，重温了一下"堂吉诃德精神"。

塞万提斯在穷困潦倒中写了这本书，第一部和第二部之间的出版时间相差了十年左右。他一定不会想到自己日后会成为西班牙文学和文化中最重要的人物。第一部出版后，小说一炮走红，因为故事没有结束，很多冒牌人物都去写第二部，有点像很多人都去续写《红楼梦》一样。幸亏那个时候塞万提斯还没有去世，所以他赶紧开始写第二部，才有了完整的小说《堂吉诃德》，现在它成了人类最宝贵的文化遗产之一。在完成这部巨作的第二年，塞万提斯便去世了。现在的西班牙，到处都是堂吉诃德和桑丘的雕像和图画，他们俨然已经成了西班牙的象征。

这块堂吉诃德脚下的大地，也是当初摩尔人和西哥特人来回拉锯战斗的地方。在夏天的骄阳下，整个大地除了山坡上灰绿色的橄榄树和不成规模的绿色农田外，只有枯黄的草地绵延不绝，分外醒目，不知道是因为干旱，还是因为收完了上一茬庄稼之后没有种上新的粮食。太阳西斜，依然火热地照耀着大地。我在火车里阅读着牛津出版社的《西班牙简史》（*A Concise History of Spain*）。说是"简史"，实际上这本书有500多页。该书思路清晰、语言简洁，按照时间维度，从古代到今天，把西班牙大地上发生的故事清晰易懂地讲了出来。我想象着摩尔人和西哥特人在这片土地上戎马相见的"铿锵"声，来到了曾经是摩尔人在西班牙统治的中心城市之一的塞维利亚。

我们入住了阿方索十三世酒店，它是在1929年世博会期间为国王造的行宫。1931年，西班牙第二共和国成立，宣布废除国王。那个时候国王手里还是有一定权力和军队的，但阿方索十三世拒绝刀兵相见，他说既然人民不再选择他，那他就放弃权力。随后，他流亡法国，这一去就再也没能回到西班牙。后来西班牙内战，经过了佛朗哥的独裁统治之后，又恢复了君主立宪制。人们把阿方索十三世的儿子迎了回来，这就是胡安·卡洛斯一世。现在在位的西班牙国王，是阿方索十三世的孙子费利佩六世。

办理好入住后，我们已经十分疲惫，在酒店吃了点晚餐，到附近的街上转了转，就回酒店休息了。

塞维利亚（Sevilla）

只要读过拜伦的《唐璜》，就一定知道这部叙事长诗的主角唐璜，就出生在西班牙南部最繁华的城市塞维利亚。唐璜是一个虚构人物，但西班牙贵族中叫唐璜（Don Juan）的不在少数。在西班牙中世纪时期，只有贵族的名字前面才能加Don，意思相当于"先生"（类似于德国人在名字前面加Von，即"冯"字）"，后面的Juan是名字。唐璜出生在塞维利亚，长大后从塞维利亚出发，走向了征服世界和女人的道路。拜伦文采飞扬，绘声绘色地描述了唐璜精彩的生活。后来拜伦去参加希腊民族解放运动，结果感染风寒而亡，留下了这部没有写完的伟大作品。除了《唐璜》，塞维利亚还和三部著名的歌剧相关，即莫扎特的《费加罗的婚礼》、比才的《卡门》和罗西尼的《塞维利亚的理发师》，这三部歌剧的背景地点都是塞维利亚。可见塞维利亚的地位和财富在欧洲人心目中相当重要。

从塞维利亚穿城而过的瓜达尔基维尔河（Guadalquivir）是哥伦布航海的出发点，也是当时西班牙从美洲掠夺回来的财富聚集地。现在河边上还有一个"黄金塔"，是所有航海归来的船只交易黄金的地方。在西方人心目中，当时的塞维利亚就是财富、奢华、富贵生活的象征。现在的塞维利亚，依然是一座繁华的城市，是东西方文化交融的见证地，有着伊斯兰文化和天主教文化互相交融的王宫和大教堂，有着美丽的犹太人居住区，还有开过世博会的西班牙广场。

塞维利亚是一个充满历史和故事的地方，也是很多作家笔下故事场景的发生地。瓜达尔基维尔河把西班牙人带到了新世界，也把新世界的财富带回了西班牙。塞维利亚和北边的科尔多瓦、东边的格拉纳达一道，构成了著名的伊比利亚半岛伊斯兰教三大名城；到今天，这三大名城也是西班牙十分热门的旅游地。凡是到西班牙旅游的人，只要有时间，一定会去这三个地方，可惜这次因为时间不够，我们的旅程没有安排去科尔多瓦，虽然我特别想去看一眼建造在清真寺里面的科尔多瓦大教堂。至于塞维利亚大教堂，除了一座原来清真寺的宣礼塔（后来被改成了天主教堂的钟楼）和一个庭院留下来外，其余的全部被夷为平地，没留下什么摩尔人的痕迹。

起床后，呼吸着清凉的空气，我们先到古城里面转了转。行人很少，商店还没有开门，就像我想象中的古城那样。在西班牙，我们碰见了很多皇宫和王宫，这和西班牙的历史有关：西班牙被摩尔人统治了几百年，最兴旺的时候都城就设在科尔多瓦。但后来掌权的哈里发势力变弱，于是伊斯兰权贵决定废除哈里发，各自霸占一块地方独立建国，于是伊斯兰占领区一下子出现了很多小王国。这一现象使得很多王宫出现，每个小王国都在攀比谁的宫殿造得更宏伟壮观，所以再小的地盘也造出了富丽堂皇的宫殿。小王国之间也不团结，它们经常打打杀杀争抢地盘，结果被北部的天主教王国抓住机会，将其各个击破，加速了伊斯兰教的统治在伊比利亚半岛的消亡。在半岛北部也有不少王宫，那是北方天主教势力留下的。15世纪，卡斯提尔王国的公主与阿拉贡王国的王子联姻，随后夫妇二人分别继承了各自国家的王位，由双王共同治理西班牙国家的领土。之前，这些势力都是各自为王，尽管有时候大家会联合起来一起对付摩尔人，但他们大多数时候互相之间也在打打杀杀。我们每到一个地方，都会有古王宫，其实它们不是同一个国家的王宫，而是古时候各个小王国的宫殿。

吃完早餐，导游带着我们正式开始参观塞维利亚的古王宫。这座王宫就是摩尔人统治时期留下来的，后来天主教占领塞维利亚后，它又变成了卡斯提尔女王伊莎贝拉的行宫。伊莎贝拉就是资助哥伦布横渡大西洋的那位女王，哥伦布三次航海的出发地和回归点都是塞维利亚，所以塞维利亚在世界历史上有着划时代的意义。在王宫里面有一个房间，是新航路开辟时女王和各位航海家签订航海协议的地方，哥伦布出海的帆船模型也在里面。哥伦布对航海的痴迷打动了女王，女王答应资助他出海，还说如果他能将财富带回来，哥伦布及其家族可以享受十分之一的分成。这一协议也让后来的哥伦布家族成为巨富。塞维利亚修建大教堂，有不少钱是哥伦布家族出的。现在大教堂正中间的地下就埋着哥伦布的兄长。教堂显眼的位置还陈列着一座"四王抬棺"雕塑，供游人瞻仰。所谓"四王抬棺"，是指有四个古代的国王扛着哥伦布的棺材。哥伦布死后，根据他的遗嘱，遗体被运到了他航海首先到达的西印度群岛小国安葬。后来古巴独立运动后，古巴人认为哥伦布是个入侵者，又把他的遗体退回了西班牙，据说他现在就安息在这个大教堂里。

古王宫还保留了很多极具伊斯兰教特色的精美建筑。天主教战胜了伊斯兰教之后不久，西班牙就开始对不信天主教的人赶尽杀绝，把几乎所有穆斯林和犹太教徒都赶出了西班牙。那些已经改信天主教的摩尔人和犹太人，也常常因为被怀疑不够虔诚而被宗教裁判所判处死刑或者流放。这一旨在净化天主教的运动，让西班牙人变得很狭隘，他们不光要清除异己，还把大部分有伊斯兰特色的建筑摧毁掉。所以，现在西班牙保存下来的原汁原味的伊斯兰风格的建筑已是凤毛麟角，塞维利亚王宫算是其中之一。但即便是塞维利亚王宫，其内部的很多地方经改造也已经有了浓郁的天主教特色。可能刚一开始的时候，国王还留有对伊斯兰教的宽容，所以伊莎贝拉女王住过的两个宫殿——塞维利亚王宫和格拉纳达的阿尔汗布拉宫，都在很大程度上保留了伊斯兰教宫殿的原貌。

但塞维利亚大教堂原址的清真寺就不那么幸运了，为了把清真寺改建成天主教堂，原本甚是精美的清真寺几乎被夷为平地，只留下了一个宣礼塔和一个庭院。现在的塞维利亚大教堂，是除了梵蒂冈的圣彼得大教堂和意大利的米兰大教堂外的世界第三大教堂，规模宏伟，建造该教堂的时期也是西班牙把南美变成殖民地后拥有巨大财富的时期，因此西班牙耗费了大量的金银去修建它，据说光是一堵墙壁上的雕塑，就耗费了一吨黄金。

逛完了王宫和大教堂，我们去犹太人的居住区散步。这里现在住的并不全是犹太人。摩尔人统治时期，宗教氛围反而更加宽松，因为他们允许不同宗教共存和发展，只要多缴纳一点税款就行。所以犹太人能够在此生根发芽，甚至发财。犹太人坚持自己的信仰，靠信仰团结起来，从而形成了紧密的社区。善于经商的犹太人为塞维利亚的富有和繁荣做出了贡献。在犹太人曾经居住的区域漫步，依然能够感受到这个区域的富足、宁静和美好，能够想象房子的主人曾经对它们的精心打理和用心布局。天主教统治塞维利亚后，把犹太人统统赶走了。犹太人走了，但房子还在，这些美丽的建筑留在这里，诉说着当初犹太人背井离乡的无奈往事。

午饭我们找了一家饭店吃Tapas。Tapas就是"小吃"的意思，用小碟装着有地方特色的菜肴，一盘盘端上来，价格不贵又好吃，六个人一起吃也就用了100欧元。吃完后，我们去了一家弗拉明戈舞厅，去学跳弗拉明戈舞。女儿对舞蹈感兴趣，来之前就让旅行社预订了舞蹈教学。

我也跟着一起过去，结果兴致所至，也跟着学习了一个小时。

跳弗拉明戈舞最关键的就是脚步节奏和手臂动作节拍的配合。对初学者来说，要学会手脚的完美配合是有着较高难度的。我们饶有兴趣地学习了一个小时，也算是通过动作和音乐，体会了什么是西班牙风情。弗拉明戈舞现在俨然成了西班牙文化和民族个性的象征之一，但是它是如何起源的，没有人能够真正说清楚。在西班牙每个城市的街道上，都有人跳弗拉明戈舞，前面有时还会放一个盛赏钱的盒子。在琴声中转转跳跳，变成了西班牙人的一种生活方式。晚上我们到一个叫EL PALACIO ANDALUZ的舞厅，看了一场专门的弗拉明戈舞专业表演。时间是一个半小时，每人门票50欧元，进去后发现现场至少坐了300人。演员举手投足之间，女的妩媚，男的孔武，算是饱览了弗拉明戈舞蹈的风情。但听说要想看真正疯狂的弗拉明戈舞蹈，应该到路边的酒吧去，只有在那里才能看到西班牙文化中狂野的一面。可惜这样的酒吧演出常常要到晚上10点之后才开始，我劳累了一天，没有精力去凑热闹了。

我看地图突然发现，"黄金塔"就在酒店不远处的瓜达尔基维尔河边，于是就信步走了过去。瓜达尔基维尔河可能是历史上运送黄金最多的一条河。这条河直通大西洋，大航海时代西班牙掠夺的财富就通过这条河流源源不断地涌入西班牙。所有海外的船只到了这个古塔边上，都要停靠岸边，登记船上所装载的货物。那时要用黄金支付关税，所以这个塔就被叫作"黄金塔"。发现美洲，使西班牙一举成为欧洲最富有的国家，成为第一个"日不落帝国"。但也正是这样靠掠夺得来财富的方式，大大伤害了西班牙自身的造血能力，它后来很快就被英国、法国和后来居上的美国追上并超越，逐渐变成近代欧洲发展中一支微不足道的力量，就像一只被拔掉了牙齿还被打倒在地的老虎。

我在河边来回踱步，站在河边凝视河水在两岸的灯光下泛出的粼粼波光。所谓"是非成败转头空"，财富名望转瞬即逝，黄金塔可以作为见证。千百年来，只有这河水静静流淌着，以与世无争的姿态，冷眼旁观着人世间的一幕幕悲欢离合。在橘黄色的灯光下，黄金塔像一个孤独的老人，见证了各种热闹和冷落，赐予和掠夺，合作和背叛，爱情和幻灭，今天除了沧桑的外表已经一无所有，但沉淀下来了无人能够疏忽或者轻视的岁月。这一历史，还在影响着西班牙现在和未来的命运。来者自来，去者难留，发生过的事情，都会凝结成人类精神财富的一部分。

马拉加（Malaga）

今天是踏上西班牙的第四天，我们的目的地是250公里外的格拉纳达。看西班牙地图，在塞维利亚和格拉纳达中间往南一些的地中海岸边，有一座城市叫马拉加。

我和导游商量，径直去格拉纳达，行程有点单调，要不就往北走，先去科尔多瓦，要不就南下，先到马拉加，这样至少可以多一点收获。我本来想去科尔多瓦，但孩子们选择了马拉加，因为那是毕加索的出生地。

8点30分出发，我们先向东后向南，踏上了去马拉加的道路。我读过华盛顿·欧文的《征服格拉纳达》一书，书中描述了天主教军队去征服被摩尔人控制的马拉加，他们翻山越岭，经历了异常的艰苦。现在亲临其境，果然见到两边山峰高居、怪石嶙峋的景象。马拉加在古希腊时期便是希腊城邦移民的居住点，后来又成为古罗马在地中海的要塞，再后来摩尔人入侵，马拉加是他们首先占领的几个要地之一。从摩尔人统治时期到后来天主教统治时期，马拉加也一直是西班牙地中海地区重要的贸易集散地。其实像马拉加这样的城市在西班牙还有不少。如果只是为了上面这些原因，并不一定非要去马拉加；但这里是毕加索的出生地，这就意义非凡了。尽管我从来没有看懂毕加索，甚至并不欣赏他，但不管怎样，他的出生地还是值得一去的。所谓一个人为一座城市带来了荣耀和繁华，指的就是毕加索这样的人。

到了马拉加，我们先到毕加索小时候成长的广场和房子去看了看。广场上有毕加索坐着的铜像，我坐在他边上照了一张相，想象着他小时候在广场上玩耍的样子。人都有童年，绝大多数人的童年记忆都很美好，但毕加索自从10岁离开家乡之后，就再也没有回来过。没有人知道在他心里，家乡被安放在了什么地方。

他住过的房子没有开门，无法参观，我们只能转头走向毕加索博物馆。博物馆里收藏了一些毕加索的画作和雕塑作品，大部分都是他的家人捐献的。毕加索一生有过数段感情，他从爱情寻找艺术灵感，作画无数。现在全世界各地的博物馆、美术馆等，几乎都收藏有毕加索的绘画。在西班牙，收藏了他最多艺术作品的博物馆在巴塞罗那。那是他生活了很长一段时间的城市，为了纪念他，巴塞罗那当地为他建了一座真正的纪念馆。马德里也分了一杯羹，收藏了毕加索描绘西班牙内战最著名的油画《格尔尼卡》（*Guernica*）。马拉加的这座博物馆收藏并不多，两层楼加起来收藏的画作也不超过100幅，其他就是一些雕塑了。作品被布置得比较精致，墙上挂着解说器，里面有中文频道，可以边看边听。

从博物馆出来，我们一路走到马拉加海边，海边的山顶上耸立着古城堡。当时天主教为了拿下被摩尔人盘踞的城堡，曾经血战了很长时间。后期天主教收复整个西班牙半岛，以拿下马拉加为标志之一。拿下马拉加后，格拉纳达就成了一座没有护卫的孤城，最终赶走摩尔人就变成了指日可待的事情。

今天的马拉加海边阳光灿烂，游人三三两两，在悠闲地散步，远处停靠着横渡地中海去北非的渡轮。如今人们学会了互相接纳和包容，因此世界变得更加安宁和美丽。看着这样美丽的景色，很难想象人类真正享受相对共识下的安宁和繁荣才几十年。即使在这几十年里，很多地区和宗教，也还在继续上演仇恨和杀戮。面向未来，对世界是否能够彻底达成共识，互相包容和共存，我仍然保持着悲观的看法。

▲ 塞哥维亚古罗马引水渠，由大石头垒起，没用任何黏合剂，雄伟壮观

▲ 塞哥维亚的阿尔卡萨城堡，迪士尼白雪公主城堡的原型

▲ 夕阳下的西班牙古城托莱多，有两千多年的历史

▲塞维利亚黄金塔，据说大航海时期殖民者掠夺的财富，都从这里上岸

▲ 马拉加是毕加索的出生地，广场上有他的铜像

▲ 在格拉纳达俯瞰阿尔贝辛古城，对面就是阿尔汗布拉宫

格拉纳达（Granada）

在马拉加海边散步完毕，上车继续向格拉纳达出发。我们中途在路边吃了一次西班牙农家乐做的菜。餐厅里居然有上好的当地产的鱼子酱，加上牛肉、烤乳猪，我们美美地饱餐了一顿。午饭后又开了一会儿车，就到了格拉纳达的古王宫阿尔汗布拉宫（Alhambra）。

格拉纳达王国是摩尔人在伊比利亚半岛的最后一个王国，直到15世纪才在卡斯提尔王国的打击下消亡。著名的摩尔人留下来的王宫阿尔汗布拉宫，就坐落在古城边一座山的山顶上。

凡是弹吉他的人，应该都知道著名的吉他曲《阿尔汗布拉宫的回忆》。它由西班牙吉他大师弗朗西斯科·塔雷加在1896年所作，有"名曲中的名曲"之美誉。如果你坐在王宫荒废的台阶上听这首曲子，那时快时慢的节奏，会把你带入王国辉煌又颓败之历史的遐想里。我便是坐在王宫院子里的树荫下，听完了这首吉他曲。

格拉纳达被再次发现，和美国作家华盛顿·欧文相关。欧文在西班牙待了很多年，他大多数时候住在塞维利亚。有人告诉他几百公里外有个叫格拉纳达的地方，那里有座王宫，十分神秘。欧文非常好奇，于是他骑马牵驴、翻山越岭来到了格拉纳达，向当地总督申请住进王宫。当时的王宫，已经被很多无家可归的穷人和乞丐占据，一片破败。欧文在王宫一住就是三个月，其间他对格拉纳达的历史进行了深入研究，写出了在西方被广泛阅读的《征服格拉纳达》，引发了西方人对格拉纳达的极大兴趣。直到今天，这里依然是很多西方人到西班牙旅游的首选目的地。

除了历史，这里也是安达卢西亚风情的浓缩之地。我在Kindle上下载了《征服格拉纳达》，一路翻阅。书中详细记录了在最后的岁月里，格拉纳达王国和卡斯提尔王国之间你死我活的斗争，斗争最终以格拉纳达的失败而告终。格拉纳达王国最后的国王艾布·阿卜杜拉放弃王国，回归北非的阿拉伯世界。他离开的时候，在一座山上回望故国，发出了一声长叹。此后，这里就被叫作"摩尔人最后的叹息之地"，给人以"故国不堪回首月明中"之感。

我们到达阿尔汗布拉宫时正是炎热的下午3点钟，天空像一块巨大无边的蓝宝石，太阳就像镶嵌在蓝宝石中一颗闪闪发光的红钻。阿尔汗布拉宫笼罩在阳光和绿树中，像一个饱经风霜的老人，披着已经黯然的红色外衣，向世人诉说着自己以往的沧桑。

"汗布拉"在阿拉伯语中是"红色"的意思，所以阿尔汗布拉宫翻译过来就是"红宫"。这座宫殿建得比塞维利亚王宫更加细致精巧，可以说是集阿拉伯人建筑技艺之大成了。这也不奇怪，因为摩尔人统治格拉纳达比统治塞维利亚的时间多了200年，格拉纳达又是比较富裕的地区，所以建设王宫自然有更多的财力支持。王宫里终年流水不断，所有庭院里都有喷泉涌出。其实这些水是从南边30公里之外的内华达山脉通过引水渠引流过来的。内华达山是西班牙南部的最高山脉，也是欧洲南端的最高峰，有近3000米高，一到冬天就白雪皑皑，这使其成为西班牙冬天最南端的滑雪地。山中水资源丰富，摩尔人就模仿古罗马人，用引水渠把水引入城市和王宫。水在进入王宫后，会先流入一个储水池。储水池里通常养着几只乌龟，如果有人往水里投毒，乌龟就会死掉，这样便能确保宫里的饮水安全。现在储水池已经废弃，但从山上下来的流水依然涓涓不息。远处的内华达山矗立在那里，夏天的山上没有积雪，多了一分冷峻，少了一分白色的柔美。我曾见过以白雪皑皑的内华达山为背景的阿尔汗布拉宫照片，洁白的山峦、红色的宫殿，在寂静中一同旧于永恒。从王宫的窗户俯瞰，能够看到山脚下格拉纳达的古城区。古城区名叫阿尔贝辛（Albayzin），它实际上建造在对面一座不算太高的小山上。

参观完阿尔汗布拉宫后，我们开车绕了一大圈才到达山脚下的城市。我们入住的酒店位于格拉纳达的主要街道Gran Vía de Colón上，它的前身是16世纪的Santa Paula修道院。酒店为保护建筑，保留了昔日的特色，但内部又以现代化的豪华设施装饰，尤其是餐厅。餐厅位于修道院回廊的院子里，如果你想吃个早餐，顺便消磨时光，可以在这里从早上7点一直坐到中午12点。酒店在古城区边缘，跨过一条马路，沿着台阶一直往上爬，就能够到达古城的山顶。入住后，大家已经比较疲倦，休整后我们跟着女儿去一家在小巷中的饭店，但古城区的小巷错综复杂，我们转悠了半天才找着。在饭店能够看到对面的阿尔汗布拉宫，能看到落日余晖为宫殿披上了一层柔和的薄暮之光。

宫殿内发生过的各种生死离别的故事，早就随风远去。今天的人们来到这里，穿街走巷，只是为了寻找更加轻松的生活，而很少再去探究这里曾经发生过什么。饭后，我们散步回酒馆，一路穿越古城区。夜市刚刚开启，街上熙熙攘攘。今天的人们来到这里，不是为了权力和征服，而是为了一份生命的闲适和丰满。在几千年狭隘的权力之争、宗教之争、资源之争之后，人们终于部分学会了如何在和平中进行竞争，最大限度达成共识，求同存异，共同发展。

次日早上6点起来时，天才蒙蒙亮。我决定在寂静的早晨再次沿着小巷拾级而上，登上山顶俯瞰整个古城区的全貌。阿尔贝辛的每一条小巷都刻满了历史的风尘，上千年来形成了勾连回旋的各种巷道，地上的石板已经被千年来落下的脚步磨得光可鉴人。小巷曲径通幽，常常疑是无路时，绕过一个小广场，又豁然开朗。平坦的山顶被各种各样的房子和修道院覆盖着，举目望去，只有蜿蜒的小巷，找不到可以立足俯瞰的制高点。正在失望之际，我突然走到一处面向阿尔汗布拉宫的平台。站在平台上眺望，河谷对面山头上的阿尔汗布拉宫赫然出现在眼前。而在它的身后就是高耸入云的内华达山脉。

东边的太阳刚刚升起，金色的朝霞毫不吝啬地泼洒在宫殿上，一洗历史留下的尘埃。在和煦的阳光中，我的心情轻松愉悦起来，沿着不同的小巷漫步走去，绕了好几个弯，才回到了酒店。早餐的场地被安排在一个深深的庭院中——这是典型的伊斯兰风格的建筑，让人不由自主又回忆起古城的历史和繁华。

早餐后，我们徒步走到格拉纳达大教堂。它是天主教收复格拉纳达之后由西班牙国王下令修建的皇家教堂，当时是为了把它当作皇家教堂和陵寝来用。教堂从16世纪开始在清真寺旧址上兴建，直到18世纪才真正完工。最初本想模仿托莱多大教堂的哥特式建筑风格，但由于文艺复兴思潮的影响，教堂的设计师后来把建筑风格改为了巴洛克式。现在这里安葬了西班牙历史上著名的双王夫妇，即卡斯提尔的女王伊莎贝拉一世及阿拉贡的国王斐迪南二世。这两位国王通过婚姻把两个王国联合在一起，形成了今天西班牙的雏形。后来他们的子女当国王，自然而然就把两个王国合并了。这两位国王是天主教的狂热信徒，走到哪里都要建教堂，且实行"纯血政策"，凡是不信天主教的人，一律驱赶或杀戮。这样做有利于子民围着一个信仰团结一致，但也导致了西班牙多元文化的衰弱和国家活力的下降。臭名昭著的宗教裁判所，就是他们二位设立的，很多犹太教徒和新教徒在那里被焚烧致死。这一旨在净化天主教的运动也是后来西班牙保守派和共和派斗争的原因之一。两位国王安葬在大教堂侧翼的小教堂地下，游人走下去，会看到地宫里有五副棺材。除了双王，这里还安葬了他们的子女——卡斯提尔女王胡安娜及她的丈夫，以及他们的外孙米格尔·达拉巴斯。

宗教的力量有时候是伟大的，能够让人们为了信仰贡献毕生精力。在西班牙，哪怕只是个小镇，都会有宏伟的教堂。欧洲的教堂主要分为天主教堂和新教教堂，新教教堂一般相对简单朴实，天主教堂则大多富丽堂皇。历史上的西班牙几乎是一个纯粹的天主教国家，所以它绝大多数教堂都壮观得令人惊讶，最极致的是塞维利亚大教堂。即使后来我们到了马略卡岛上，见到肖邦和乔治·桑度假的小镇上的修道院和大教堂，在那样比较偏僻的地方，教堂里也布置了精美的彩绘和雕塑（据说还是出自戈雅的表弟之手）。这般宏伟的教堂，既是一个地区集中老百姓便于信仰宣传和布道的地方，也象征着一种对老百姓的威慑力量，让大家心存敬畏，皈依上帝，从而牢牢控制住可能出现的异端思维。

我们是在看完格拉纳达大教堂后，才乘飞机去的马略卡岛。到了机场，我发现格拉纳达机场的名称叫Federico Garcia Lorca，顿时感到这个名称有些熟悉，便询问了导游，才知道这就是西班牙著名诗人洛尔迦的名字。在20世纪80年代的中国，大学生们流行读诗和写诗，我在北京大学时便已读过洛尔迦的诗集。其中有一首诗我直到今天还记得个大概，它是戴望舒翻译的：

> 他们带给我一个海螺。
>
> 它里面在讴歌
>
> 一幅海图。
>
> 我的心儿
>
> 涨满了水波，
>
> 暗如影，亮如银，
>
> 小鱼儿游了许多。
>
> 他们带给我一个海螺。

洛尔迦是西班牙内战时期的著名诗人，他支持进步的共和事业，其出生地就是格拉纳达。在内战开始的时候，洛尔迦从巴塞罗那回到自己的家乡格拉纳达。他本来觉得待在家乡，人身安全更加有保障，没有想到被家乡的保守势力盯上，最终他被抓起来并处以死刑。他留下的诗歌变成了不朽的瑰宝，成为西班牙人追求心灵自由的象征。具有讽刺意义的是，那些杀害了洛尔迦的同一批"家乡人"，现在又把他奉为格拉纳达的骄傲，就好像他们对自己同乡诗人的残害从来没有发生过似的。机场以他的名字命名，也许是在时时提醒西班牙人，他们的历史上，有过并不宽容思想自由之追求的黑暗时光。

马略卡岛（Mallorca）

飞机准时起飞，一个多小时后降落在了欧洲最著名的岛屿之一的马略卡岛。来这里之前，我以为它只是一座小海岛，落地后才发现，马略卡岛的面积有3640平方公里，大约相当于海南岛的1/9。

这个岛最大的特色就是拥有数量众多的沙滩和海湾，马略卡岛因此成了天然的度假胜地。又因为岛比较大，人们可以到岛上不同的地方去度假，在同一座岛上就有了多样性选择，每一天都可以辗转不同的沙滩和海湾，而且所有地方都是全面开放的，不少地方还有可以裸体的沙滩，给人带来一种彻底解放的自由感，所以马略卡岛成了欧洲人最喜欢度假的一个地方。

同时，整个岛屿都给人一种强烈的历史感。马略卡岛在迦太基时代便已是一个贸易中转站，古希腊时代就有移民居住，古罗马时代则成了罗马帝国的一部分；后来伊斯兰教徒和天主教徒争夺这座岛屿，它最终被西班牙占领，成为西班牙国王的度假地。

岛上有很多建在山湾和海边的小镇，它们有着与世隔绝的宁静和美丽。小镇也是游客们喜欢驻足或者居住一段时间的地方，在山海之间隐居，别有一番滋味。一方面，这个岛屿无比热闹，每天有几百架次的航班起降；另一方面，这个岛屿又是遗世独立的，到了岛上，人们分散到山山水水之间去，便能抛弃各种世俗约束，放松身心。窝在房间里，眼前就是碧海蓝天；走到外面的小镇上，又能够瞬间融入无所顾忌的世俗热闹中。

这个岛为西方人所爱，还因为西方人把这个岛当作约会和度蜜月的首选地。这个习惯，主要来自两位名人，一个是肖邦，一个是乔治·桑。1838年，他们两人以情侣身份来马略卡度假，居住在一个修道院里。他们在岛上待了三个月，乔治·桑还写了一本书，叫作《马略卡的冬天》（*A Winter in Majorca*），让这个岛一下子出了名，马略卡岛从此便成了西方人度蜜月的热门选择。

我们走出机场的第一感觉是这里人太多，车也太多，好像不是个能够让人心静神宁的地方。但到达海边后，面对地中海特有的蓝宝石一样的海水时，心还是一下子沉静了下来。马略卡的首府叫帕尔马，那是岛上最喧嚣的地方。我们的宾馆定在一个叫Soller的小镇上，去那儿要翻过山到岛的背面。宾馆坐落在半山腰上，直接面对地中海，从房间的阳台上能够看到遥远的海平线。海水中点缀着白色的帆船和游艇，蓝色的海水在阳光下闪闪发光，犹如无数的钻石铺向天边。从山里通向海边，有19世纪就建成的小轨道火车，"哐当哐当"慢悠悠地开着，让人心旷神怡。

晚上我们步行到一个坐落在山崖上的饭店吃饭，看夕阳一点点沉入海里，满天的云彩染成玫瑰，此后水天融为一色，暮霭阵阵，远处的航标灯开始闪耀光芒，天慢慢地灰下去，直到黝黯的天空中繁星闪烁。饭后回到房间，我坐在面朝大海的阳台上，听海浪拍岸，一声又一声。地中海的海浪没有那种轰然的气势，但浪与岸之间亲密的接触充满节奏感，而正是这孕育出了独特的地中海风情。

第二天，我们去看肖邦和乔治·桑居住过的修道院。修道院并不在海边，而是在山里一个叫巴尔德莫萨Valldemossa的小镇上。当初肖邦得了肺结核，医生建议他到马略卡岛休养，乔治·桑作为他的情人，陪他一道而来。当时的马略卡岛还不是一个度假地，连基本的度假设施都没有。他们到了岛上人生地不熟，没有服务，也没有接待，找了好久都没有合适的住宿处，最后好不容易找到了这个修道院。我们去他们住过的屋子参观，屋子不大，是一个小三间，乔治·桑还带着她的两个孩子（不是和肖邦生的）居住在这里。屋子面向山谷的小院很美，山谷的风景也很美。他们来的时候是冬天，气候有点寒冷，更加麻烦的是，当地村民知道了他们俩的"不正当"关系，对他们并不友好，岛上四处是流言蜚语，使他们心情大坏，终于在三个月后搬离了马略卡岛。我们到达这个小镇，发现到处都是对肖邦和乔治·桑的宣传，看来整个小镇都靠这段故事活着。同样的小镇，在马略卡还有很多，如果没有这个故事，游人不会来到这里。世俗的人们总是愿意一边嚼舌头，一边心安理得地享受着他们嚼舌头的对象给他们带来的世世代代的红利。

不过在岛上，肖邦还是留下了几首有名的钢琴奏鸣曲。岛上有一个小型演奏厅，每个小时都会有人去演奏15分钟左右的钢琴曲。我不通音律，这些曲子实在叫不上来名字。乔治·桑所写的《马略卡的冬天》，曾经被拍成电影。我在各个流媒体平台都没有搜到这部电影，想在Kindle上下载这本书也没有找到。结果到了他们住过的修道院，小商店里售卖着各种文字版本的《马略卡的冬天》，只可惜没有中文版本的。我买了一本英文版的书，作为来过这里的纪念。

回到房间后我翻了翻，书里写的基本上是他们两人在这里生活的三个月的记录，里面是各种波折，从字里行间读不出太多浪漫的味道。实际上，1948年的时候他俩就分手了，1949年，肖邦在孤苦病痛中去世。所有浪漫故事中让人津津乐道的，往往是局外人自主添加的色彩，其真实故事背后常常是一地鸡毛。

从小镇出来，我们决定到海边去游泳。导游带我们去了岛屿东南方向一个人员较少的峡湾。

这个峡湾要从山坡走下去，站在山坡顶端俯瞰，下面的景色美丽醉人。海岸线曲折漫长，下面的海水蓝绿相间，涌动着迷人的波光。大小游艇一艘艘停在海面上，有人从船上跳到海里去游泳。

峡湾尽头，是一片白色的沙滩，很多人躺在沙滩上享受着日光浴。再稍走近一看，才发现至少有一半人一丝不挂地躺在那里，男男女女，老老少少，让阳光前前后后晒遍全身。幸好还有一半人是穿着泳装的，否则我完全不敢走近。过了几分钟，我发现完全没有人在意我们，我们也开始变得自在起来，换上泳装，穿过肉体横陈的沙滩，到海里去游泳。海水温暖柔和、清澈见底，我在里面来回游了好几趟。

要不是时间限制，我也想躺在沙滩上脱光了衣服晒晒太阳。不过，由于当时已近傍晚，我们回到住处需要开一个多小时的车，所以只能遗憾地离开了。

穿山越林回到住所，洗完澡休息一会儿后，我们就下到山脚海湾边的餐厅去吃晚餐了。今天我说好了要请导游喝酒，于是大家一起在小镇找了一家可以俯瞰港湾的小酒馆。

两位导游，一位是从马德里一直跟我到马略卡岛的黄中振，小伙子一路对我们悉心照顾，做事又麻利，赢得我们全家的一致好感；另一位是定居在岛上并开车接送我们的美女导游。她叫袁青，嫁了一个德国人，夫妻两个都喜欢地中海浪漫的风情，所以才搬到马略卡岛居住，在岛上幸福地生活着。袁青早年在新东方学习过，所以和我见面后很亲切，让人感觉一见如故。明天，我们一早就要飞离马略卡，前往巴塞罗那。两位导游都不再跟随我们去巴塞罗那，所以今天算是告别晚宴。

我们点了很多小吃，包括当地特色的小红虾等，又点了西班牙出产的上好红酒。本来以为一瓶就差不多了，没想到大家酒量都不小，结果喝高兴了，最后喝了三瓶不同品牌的红酒和一瓶白葡萄酒。大家有些飘飘欲仙，一直到晚上11点才尽兴而归。

回宾馆的路上，一路漫步，攀缘上山，回头看去，港湾里依然万家灯火。伴我入眠的，又是一夜涛声。

巴塞罗那（Barcelona）

去巴塞罗那的航班在早上8点40便要起飞，由于从宾馆到机场要一个小时，我们早上6点不到就起来打包收拾。昨晚有些喝多了，满肚子的酒，睡觉也不踏实，早上一起来着实有些疲劳。7点30分到达马略卡机场时，里面已经人声鼎沸、熙熙攘攘，这真是我见过的最繁忙的机场之一。办完票排队安检，进入候机室，发现飞机延误了，我们坐在人稍微少一点的地方一边看书一边等待，结果等到11点才登机起飞。在飞机上我继续阅读牛津出版社的英文版《西班牙简史》。

到了巴塞罗那，等行李又等了快一个小时，走出机场已经下午1点钟了。新的导游黄晓娟在出口等我们。她是台湾人，上大学的时候来巴塞罗那学西班牙语，结果爱上了这个城市。后来，她回到台湾工作了两年，依然对这里魂牵梦绕，干脆就辞掉工作搬到巴塞罗那居住，并当上了导游。可能是飞机延误耽误了上午的行程，本来安排去蒙特惠奇城堡等景点的计划就取消了。中午吃了点简餐后，下午便开启了"高迪之旅"。

安东尼奥·高迪（1852—1926），出生于西班牙加泰罗尼亚小城雷乌斯，是一位著名的建筑师。高迪是塑性建筑流派的代表人物，作品多为现代主义建筑风格；他设计过很多独辟蹊径、风格奇异的作品，因而成为世界建筑史上的奇葩。凡是到巴塞罗那的人，都会去看高迪设计的建筑，据说每年参观人数超过500万。可以这样说：巴塞罗那一半的魅力都要归功于高迪。

在巴塞罗那，他设计的主要建筑有奎尔公园、米拉公寓、巴特罗之家、圣家族教堂等。他一生有17项作品被西班牙列为国家级文物，7项被联合国教科文组织列为世界文化遗产。其中最著名的是圣家族教堂，该教堂已经建造了100多年，但到现在还没有完工。我们去参观的时候，楼顶上还有两个大吊塔。从外面看，那些建好的凹凸不平的墙面和尖尖的高塔好像随时都有可能倒下来。但里面才是真正让人感到惊异的所在：它的内部空间非常宽阔，几十根像树一样的柱子从顶端开始分叉，支撑着60多米高的穹顶，给人触达天庭的感觉，信徒们会觉得自己离上帝很近很近。两边有彩色玻璃窗，东边呈现绿色，西边呈现黄色和橘色，我们进去的时候，刚好偏西的太阳透过橘黄色的玻璃照射进来，给整个教堂内部笼上了一种辉煌而明快的氛围。教堂外部的古怪和内部的恢宏产生了一种强烈的对照。高迪生前最后的岁月就住在教堂的地下室里，指导着教堂的建设。1926年6月10日，巴塞罗那举行有轨电车通车典礼，电车在欢快的乐曲声和雷鸣般的掌声中开动，却突然把一位老人撞倒了！没有人知道这个人就是高迪。他穿着寒酸，形容枯槁，人们以为他只是一个乞丐罢了。他被送到一家小医院，不久便咽气了。因为不知道其姓名，人们打算在公共坟场草草埋葬他，多亏一位老太太碰巧认出他就是高迪。最后，几乎所有巴塞罗那人都来为他送葬致哀，高迪的遗体现在被安葬在圣家族大教堂的地下墓室，人们可以通过上一层的玻璃窗看到他的墓室。

从圣家族教堂出来后，我们去了奎尔公园，公园在一个山坡上，本来是高迪设计的一个房地产项目。但当时这个项目距离市区太远，又要上山，实在不方便，所以无人问津；另外，大家觉得这些房子用来居住的话设计得实在有些古怪，好像只存在于童话中，不像凡人居住的地方。结果到最后只造了三栋建筑，一栋是房地产老板自己的住房，一栋是高迪自己住的，一栋是高迪律师住的。据说律师还是在高迪的反复请求下才购买的，今天这些房子已经是无价之宝了。后来高迪名气越来越大之后，这里就改建成了一个对公众开放的公园，现在则变成了"高迪之旅"必游的一个地方。

游完这两个地方，我们本来还想去米拉公寓（第二天一早，我还是跑步去看了看这个公寓）和巴特罗之家，但当时已是下午5点，有些来不及了，因为我更想去距离巴塞罗那几十公里外的蒙特塞拉特山（Montserrat）。这座山险峻高耸，拔地而起，山上巨石林立，状如锯齿，所以"蒙特塞拉特"翻译过来又叫"锯齿山"。千年前，修士们艰苦卓绝地在山上修建了修道院，作为本笃会修道士隐居之所，从此这里变成了天主教最重要的道场之一。这里和历史相关的重要故事，一是拿破仑占领西班牙期间，曾经把这里变为军营，最后撤离的时候还破坏了不少文物；二是西班牙内战期间，这里是共和派和保守派最后的战场。后来为了保护山上的建筑，双方主动撤离，才使修道院免于战火，直到今天还壮丽地耸立在那里。

我们到达蒙特塞拉特，已是晚上6点。上山的路有三条：一条是坐缆车从山脚直达修道院；另一条是到更远的后山去乘坐爬山火车，盘旋上山；第三条路是从后山的盘山公路开车上去。缆车是直接从正面上山，面对的是万丈悬崖，短短10分钟，便能升高700米。缆车在下午7点便要关门，而我们也要赶着下山，所以只能乘缆车上下，到修道院匆匆参观。

到了上面的台地，才发现上面的空间很大，除了巨大的修道院，还有很多宾馆和宽阔的广场，感觉可以容纳上万人，难怪这里可以作为兵营和交战的场地。不过今天，这里已经是一片安详宁静之地，落日的余晖照耀在修道院和其他建筑的顶上，给人带来与世隔绝的庄严感。台地上游人已经不多，刚好让我能安静地参观。走进修道院，有教士在巨大的教堂内做弥撒，即使没有扩音器，我坐在最后一排，教士的声音也清晰可闻。不过因为他讲的大概是西班牙语，或者是加泰罗尼亚语，我完全不知道他在说什么。不过，他的声调抑扬顿挫，余音悠长，其中传递出来的某种神圣和庄重，我依然能够用全部身心感受到。从教堂出来，走进修道院的院子，刚好教堂钟声响起，巨大而浑厚的钟声在院子、石壁和山间回响，立刻让人感到自身的渺小。面对这样宏大的钟鸣，皈依似乎就是一件自然而然的事情。虽然我们都已知道，西班牙在历史上曾经大规模迫害过异教徒，伊斯兰教、犹太教和新教人群，曾经被大批杀害和驱赶；而臭名昭著的宗教裁判所也产生于西班牙，但今天的天主教已经变得宽容了许多。

历史沧桑，回首如梦。今天的世界已经变得更加多元和开放，更加包容和友善。但这并不意味着历史不会重演。今天的某些宗教极端主义分子，依然在全世界实施恐怖活动，让普通老百姓的生活不得安宁。科技的进步和经济的发展，还没有真正带来人类思想和灵魂的巨大进步，我们很难预料宗教迫害或者极权主义的悲剧是否会重演。人类今天的和平像是在走钢丝，时时刻刻都有可能坠落。

在下山之前，我回首又看了一眼庄严矗立的修道院，真诚祈祷如今宽容的信仰，能够带给世界永久的和平和安宁。放眼望去，山下的大地已经被暮霭笼罩，一盏盏灯火慢慢亮起来。我知道，灯光下面有温馨团聚的家庭，他们内心希望的，并不是后世登上天堂的极乐，而是今生今世平凡生活的幸福。

晚上8点，回到巴塞罗那，我和家人一起到海边的餐厅去吃晚餐。那些海边的餐厅不需要预定，我们可以露天面向大海而坐，边吃饭边看风景。在这里，我们再次吃到了喜欢的海鲜饭和tapas。

今天是我们在西班牙的最后一个晚上。看着摩肩接踵、来回穿梭的人群，看着海鸥在桅杆上面来回飞舞，我对这个国家开始产生某种留恋之情。现在的西班牙，沉重的历史已经被甩到了身后，人民开始互相信任，包容不同的观点和人生态度。西班牙人的乐观和友好，成了全世界人民来到这里度假的一大理由。那古老的、把人与人曾经隔离的斑驳的城墙，今天已经变成了一位慈祥的老者，张开双臂拥抱着在这片土地上繁衍的子子孙孙，以及来自世界各地的老老少少。西班牙，拥有了某种其他欧洲国家所没有的独特魅力。西班牙曾经被欧盟排除在外，现在却成了欧盟最值得骄傲的成员之一。

吃完晚饭，我们沿着古老的巷子一路走回宾馆。途中路过一段古城墙，边上竖着一块牌子，上面写着对古城墙的介绍。下面有人加了一句："小心这里有扒手，一定要及时回头看。"我哈哈一笑。在这里，旅行者也许需要警觉小偷带来的意外，但绝不至于有人因为你的信仰不同就要了你的命。人类社会还是在进步的，尽管进步的速度缓慢得像蜗牛爬行，但毕竟已经有了新的高度。

也许未来，世界上的小偷会绝迹，就像今天的中国那样，人们再也不用带现金出门，小偷就几乎没有了施展本领的余地。现在，西班牙还必须带着现金出行，所以小偷这一古老的职业还很兴盛。等到全世界都不用带现金出门了，小偷也只能另谋出路了吧。

回归

八天时间，西班牙之行匆匆忙忙结束了。我们乘坐国航CA846航班飞回了北京。登上飞机的那一刻，我的内心对西班牙产生了很多不舍。

这块大地上的文化、历史、宗教、美食、风景，都让人流连忘返。西班牙曾经有着沉重的历史，它曾步履维艰，生生死死，千回百转。但今天的西班牙已从历史的烟尘中走出来，显得轻盈而阳光，过去的沉重也转化为现今的魅力。那些在大街小巷行走和歌唱的帅气的小伙子和奔放的小姑娘，那些在海边奔跑和裸泳的无所顾忌的男男女女，无一不彰显着西班牙今天的活力和气度。今天，在西班牙大地上耸立着的一座座金碧辉煌的教堂，已经不再是要把异端全部处死的一张张凶狠的面孔，更像是经历风雨后变得慈祥、宁静、容纳一切的智慧老者。从卡斯提尔到安达卢西亚，从巴斯克到加泰罗尼亚，西班牙从分裂走向团结，从独立走向合作，阳光和海水把不同思想和背景的人融为一体，共同走向一个互相谅解、互相包容的未来。

也许，西班牙的历史走向，象征的正是人类历史的走向：不同宗教、不同思想、不同背景的人们，在千年的硝烟弥漫之后，能够和谐地共存在这个蓝色的星球上。

第二辑

让岁月开出　拈花微笑

岁月无情，生命有意

今天是9月4日，我的生日。

其实，这个生日一直是我自己都不知道的。我身份证上的生日是10月6日。母亲告诉我，我是农历八月初六出生的。农村当时没有日历，所以只记住了农历的生日。我不在意生日是哪天，也很少过生日。母亲的生日是八月初八，她到北京和我同住后，过生日就做两碗面条，她一碗，我一碗，生日就算过了。

几年前，也许是因为年龄大了，我开始怀旧，就去查了阳历和农历的对照，结果发现1962年的农历八月初六，不是身份证上的10月6日，而是9月4日。10月6日，可能是当时去报户口的日子。于是，9月4日就成了我的生日。每年，我继续陪老妈妈过八月初八的生日。老人家去年12月仙逝了，父亲也早在30年前就去世了。今年，是我父母都不在人世后我的第一个生日，内心其实有很多的悲苦。

所幸，我也组建了自己的家庭，有了自己的孩子，儿女都已经长大。就像我当初给妈妈过生日一样，他们现在也会给我过生日，问候我，给我买鲜花、送贺卡，陪我吃饭。人生代代无穷已，从孩子身上，我也看到了家族某些优秀品德的传递，比如善良和诚恳，坚韧和努力。这让我感到莫大的欣慰。当然，孩子们面向的是一个新的世界，我身上有些东西他们不一定理解，而他们追求的，我也不一定全部认同。但我知道，孩子们有他们自己的世界，未来也会有自己的家庭。所以，我必须全力放飞他们。他们的未来才刚刚开始，世界以我们不可预知的速度在发展和变化着。我只是希望，无论世界如何千变万化，他们的未来都会比我们这一代更加美好！

今年的生日有点特殊，我甚至想把这个日子遗忘。因为按照实际年龄计算，如果出生的第一天算第一次生日的话，这刚好是我第60个生日。也就是说，我已经跨入60岁的大关了。60岁，就好像进入了老年，从心理上是不太能够接受的。要不是因为有好事者在网上查到了我9月4日的生日，还大张旗鼓地写了文字公开发表，反复强调俞敏洪60岁了，我是不会写这篇文字的。很多朋友看到了文章，就发微信祝我生日快乐，还不忘加上一句——福如东海，寿比南山！这明显是把我当老年人看了。

我第一次感到时光如梭，是40岁，觉得自己不再青春年少；第一次感到老之将至，是50岁，觉得人生倏忽半百，难以接受；这一次，60岁了，尽管还不能算是古稀之年，但在年轻人看来，已经是实实在在的老人了。人本能地会抗拒变老，对我来说，要心安理得地接受自己变老的事实，可能还需要很长时间的挣扎。我也知道，"天地不仁，以万物为刍狗"，不管如何挣扎，我都在一天天老去，流水无声，昼夜不息。

我自然不会因此颓废。剩下的岁月，我依然希望自己过得充实丰盈，继续为家庭、社会做出自己力所能及的贡献。老骥伏枥，志在千里；烈士暮年，壮心不已。老当益壮，宁移白首之心；穷且益坚，不坠青云之志。与此同时，我也希望自己能比过去多一份逍遥自在，不管遇到什么困境，都能够用一份洒脱的心情，看云舒云卷、花开花落；能够深刻领悟"是非成败转头空"和"古来万事东流水"的寓意，不拘泥，不执着，追求平淡人生、朴素生活。

最近，由于种种原因，新东方的事业和我个人的生活，或多或少陷入了某种困境和迷茫。尽管网络上也有对新东方和我的诅咒谩骂之声，但更多的是认识或不认识的朋友们真切的关心和问候。这让我感觉到，人间温情和仁爱从来没有缺席过，世界依然是美好的存在。我此生从年轻时开始，就不断经历各种困顿和挑战，也在困顿和挑战中找到了人生发展的机遇和战友。后来又多次经历新的困难和考验，一路前行，直到今天。我尊重命运的安排，但从不屈服于命运的专制。我相信，个人的努力，是一生精彩的关键因素，并且它必然能够改变人生的困境和痛苦。尽管困境和痛苦依然会不期而至，但人生境界必定已经提升，就像我们登上了更高的山头，必然能够看到更加壮阔的世界。所以，我一直相信，发生的一切，都是最好的安排！

60岁生日过去，到明年这个时候，刚好就是六十一甲子。中国的纪年每60年一轮回，循环往复，无穷无尽。这也许刚好暗合了我希望从60岁开始，过一种全新的更美好生活的愿望。凡是过往，皆为序章。看向未来，我朦胧中看到，地平线上那缕新生活的阳光，正在透过迷雾。

60岁出发，归来还是少年！

千回百转后，一切会变得更好

——我的2020年

2020年刚开局的时候，好像一切都挺美好的。我认真地为自己和新东方做了一年的计划。这是个常规动作，总希望新的一年有新的成就。尽管每年的计划都没有百分百完成过，但对人生和事业来说，计划，总归是个指导方针。

2020年的1月，现在想起来还是有很多美好的事情的。新年第一天我就到崇礼去滑雪了，那天天气明媚，呼吸了一天的新鲜空气，神清气爽。紧接着，1月7日北京下了一场大雪。古都银装素裹，美丽非凡。我是个随性之人，看到如此美丽的世界，干脆把正在召开的总裁办公会暂停了，带着大家一起到颐和园赏雪去。又过了两天去重庆出差，晚上还去逛了洪崖洞；然后又去杭州出差，早上起来在明媚的阳光中绕着西湖走了整整一圈，饱览了西湖冬日的美丽。

还记得新年第一个星期，我一直在练歌。因为1月9日新东方要召开大型年会，老总们唱歌是每年的保留节目。我练习的歌曲是《夜空中最亮的星》，为了充时髦，我还练习了网络歌曲《谁》。年会如期举行，有万人到现场参加。

1月份，我认真阅读了两本书，一本是格林斯潘的《繁荣与衰退：一部美国经济发展史》，一本是董志强的《身边的博弈》。我还把《繁荣与衰退》推荐给了新东方的高层管理者。

最值得记忆的是，大董烤鸭店的大董请我和一些朋友去品尝美食。那是1月份舌尖最美好的记忆。在品尝宴会上，我见到了很多老朋友，尤其是徐小平、卢跃刚等朋友。饭后我还到徐小平家里侃了半天，心情愉悦地半夜回到家里。

在我个人做这一切的时候，武汉发生的事情，正在悄悄改变中国和世界的命运，也改变了很多人的人生走向。导致这一切发生的，是人类肉眼看不到的、一开始人类都没法命名的小小病毒。今天，这个病毒的名字叫"COVID-2019"，中文名称叫"新型冠状病毒"。人类一直觉得自己变得越来越强大，甚至有了不可战胜的感觉。但小小的病毒让人类认清了自己，我们并没有凌驾于其他生物之上，看不见的病毒也能让我们束手无策。谦卑而坚强地活着，并用智慧和勇气战胜一次次灾难和不幸，可能这就是人类的宿命。

疫情的到来，改变了很多人的人生轨迹，也包括我的。我本来欢天喜地准备过春节，已经定好了出国的行程，要利用春节带着全家出去放松一下，结果只能放弃。春节过后，风声更紧，连家门都不能出了。我偷偷去雁栖湖和香山走了一趟，去看那水天一色、北国辽阔的雪景。我还把照片发到朋友圈，结果很多朋友认真告诫我千万不要出去，免得被感染上。那个时候，人们谈病毒色变，好像中国大地铺满了病毒一样。

在家里闷着，和孩子在一起固然温馨，但时间久了就相看两相厌了。为了保持身体健康，我每天在各个房间之间踱步几百圈，像极了被关在笼子里的老虎。内心焦虑，打坐、冥想都不管用。疫情期间，翻阅了几十本书，还从网上订购了上百本书，但没有一本是静下心来认真阅读的。一开始，我根据2003年"非典"的经验，还觉得疫情最多3个月左右就能过去，反正在家里没啥事可干，干脆写日记，把每天疫情的情况记下来并分享。我把日记发到公众号上，引来了一些朋友的阅读。公众号粉丝增长了几十万。当时"方方日记"红遍全国，且她还在事发现场，所以我这里基本算是自娱自乐。等到3月底，中国的疫情基本控制住了，世界的疫情又开始泛滥。我又写了一段时间的周记，后来发现疫情没完没了，不知道猴年马月能够结束。国外的人民离我较远，我也没心情去记录他们的悲欢离合、生离死别，于是停笔。疫情，至今还在世界上泛滥，中国依然在严防死守。要是我当初真下决心写到今天，估计没被病毒弄死，也被自己弄死了。

现在想起来，整个疫情期间，尽管内心有各种激愤、义愤填膺的情绪，时常泪流满面、感动颤抖、焦虑绝望，但当潮水退去之后，给我留下最深刻记忆的，还是看到2020年的春天不顾人间伤心事悄然降临。之前我一直觉得北京的春天好短，鲜花似乎还没盛开就已凋谢，然后炎热的夏天就来了。居家的日子里，我突然发现时间慢下来了。我唯一能做的户外活动就是在小区里散步。于是，我看到了冰雪如何在小湖里慢慢融化；看到了柳树如何从枯黄色到鹅黄色到翠绿色；看到了一棵草如何钻出地面，然后慢慢成长，直到有一天突然开出一朵粉色的小花；看到了玉兰树、迎春花、紫薇、碧桃等如何次第开花，从花蕾到花苞到鲜花盛开，再到花叶一片片无声落下；代替乱花飘零的是满树翠绿的树叶，彰显着生命的生生不息。

这个春天和初夏，我好像听到了所有植物生长的声音，它们并没有因为病毒而萎靡，而是不断向人类宣示着生命的顽强，让人类在越来越和煦的阳光中温暖起来，直到夏天的一声"知了"叫破天地。我的忧伤和焦虑也在万物生长的热闹里开始消解，慢慢转化为对未来的耐心期待。我知道人类生命终将不灭。当我端上一把椅子，坐在5月的花树、阳光下的时候，我听到了生命释放自己的清脆响声。

我的焦虑来自哪里？一部分来自疫情肆虐带来的生命不确定性，那种每个人都有的脆弱，我也不能免俗。另外，身为新东方的掌门人，企业面对生死考验的时候，尤其是面对巨大深渊般的前景时，我也会不由自主地焦虑和恐惧。新东方的寒假班，几百万学生要一次性转到线上授课，家长们会不会集体退班？如果集体退班，存款够不够？新东方的在线直播系统，能否一夜之间承载这么大的流量？后续春天班的招生是按在线还是按线下招生？全国停课不停学，新东方能为在家的孩子们做些什么？在这样的一场危机中，新东方的机会在哪里？陈旧的组织结构，是否能够承担起突变时期的变革？新东方急需的科技和研发人才，到什么地方去找？各地几万间教室空置，房租问题如何解决？竞争对手频频出招，我们如何应对？如何确保在特殊时期，优秀老师和管理者不流失……

成千上万个问题和难题，一股脑堆到眼前，还都需要远程解决。原来，"让人脑袋炸裂"并不算是过分的说法。疫情带来的麻烦还没有过去，中美贸易战加上疫情，给新东方的国际业务带来致命性打击。业务量下降了70%左右，国际游学业务更是下降了100%——清零了。幸亏前几年新东方的重点之一转到了国内K12教育（学前教育至高中教育），否则这次就是死无葬身之地，也许成为被清场的培训机构之一了。整个2020年，在线教育硝烟弥漫，在"烧钱"的道路上一路狂奔，到处都是各培训机构的广告，唯独没有新东方的。大家都觉得新东方已经out（落伍）了，在在线领域再也没有机会了。其实我自己也有点判断不清，最后唯一能做的就是捂好钱袋子，尽量别引火烧身。到今天为止，这场战火还在继续，几大机构互掐尚未分出胜负。

我经历了各种不踏实之后，现在反而抱着一切随遇而安的心情看热闹。我只做自己看得清的事情，已经不太在乎结果如何。好在买新东方股票的朋友还挺信任我，疫情期间尽管业绩不好，但股价不降反升。为了让口袋更加殷实一点，新东方在11月时在香港第二次上市，算是融了一笔好钱，为未来可能出现的艰难做好了准备（因为2021年的"双减"政策，后来的艰难果然来了）。

在最初的慌乱之后，全国人民逐渐开始学会在防疫抗疫的前提下，迅速恢复正常生活。可以说，这次抗疫，将中国的国家能力、系统组织能力和网络布局能力体现得淋漓尽致。14亿人口的巨大国度，已经有条不紊，不再慌张。经济生活和社会生活都恢复了正常。原来出现1个病例就全城封锁的状态不再出现。我们学会了和病毒共处，并尽量减少病毒对我们日常生活的干扰和侵害。5月下旬的时候，我参加了全国政协会议，6月就可以到全国各地出差了。直到今天，尽管因为各地出现的零星病例，到外地去依然需要绿码或做核酸检测，但整体上可以肯定，病毒在中国不太可能再大规模出现了，中国会在确保大家工作生活正常的前提下和病毒斗争，直到病毒最终消失或是疫苗和药品能够让病毒无计可施的时候。

尽管小小的病毒给人类带来的恐慌至今也没有消除，但人类的精神从来都是伟大的。人类作为一个整体的生存力量和自强力量，让人类从古代走到今天，一路走得越来越好，并且必将走向更加美好的未来。疫情以来，出现了种种感人事迹：那些逆行的英雄医生和护士，那些不畏艰险的志愿者和外卖小哥，那些为百姓生活呼吁奔走的公务员，那些国际间的人道支持和捐助，那些邻里之间的相望相守，林林总总凝聚成了人类最强大的力量，让人类生生不息、代代不已。尽管这一过程中，有特朗普刺耳的喧嚣，民粹主义的尖锐呼喊，民族主义的偏狭极端，国家霸权的科技封锁，不同群体的互撕辱骂，部分人群的胡搅蛮缠，但整体上，人类的人道主义精神、宽大包容心态、信息共享能力、互帮互助仁义、相互依存连接，已经有了深厚的基础。我相信，在这样的基础上，人类的理性和情感，终将选择走向更美好的未来，共同团结来解决困难，而不是在困难中互相掐死彼此。这次美国人民选择让特朗普下台，也许算是我以上说法的某种佐证。

就我个人而言，2020年，我想通了两件事：一是人的生命是脆弱的，未来是不确定的，所以珍惜每一天的生命十分重要，要让每一天过得合算；二是人生需要做有意义的事，有意义的事既能让自身生命充盈富足，又能直接或间接帮助到别人，有益于人间。于是我做了两个决定：一是要让自己越来越有限的生命丰富起来，在合适的范围内吃喝玩乐都可以，同时还要贡献自己的思想和思考；二是尽量多做好事，主要聚焦于中国的农村教育，为帮助那些农村孩子走出贫困循环，走向更加美好的人生尽力而为。张桂梅是一个好榜样，我希望用另外一种方式，本着同样的原则，做帮助农村孩子的事情。

本着这两个决定，自从全国各地解封以来，我自驾去了甘肃大部分地区，考察了丝绸之路、河西走廊、甘南藏文化和秦文化发源地等，又去了广西和云南，留下了十几万字的行走记录。同时，我也参加了一些重要的社会活动，如亚布力中国企业家论坛20周年年会、武汉大学珞珈论坛、湖北高质量发展资本大会、全国工商联知名企业委员会启动会等，尽力为中国经济和企业的发展出谋划策。同时，因为家乡的邀请，回到家乡两次。一次是参加家乡的人才发展大会，为家乡的发展鼓与呼。另一次是家乡有史以来第一所大学开学了，尽管只是南京理工大学的分校，但毕竟是在家乡，我自告奋勇去为同学们做了一场演讲，鼓励他们扎根江阴，努力学习。尽管江阴从没有过大学，但清朝时期，江阴曾经是江苏学政的所在地，相当于省教育厅所在地。自古到今，江阴出了徐霞客、刘天华、刘半农等文化名人，孙中山、辛弃疾等也曾驻足江阴，这里也算是文化深厚之地了。

除了上面有一搭无一搭的活动，我今年还找时间实实在在走了一些农村地区，进行农村教育的调研，希望利用新东方的资源为农村孩子的教育提供服务。2020年，新东方依然培训了5000名左右的乡村老师，为十几万乡村小学生、初中生和高中生提供了在线直播教学。同时新东方有800多名老师自愿报名参与"我的大朋友"项目，每人帮助守护一到两个乡村孩子，成为孩子们的贴身老师。除了辅导孩子们学习，更承担了一部分本来应该是父母承担的责任和关爱，因为这些孩子有不少是留守儿童。我自己参与了全国政协组织的对四川广元市和巴中市的乡村教育考察，随后又带着团队考察了贵州的乡村小学，重访了我做名誉校长的普安一中，考察了从山里搬迁到城郊的移民学校，奔波到云南楚雄考察美丽小学，到元谋县考察乡村小学和初中。我北大的两位校友，肖诗坚创立的田字格小学和康健创立的美丽小学，给了我深刻印象，也让我为北大人感到骄傲。2021年，我会把更多的时间和精力放在乡村教育上面，努力为乡村教育的未来开拓更加光明的道路。也许一己之力做不了什么，但做点什么，总比不做好！那些乡村孩子闪亮的眼睛和纯真的笑容，就是我无穷的动力。

2020年，快到年末的时候，我遇到了人生中最悲伤的事情——我敬爱的老妈妈仙逝而去。老人家1931年出生，今年已经90高龄，本来希望再陪她过个年。没想到年前几天，她就驾鹤西去了。我对妈妈的感情，用"情深似海"来形容不为过；老人家对我的爱护和守望，也可以用"滔滔不绝"来形容。我父亲是个不问家事的人，所以从我记事起，家里的一切都是母亲来决定。我身上良好的学习和生活习惯，还有善良的品性，都是母亲培养出来的。尽管她没上过学，也不认识多少字，但她深知有知识的好处，一直希望我当个教书先生。为了我能够上高中，她到处奔忙，并鼓励我连续三年参加高考，最后终于把我送进了北京大学。可以说，我也一直没辜负老太太的期望，当了北大老师，又创立了新东方，算是成了我母亲口中常说的"一颗竹笋出在了茅草里"。

一生精明强干的老太太，最后几年得了阿尔茨海默病，似乎遗忘了人间的一切事物，最后连我都不太能认出来。那种一生刚强甚至暴躁的脾气，最后归复成了无我无欲的宁静。最后几年，我和老太太住在一起，常常能够陪陪她。有时候，她把我认出来，就会露出小孩一样迷人的笑容，把我的心都融化掉，又常常让我泪眼模糊。去世前的一个星期，她看上去还挺好。我放心地带着孩子去海南度了几天假。最后一天返回前，我姐夫打电话说老太太吃了东西会吐，但看上去还平稳。我急急提早两个小时飞回北京，结果还是没赶上让老太太看我最后一眼。她走得太快，也走得安详，可能不想给我留下任何麻烦。我能做的，就是一头扑倒在妈妈身上，失声痛哭。在各路朋友的照料下，我为妈妈在八宝山举办了一场隆重的追悼会。家里有妈妈，家是实实在在的。妈妈离开了，我内心的那根线嘎嘣一下就断了。从此，人生就像飘浮在半空中的风筝一样。女儿看我哭得伤心，说奶奶走了，你还有我们。是的，也许人生最重要的，就是送别亲人，同时拥抱亲人的时刻。

时间过得真快，现在已经是2021年。我写这些文字的时候，老妈妈已经离开世界八天了，很快就会八十天、八百天。人生易逝，生命如白驹过隙，倏忽而去。我不太相信灵魂会转世，人去如灯灭，灯灭后你再也找不见曾经的光芒。但人的精神是不灭的，通过亲人的传递、文字的记录，现在还可以通过视频的留存保存下来。今天人类的精神和信念，就是无数哲人先贤传下来的。我父亲的为人处世到今天还影响着我的日常行为；我母亲的坚毅、努力、善良、行善，也必将一直影响我。我也会把这些品德传递给我的孩子。美好的东西，永远不会轻易消失。

我是一个感性的人，不太善于做富含逻辑和理性的分析。尽管我收到的新年祝福，大部分都对2021年寄予了厚重的希望，但我深刻知道，人类永远面临着危险与机遇的交替、邪恶与善良的搏杀、分裂和团结的较量、光明和黑暗的角斗、倒退与进步的比赛。我也深信，美好一定会战胜丑恶，光明一定会扫荡黑暗，生命一定会寻找崇高，人类在千回百转后，一定会变得更好；而祖国，也一定是最值得我们信赖和依恋的——那片苦难深重却如此宽厚的土地。

亲爱的妈妈，您一路走好！
——在妈妈追悼会上的讲话

　　首先感谢各位亲友、各位朋友、各位新东方的兄弟姐妹，感谢你们来陪我亲爱的妈妈最后一程。首先要告诉大家，心情不要那么沉重，老太太89岁了，虚岁90了，所以算是喜丧了。我也祝愿我们在座的每一位，未来的生命，要比我妈妈走得还要长，细细经历这个精彩的世界。老太太尽管一生悲苦，但是又很幸福。人生就是这样，永远都是艰难困苦和喜悦欢欣掺杂在一起。不管儿女长多大，在妈妈面前都是孩子；不管人生走多远，有妈妈陪伴的人生，就是不孤单的人生。

　　这一点我深有感触，这几年老太太老年痴呆，我天天陪着她其实没什么感觉，有时候还嫌老太太不认识我。但是老太太真的去了，我的心一下子就空了，感觉什么都没有了。这个世界上可以把你从最遥远的地方拉回来的那个无形的绳子，突然之间就被剪断了……我相信在这里已经失去父母的，或者说失去母亲的人，都会有这样的一种感觉。

　　从我们出生起，每个妈妈都会用她的温暖、坚韧、勇敢、不屈和进取的精神，为我们支撑起一个家。这个家因为有妈妈而完整，可以帮我们躲避风雨的侵袭，也能让我们看到最艰难时候的希望。有了家，我们的心就有了安放的地方。从小到大，就我而言，就是这样的一种感觉——妈妈在哪里，家就在哪里。

家给我的第一个感觉，至少我自己的家，其实不是温馨，而是艰辛。打我记事起，就深刻感觉到了人生的不易。我大概四五岁的时候开始记事。我现在还记得两件事情：一件是我快五岁的时候，"文化大革命"开始了，我妈因为被人诬告，被关进了"牛棚学习班"。当时我还小，想进"牛棚"里看妈妈，结果被把门的民兵一脚踹出一丈多远。那天还下着雪，所以这件事我记忆深刻，后来还是我姐把我抱了回去……还有一件事，也是五六岁的时候，我妈好不容易攒了几毛钱给我买了一双塑料鞋，我穿着欢蹦乱跳跟小朋友玩去了，后来到河里游泳，回来的时候就忘了那双鞋，因为从来不穿鞋，都是光脚，所以有鞋也给忘了。回来后我妈一看我脚上没鞋，问鞋在哪里，我突然想起来把鞋丢在河边了，赶紧去找，结果发现已经没有了。于是就被我妈痛打一顿，晚上等我睡了她又抱着我哭了半天。最后是隔壁村上的邻居，把鞋给送了回来。

　　老太太一天到晚干农活，没日没夜带着生产队的人干农活，还常常子宫大出血。我常常看到她就快要死掉的样子，束手无策，也让我们姐弟俩惊恐万分。即便这样，每年我们家也会比其他农民多养两到三头猪。其实养猪是一件挺累的事情，南方人养猪要吃熟食，不是散养，而是必须给猪做饭，所以我小时候记得最多的就是跟我姐一起，天天给猪做猪食。也正因为老太太的勤劳，我们家没有真正短衣少粮过。我的父亲很憨厚，从没动过我们姐弟一个手指头。但是老头子喝酒成性，每次喝完酒回来，就会跟妈妈打架，打得我和姐姐心惊胆战。好就好在我父亲脾气还算好，很少动手打我母亲，所以常常是我母亲"虐"我父亲。

　　南方雨水多，记得小时候，一下雨家里的盆盆罐罐就不够用，到处都是接雨水的东西，要是下了暴雨，就拿盆子往外舀雨水。就在这样的艰辛环境下，妈妈作为全家的主心骨，带着全家屡屡在绝望中不放弃，不罢休，一直维持着家的完整，也给了我们家的港湾，让我深刻理解了家的含义——不是在父母庇护下的和风细雨，而是父母带着孩子，不管遇到多少困苦都不放弃希望，不放弃对未来的追求。可以说，哪里有妈妈，哪里就有安全和温馨。尽管小时候的生活很艰苦，但是儿时的记忆依然充满了很多温馨的时刻。

比如每天早上，妈妈总是最早起来，做好早饭，让我们姐弟两个吃完了饭再去上学。因为妈妈的勤劳和精打细算，我们家从来没有过吃了上顿没下顿的那种饥荒。家里常常还有点余粮，妈妈总是让我们拿去接济村里最贫困的人家。逢年过节的时候，妈妈总是亲手做好年糕、馒头、粽子等。

老太太的手非常灵巧。今天老太太穿的寿服，就是她十几年前自己一针一线缝制好的。她从小就跟着她的哥哥做裁缝，所以是一把好手。我记得小时候我们穿的衣服，都是妈妈自己做的，她亲手把裁剪好的棉袄、棉裤给我们穿上，帮我们抵御南方冬天的寒冷。我们小时候，南方要比现在冷很多很多，那时河面上的冰是可以让人在上面走的，现在感觉南方好像已经不怎么结冰了。当时的冬天真的很冷，到晚上被窝像冰一样冷，老太太总是会把铜壶里面灌上热水，我们小时候把它叫"汤婆子"，老太太把"汤婆子"先放到被窝里，把被窝弄热了，再让我们睡进去。有时候她自己先钻到被窝里，把被窝暖热了，再让我们睡。我记得小时候的冬天，我总是依偎在妈妈的怀抱里睡的。

另外，在冬天的时候，妈妈总会酿一缸米酒。妈妈酿的米酒是方圆几个村里酿得最好喝的。我上高中的时候离家比较远，要走差不多一个小时才能到。在冬天我去上学前，她会给我热上一小碗米酒，喝完后我身上就热乎乎的，在上学的路上抵御寒风苦雨，就不那么寒冷了。喝米酒的习惯不经意间锻炼出我很好的酒量。我的酒量不仅是因为我父亲的遗传，还是被我妈锻炼出来的。她不允许我父亲喝酒，但是我喝酒她从来不管。

一个有见识的妈妈，对孩子的成长是非常重要的。我觉得我妈妈尽管文化水平不高，一天学都没上过，但是一直是个特别有见识的人。她的一生都在为没有上过学而苦恼，所以对上学有着无比痴迷的渴望。大家可能不知道，老太太到了80岁的时候还在认字，还在一页一页地读书。从小，我妈对我说得最多的一句话就是"长大后当个先生"，"先生"就是老师的意思。所以即使在"文化大革命"那个不读书的时代，只要我和姐姐坐下来写作业和读书，妈妈脸上就会露出非常欣慰的笑容。

有一个喜欢学习的妈妈是多么重要。我们村上的孩子不读书，一般父母都不会管，所以我们村上的那些小孩在童年的时候，比我疯玩的时间要多一些，而我做作业的时间多一些。妈妈总是要求我们认真读书写字。在农村，一家能有两个高中生的不多，我姐姐当时读到了高中毕业，我在读高中的时候，各种不顺利。当时的政策是一家只能有一个高中生。粉碎"四人帮"以后，村上的一个女孩不读高中了，老太太立马就跑到公社找了公社书记，找了当时高中的校长，最后把我给折腾进去了。当时的高中只读两年，所以我实际上只上了一年多一点点时间的高中。好就好在我上高中的时候，中国刚好恢复了高考。我在老母亲的鼓励下，在老师的鼓励下，当然也有自我的渴望，去参加了高考。尽管第一次没考上，但后来我一考再考，当然也有妈妈希望我当个先生的原因，最终还是考上了大学。

因为生活一直不顺，跟老爸的关系也不是那么好，身体也不好，所以我妈妈脸上一直有很多悲苦。直到拿到北大录取通知书的那一刻，我才第一次看到，她脸上露出了最动人的笑容！这个笑容，和她老年痴呆后偶然把我认出来时露出的笑容是一模一样的。老妈得了老年痴呆以后，前期认出我的次数还比较多，到了后期，每十次可能只有两三次能把我认出来，她只要认出我来，脸上的笑容就超级迷人。

我觉得这是人生中能够看到的最像天使的笑容。我拿到北大录取通知书后，我们家把鸡、羊、猪全都杀光了，还把全村的鸡、羊、猪几乎都给征集过来了，全村老百姓吃了整整一星期。但我一直知道，人生必须努力上进，生命才会有希望。我也知道，即使辜负天地，也不能辜负母亲的期待，所以才有了我的今天。

老妈妈的为人处世，也是我的榜样，可以说，造就了我一生的立足之本。从我记事起就记得，妈妈一直无私地帮助全村的老百姓。她当过很长时间的妇女队长，带领全村老百姓起早贪黑地干农活。谁家有困难，她一定不遗余力，鼎力相助。我清楚记得，村民们常聚在我家，讨论各种各样的问题，解决大家的困难。老太太一直都是全村的中心人物，即使后来到北京常住，老太太每年也要回到村里，给老百姓发钱，给村里有困难的人家解决问题。改革开放以后，老妈妈办起了全村第一个小工厂，并指导村民加入，共同致富。

我从妈妈身上学会了无私的精神，助人为乐的精神，慈悲为怀以及集体主义、共同团结的精神。这些品德一直引导着我做人做事，直到今天。在妈妈身上一直闪耀着人性的光辉。这一光辉，到今天还在照耀着我前行的道路，也照耀着新东方前进的道路。

从小到大妈妈很爱我，甚至是过分地爱我。这种爱其实曾困惑过我，但也成就了我。我是我们家唯一的儿子。我前面本来有个哥哥，可惜他四岁的时候，得肺炎去世了。这件事让妈妈心惊胆战，所以从小到大我一直被她过分地呵护和偏爱，这对我姐姐其实有点不公平。我姐姐小时候因为我，受了很多很多的委屈。今天我姐姐也在这里，我向姐姐说一声"对不起"。还好，后来我也算是事业有成，可以回报我的姐姐，回报我的妈妈。幸亏我妈妈知道，只有严厉管教的孩子才能成材，所以她在爱我们的同时，也给我们提出了很严格的要求，让我从小培养了自立自强的精神。

在我上大学得了肺结核之后，妈妈义无反顾地关掉了开得非常兴旺的小工厂，跑到北京来照看我，可以说是无微不至。她住在北大的宿舍里，弄得我的同学都很烦躁。后来又到六郎庄的农村租了个房子，后来到我谈恋爱的时候，我老婆和我一起，老妈妈居然也住在同一个房间里。这让我既感到了母亲的温暖，也让我从此生活在母亲的"阴影"下。这种影响可以说持续了很久。新东方的每一个人都知道老太太有强烈的个性，听不得半句违背的话以及不好的话，都知道老太太的影响力。

其实新东方人都知道我的很多不容易。但也正是这些不容易，体现了真正的母子情深。随着老妈年龄的增长，我也看到老太太变得越来越平和，再后来得了阿尔茨海默病，老太太彻底进入了一种无我无欲的状态。尽管我很心疼，但我一直认为这是佛祖给予老太太有生之年真正的安宁。无我无欲是佛教追求的最高境界。最后三年，老太太在我身边，过着从来不生气，给什么吃什么，让坐让睡随意这样的一种生活。我一直认为，这是对老太太过去那么多年艰苦奋斗的一种回报。现在妈妈已经驾鹤西去，在90岁的高龄往生极乐世界，尽管我内心悲痛难忍，但我知道她一生积德，实际上是脱离了人间苦海，到另外一个世界享福去了。

父亲去世时，我的生命塌陷了一半；现在妈妈离开，我生命的另一半也塌陷了。不管我们多大、多老，失去父母，我们都是孤儿，从此只能在世界上孤独地流浪。有父母在，我们还知道来路，失去父母，我们只有归途。好在父母留下的精神和温暖，总会让我们找到生的力量和爱的力量，让我们继续去坚韧不拔地生活，去爱这个世界，去爱我们的家人、朋友、同事和战友。我们知道人生本来就是孤独的，是因为我们互相温暖，才让阳光更温馨，才让黑夜不再漫长。

在这里，我要特意感谢一下照顾我妈妈的姐夫和两位表哥，我的姐夫蒋志华、李洪表哥、李炳玉表哥。他们在这十年中尽心尽力，从没出过任何差错，比儿子做得还要好。谢谢你们三位，让我可以安心在新东方工作，打造新东方的事业。也谢谢照顾我妈妈的两位阿姨，不畏艰辛和烦琐，一直陪着老太太。

尽管我妈妈在现世已经离我们而去，但她会一直活在我们心中。在每一个孤独和艰难的时光里，老妈妈都会陪伴我们。在每一个欢乐、喜悦的时光里，老妈妈一定会和我们一起欢聚。

妈妈，永远是一种无限的存在！

亲爱的妈妈，你一路走好，相信你去的地方一定是天堂，一定如你所愿。

谢谢各位！

教我如何不想她

　　《教我如何不想她》是刘半农的著名诗歌，是他在1920年于英国伦敦大学留学期间所作："天上飘着些微云，地上吹着些微风。啊！微风吹动了我头发，教我如何不想她？……"刘半农是江苏江阴人。江阴人都以家乡出了刘氏三兄弟为骄傲，我自然也不例外。刘半农的这首诗，首创了"她"字。之前，女的"她"，大家都不知道用哪个字，有用"伊"的，也有用"侬"的，刘半农一锤定音，用了"她"，从此奠定了"她"的地位。

　　今年是刘半农这首著名诗歌发表一百周年，江阴地方领导给我发来微信，让我讲一讲对江阴的感情。据领导说，刘半农心中的"她"，就是美丽的江阴。我自然不会去做考据。诗歌一旦发表，解释权全在读者，一百个读者能够读出一百个"她"来。我现在要做的，就是把领导的命题作文写完。

　　我自1980年到北京上大学，最后留在北京，至今已经四十年了。但这四十年的记忆加在一起，却远远不如在江阴十八年的记忆难以忘怀。

　　我出生在江阴，家乡是现在夏港街道葫桥村的蔡家埭。我小时候还没有夏港街道，当时叫夏港人民公社，我的村庄叫红旗大队第四生产队。从出生到18岁，我一直没有离开过江阴。到北京来上大学，是我第一次远行。

我家的老屋，就是三间破旧的瓦房，记得小时候墙皮脱落，好像家里一直都没有钱把整个房子重新粉刷一下。尽管是瓦房，但低矮阴湿，一到下雨的日子，屋里到处都滴滴答答地漏雨，家里所有的盆盆罐罐用来接雨水都不够用。尽管我们家不算是村里最穷的，因为我妈妈持家有方，吃了上顿没下顿的日子并没有过几天，但贫穷的日子确实是品尝过的。现在回忆起来，这样的日子好像还带了一点诗意，但当时却是实实在在的艰苦。

离开家乡前，没有觉得家乡有多美。现在回想起来，尽管当时缺衣少食，但真的是生活在山清水秀的田园风景里。这样的田园风景，不仅指春天的麦浪滚滚和秋天的稻花飘香，也指居住环境的原始清幽。我家老屋被竹园包围，后面则是一条小溪。这条小溪从东边的青山流下来，弯弯曲曲经过我家后面，再往南拐弯进入横塘河。小溪上有小石桥可以走到对岸。岸边有个小码头，老乡们天天在这里淘米、洗菜、捶衣服。由于河水是活的，当时也没有什么化学污染，所以水面一直很清澈。这条小河给我带来了很多乐趣。我就是在这条小河里学会了游泳，也一直在这条小河里抓鱼、摸虾、掏螃蟹。尤其是那些吸在石头上和茭白根上的螺蛳，一摸就是一大把，放点酱油炒一炒，就是很好的下饭菜。小时候养成的饮食习惯成了一生的爱好。到今天，我看到螺蛳依然有着不要命的喜欢。

那座美丽的小青山，现在已经彻底没有了踪影。改革开放后，江阴由于建设之需，对石头的用量大增，不仅把山给采平了，还挖地三丈，形成了又大又深的水塘。和山一起消失的，就是我家后面的那条小溪。后来我大学毕业回家，看到山和小溪没有了，一度对家乡大失所望。这座山和这条小溪，承载了我十八年里太多的记忆。小青山也就五十多米高，是我小时候常去割草爬山的地方。山上有一座古庵，已经不再是尼姑的道场，而变成了采石工人锻造铁钎的地方。其实，青山在我小时候就已经开始采石了，不过那时候用量还不是很大，所以整座山依然完整。我常常爬到山顶，看一览无余的风景，尤其是看长江如白练一样，从西边浩浩荡荡地流过来，再向东流经江阴，进入大海。站在青山上面，也能够看到长江边上的江阴黄山。小学的时候老师就给我们讲过黄山炮台的故事，但直到初中，因为一次学校组织的活动，我才得以看到江阴炮台。

我小时候是干农活的一把好手，插秧割稻、挑粪种菜，几乎样样都能够拿得起来。也许是我妈对我的管教比较严，我从小干活就不敢偷懒，由此养成了很勤奋的个性。这种勤奋的个性一直让我受用至今。如果没有这种勤奋的个性，我应该不会取得今天的一点成就。到今天为止，我依然能够每天工作十五个小时以上，很少有懈怠气馁的时候。

我的小学是在我们前面一个村的徐家埭小学读的。路不算远，但当时只有田埂小路，只要一下雨，走路时就很容易摔到田里去，而且路上还要过一条横塘河。河上只有木桥，中间有的木板已经空了，也没有栏杆，但走多了也就不感到害怕了。曾有小朋友刮风下雨天打着雨伞过桥，结果被刮到河里去。有一次我调皮，去踩桥边上的木板，没有想到木板是松的，结果掉下去，差点把自己摔死。

上初中的时候，我就到了更北边一点的长征中学，不用再过河了，但需要过一条马路，就是今天的镇澄路吧。当时最喜欢的就是站在马路边上看长途汽车开过，背后卷起长龙一般的灰尘。我站在路边，浮想联翩，要是能够坐着汽车到远方去多好。没有想到后来此身真能够在全世界自由遨游。

上高中的时候，学校叫静堂里中学，实际上是由一座庙改建而成，今天老校门好像还保留在那里，但学校已经无影无踪了，似乎又改成了寺庙。那是我的梦想真正开始的地方。那时候，"四人帮"被粉碎了，紧接着政府就鼓励高中生努力学习，参加高考。因为我喜欢当时的英语老师陆林华，就决定高考报考英语专业。1978年参加第一次高考，没有考上，就回到了农村。1979年再考一次，也没有考上。1979年下半年，江阴一中办了一个高考补习班，我想方设法进入了这个补习班，在班主任曹忠良老师的引导下，我们整个班学习都很拼命。到1980年，大部分人都考上了大学。我考上了北京大学，从此离开了自己的家乡。我常常说这个补习班后来改变了中国英语学习的格局。因为新东方是我创立的，新东方的CEO周成刚、行政总裁李国富，都是这个补习班的同学。周成刚去了苏州大学，李国富去了南京大学。

最难忘的还是家乡风味的饭菜。从家乡到北京后，不得不让自己慢慢适应北方的饮食习惯，但魂牵梦绕的都是家乡的美味。每年放寒假回去过年，最幸福的就是吃到妈妈做的一桌我思念了一年的饭菜。对文化和家乡最深刻的记忆来自舌头。这句话一点都不假，何况江阴真的是个美食之乡。鲥鱼、刀鱼、河豚、大闸蟹，还有那春天的青笋和蚕豆，夏天的茭白和扁豆，秋天的莴笋和萝卜，冬天的馄饨和汤圆，没有一样不令人垂涎欲滴的。而黄金一样的黑杜酒和糯米飘香的自酿米酒，滴滴都能够让人此心沉醉。

随着改革开放的推进，江阴的很多农村都变成了城市。我的家乡也不例外。尽管今天村庄还在，但已经被工厂和社区包围了，估计不久的将来就会被拆除。小时候家乡给我留下的点点滴滴的记忆，那些可以参照的风物，可能都会了无踪影，不复存在。有一次我回到家乡，朋友告诉我就连夏港这个地名都被取消了，我的心里无比失落。但政府很快又恢复了夏港街道这个名称，这让我心里感到了一丝温暖。我知道，以后葫桥村蔡家埭也一定会被拆掉，但我真的希望能够留下这个名称，就像同时留下来的，一定是我们随着岁月的流逝，越来越浓厚的回忆。

江阴人民的生活已经越来越好，这让我们这些在外面的游子心里特别高兴。因为游子总有一天要回到家乡。回到的那个家乡，我们当然不希望是一个贫困的家乡。除了那条昼夜奔流不息的大江之外，小时候的自然环境已经发生巨变。但我知道，家乡整体上是越来越美了。家乡是一个游子的心灵归宿，是一个游子的精神家园，因此不管离家千里万里，教我如何不想她呢。

光阴的故事

　　说起时光，我总能想起童安格的歌《忘不了》："时光飞逝如电，看不清的岁月，抹不去的从前，就像一阵风，吹落恩恩和怨怨。"

　　是的，我们生命中的有些日子，确实是忘不了的。比如我们考上大学的日子，我们初恋的日子，我们考试不及格的日子，我们高中和大学毕业的日子，我们结婚庆典的日子，我们辞职创业的日子。这样的日子，或多或少改变了我们生命的道路，在我们的生命中刻下了深刻的印记，让我们终生难忘。

　　但即使这样的日子，也常常是"此情可待成追忆，只是当时已惘然"。回忆往事，我们历历在目的时候少，稀里糊涂的时候多。很多曾经让我们喜悦不已或者痛彻心扉的事情，随着时间的推移，都变得越来越模糊和淡漠，甚至回忆起来，情感和时空都会错位。

　　生命中出现重大事情的日子，都会随着时间的推移烟消云散，更何况我们的日常工作和生活，大都是平淡如水的日子呢。人是健忘的动物，一时一地的情感和想法，不管多么珍贵，都有可能被扑面而来的琐碎杂事瞬间碾得粉碎，了无痕迹。本来值得留下痕迹的日子，真的像水一样，东流无声，不舍昼夜。表面上河还是那条河，水还是那汪水，但实际上已经是完全不同的时空了。

年轻的时候，对时光的流逝，并没有太多的感觉。尽管也会有些少年忧愁，但毕竟"少年不识愁滋味，爱上层楼。爱上层楼，为赋新词强说愁"。尽管也会背诵"劝君莫惜金缕衣，劝君惜取少年时。花开堪折直须折，莫待无花空折枝"，但毕竟青春的岁月，未来有无限的可能性，有大把的时光可以挥霍。

从来没有想过时光能够过得如此之快。还以为自己正青春年少，不知不觉就已经步入了中年；还以为自己正壮年如虹，却已经两鬓斑白。总觉得自己一生会有用不完的时间，再向前看，蓦然间，自己可以生龙活虎活蹦乱跳的岁月已经不多，生命已经成了秋后的蚂蚱。

我原来没有记录自己日子的习惯，觉得时间过去了就过去了，生活经历了就经历了，别那么婆婆妈妈拖泥带水，还要矫情地写下那些根本不值得一提的匆忙和琐碎。你见过秦始皇的日记吗？但人家开创了当时世界上最大的帝国。你见过司马迁的日记吗？一部《史记》就是他人生最好的见证。你见过柏拉图的日记吗？一本《理想国》奠定思想史的千秋。

但当少年的浩气消退，人生逐渐归于平淡，你终于发现，千秋伟业远在地平线外和你无缘，而工作和生活中的种种烦恼纠结，却像蚕茧一样把你紧紧包裹，不能脱身。你既不愿意像落水的旱鸭子一样不做任何挣扎就被潮流淹没，也不愿意像弘一法师那样一甩衣袖潇洒地把尘世留在佛门之外。所以，你就只能带着疲惫的身躯和不甘的精神，在尘世的道路上步履蹒跚，寻找自以为存在的出路。

道路艰苦，终点也并不知道在何方，唯一值得留恋的，就只有在道路上行走本身这件事情。就像西绪福斯一样，最初因为把大石头推上山，大石头又从山上滚下来而痛苦万分，终于有一天他想清楚了，把石头推上山其实不是一个目标，推石头的过程中经历的春夏秋冬、天高地远、山林美景，才是人生真谛。从此他一路欢歌，开始愉快地推着石头上山，一次又一次重复的不再是痛苦，而变成了在大自然美景中的怡然自得。

当个人的雄心壮志被岁月消磨殆尽，当身体随着岁月的流逝一点点衰退老去，当心灵终于可以平静下来审视自己的日常劳作，我才意识到最值得珍重的不是那些天高地远的虚无缥缈，而是那些岁月河流中的点点滴滴，那点点滴滴的快乐、挫折、苦恼、努力、奋进和思考。正是这些不起眼的小事，构成了你的日子，也成了你生命必不可少的组成部分。

当我回忆过去发现往事已成一片苍茫，当我想要寻找彼时的记忆却发现了无痕迹，我终于学会了记录。大概从十年前开始，我终于开始写日记，把每天的经历记下来。有些日子会有些特别，就像平静的河流中泛起的浪花，让我欣喜，我就把这样的日子做更加详细的记录。由于手机照相方便，我也开始用图片的方式，把那些日子的场景记录在案。如今，在我的档案里，"我的日记"和"我的照片"，变成了我最珍视的宝藏，也变成了我时时沉浸其中的幽室。我发现，用记录代替记忆，是蛮不错的一件事情。记录只是为了自己，并没有准备公之于众。但既然阅读我的故事，能够给你带来身心愉悦，我在敝帚自珍之余，不妨也抛砖引玉，让你一起加入记录自己日子的行列。

我很喜欢苏轼的诗："人生到处知何似，应似飞鸿踏雪泥。泥上偶然留指爪，鸿飞那复计东西。"人生要想开，不要太纠结于蝇营狗苟的事情，但飞鸿掠过天空，还是会留下美丽的身影和动人的长鸣。记录自己的日子，不为他人，只为自己的人生更加充盈。

"再回首，云遮断归途；再回首，荆棘密布。今夜不会再有难舍的旧梦，曾经与你有的梦，今后要向谁诉说。再回首，背影已远走；再回首，泪眼蒙眬。留下你的祝福，寒夜温暖我，不管明天要面对多少伤痛和迷惑。曾经在幽幽暗暗反反复复中追问，才知道平平淡淡从从容容才是真。再回首，恍然如梦，再回首，我心依旧，只有那无尽的长路伴着我。"过去的日子，人生不再；未来的日子，依然可追。"东隅已逝，桑榆非晚。"

　　不管前行的道路是否依然荆棘密布，不管明天是否还要面对伤痛和迷惑，我都会努力把自己的日子过好，并把那些值得纪念的日子继续记录下来。

忙和闲的追求

大部分人的日常生活就是一个字：忙。我也毫不例外，一天到晚忙得晕头转向，不知不觉就忙到了五十多岁，蓦然回首才发现自己开始变老了。那首秋裤大叔的《一晃就老了》，直接把我唱到了泪崩："不知道何时鬓角已染霜，不知道何时颜容已沧桑……一瞬间发现人生太短暂，一瞬间发现路不再漫长……怎么刚刚懂得路该往哪儿走，怎么还没走到就老了……"

更加要命的是，我们常常很忙，但却不知道为什么忙，有一种被生活和工作牵着鼻子走的感觉。忙完后不是产生了成就感，而是产生了挫折感，就像用竹篮子打水，费尽九牛二虎之力，也没有留下几滴水。有一天晚上，我孤独一人坐在月光下的树林里沉思，突然意识到真正有效的岁月来日无多了。就算我能够活到一百岁，但身手灵巧、思维活跃、青春犹存的岁月最多也就到八十岁吧。如果自己老到了没有思想、没有期待，没有行走世界的身体，老到了天天坐在太阳底下打瞌睡犯糊涂的地步，就算活着那也没有什么意义和质量了。按照有效日子计算，到八十岁也就是八千天不到了。因此，无论如何要把每一天过好，把每一天都过得值得回味，过得有意义。

首先，我知道忙是不可避免的，关键看你忙什么，忙的是不是有意义的事情。因此，我对忙自己的事情做了一个分类，分成了三类：忙得有意义的事情，不得不忙的事情，忙得没有意义的事情。我把最后一类事情尽可能屏蔽掉，把不得不忙的事情尽可能交给别人去忙，自己尽量做忙得有意义的事情。其次，最重要的事情不是忙，而是让自己闲下来，空出来。闲下来空出来并不是无所事事，而是为了让生命充实起来，做更多宁静致远和颐养身心的事情。

我本来就有忙里偷闲的本领，在繁忙的空间阅读、行走、写作、思考。现在我希望把"闲"扩大，故意"闲"得更多一点。比如我会在忙碌了两天之后，把完整的一天空出来休整自己，或者在一天的忙碌中故意空出两三个小时来，让自己的身心得到放松和滋养。这一想法从几个月前开始实施，已经有了不错的成果。我不再盲目地去忙，而是有计划有重点地去忙。我也不再被动地闲，而是有计划有重点地去闲，或者在忙与闲之间灵活切换和调整。

前几天北京下了一场大雪，雪景极美，本来那天上午应该是关在办公室开封闭会，我调整思路，把与会成员直接拉到颐和园，去踏雪赏景两个小时，然后在古色古香的安缦酒店和大家一边喝着香茶，一边看着外面的雪景开会，圆满完成了会议议程。这是把忙和闲结合起来的很好的例子。上周在重庆，一天忙了十几个小时，晚上回到宾馆本来应该继续处理邮件，但我信步走到了江边的洪崖洞，在火锅飘香、人声鼎沸的热闹中放松了两个小时，让身心更加舒畅。把工作和生活结合起来，把紧张和放松结合起来，把工作的意义和生命的热情结合起来。这样，我才会觉得生命中过去的每一天，都是合算的，或者是有意义的。

2020年，我没有写新年决心书，也没有写新年计划。原来每年都写，但写的计划从来没有真正完成过。到我这个年龄，其实内心已经知道什么该追求，什么不该追求，什么是对我们的人生更加有意义的事情。尽管不写计划了，但我对自己的2020年依然提出了一个要求，要求我的每一天都必须值得纪念和留恋，值得自己回味。这可以是读了一首美好的诗，听了一首动人的歌，读了一本有意思的书，见了一个值得见的人，或者看到了满天繁星，或者看到了皓月当空。当然还有很多可能让你心动的其他东西。事情不求伟大，但求充满人性和温馨。

　　我希望以后的岁月，忙出意义，闲出情义，让岁月在忙碌和闲暇之间，开出拈花微笑的境界。

欲望和惰性

有两种力量控制着我们生命的走向，并且决定着我们的一生是走在正道上，还是邪路上，会庸庸碌碌，还是会取得成就。

第一种力量是欲望。人都有七情六欲，这些欲望是生命的活力，也在某种意义上控制着我们的生命。饿了你会找吃的，如果快要饿死了，你甚至可能会去偷吃的。一个人要满足自己正常的欲望无可厚非：吃香的喝辣的，娶美女嫁俊男，用正常的手段挣更多的钱，通过努力获得更大的权力。只要不失控，欲望就是推动人进步的力量，是人上进心的源泉之一。

但人最大的问题往往就是容易失控。自制力，就是对欲望的抗争能力，相当于让老百姓去抵抗暴君，这是非常难的。一旦让欲望横流，最后的结局往往是悲剧性的。但在悲剧发生之前，大多数人都认为自己会是例外。我有个朋友几乎每天晚上都喝啤酒吃烧烤，每次我提醒他注意身体，他都一拍肚皮说："我身体好得很，每天吃完回去睡得香呢，没有问题。"直到有一天他突然就中风了，再也笑不出来。尽管从此之后他变得小心翼翼，再也不暴食暴饮，但身体再也没有恢复健康。

有多少人明明知道会肥胖，依然每天不加节制地饮食？有多少人明明知道用不正当手段挣钱会惹麻烦，依然一意孤行，悬崖奔马？有多少人因为骗子说能够多给点利息，就不顾一切把钱交给骗子，以致最后血本无归？有多少官员明知贪污会有牢狱之灾，依然从棺材里伸手死要钱？有多少掌权者已经有了很大的权力，依然投机钻营，最后落得头破血流的下场？这一切全是过度的欲望在作祟，我们却常常一点自制力都没有。

心理学实验一再表明，一个有自制力的人最容易取得成功，因为他们知道什么该做，什么不该做，他们知道为了未来的美好现在必须做出怎样的节制和努力。大多数人放纵自己的欲望，像一只兔子满山乱跑，因为那会给人带来即时的快感。大多数人对即时的快感没有抵抗力，就像猫闻到腥味一样有种不可遏制的冲动。试想，当你认真学习时，有人告诉你隔壁有一桌好饭等着你，并且班里的美女都在那里，有几个男生还会正襟危坐继续读圣贤书？自制力会带来痛苦，但人在痛苦中能够涅槃，在快感中反而容易堕落。人是惯于逃避痛苦的动物，所以宁可选择堕落。那些少数能够在自制中享受痛苦的人，就变成了所谓成功者。但从人的一生来说，这些成功者其实享受得并不少，只是他们懂得如何延迟享受，让享受分布在一生中，而不是像烟花一样，灿烂瞬间，从此湮灭。

除了欲望之外，还有一种力量控制着我们的生命，那就是惰性。欲望是勾引你去做你本来不该做或者过分的事情，而惰性是阻止你去做本来应该做的事情。做任何有利于成长和进步的事情，都会或多或少给人带来痛苦的感受，只有克服这种痛苦的感受，才能慢慢享受成长和进步带来的喜悦。一个人在能够拉出悦耳的小提琴曲之前，至少需要练习上万遍，有多少人能够坚持下去呢？惰性是什么呢？惰性是一种负能量，阻止你去经历那种成长的痛苦，同时也阻挡你获取成长的快乐。一个没有经历过成长的快乐和喜悦的人，会越来越被惰性所左右，从此不再付出努力，以至一生变得平庸无为。想想你今天要跑10公里是多么痛苦的一件事情，想想你为了完成功课要晚上12点睡觉、早上6点起床是多么难受的一件事情，想想你要把一本枯燥的教科书弄懂弄通是多么煎熬的一件事情，想想你要厚着脸皮去向陌生人请教或者求助是多么难堪的一件事情。既然那么难做，还不如放弃算了。在家里宅着，躲避一切困难和挫折，只求眼下舒服。很多人就是在这样的过程中，温水煮青蛙，慢慢失去了一辈子的机会和动力。

那么，如何才能克服自己的惰性呢？在我看来，有四个要素不可或缺：

第一要素是理想和目标的牵引。如果一个人内心有对"自己应该成为一个什么样的人"的强烈期待，这一期待就会时时刻刻督促人奋发努力，朝着自己的理想和目标前进。最好能从自己的心里升起一股力量，这种力量足以克服惰性，让你奋发前进。把一件事情努力深入做下去，经历最初的痛苦，一直做到自己充满成就感。一个人如果爱上了成就感，就会在追求成就感的路上勇往直前。

从本来艰苦的事情中体会到成就感和乐趣，惰性就会失去控制你的力量。这就是很多人坚持跑马拉松的缘故。如果我去跑，只能咬牙切齿地坚持。但我有个朋友说根本不用坚持，要是不跑的话浑身都会不舒服。很多人对读书提不起兴趣，但如果让我一天不读书，我就会无精打采，这是因为读书已经给了我巨大的乐趣。找到乐趣，别人眼里的艰难，在你这里就会变成比恋爱还要享受的事情。很多有成就的人，就是达到了这种境界，最后成就越来越大的。我有个朋友把小提琴拉到了出神入化的地步，成就斐然。我问他怎么做到的，他说他和小提琴是融为一体的，如果一天不拉小提琴，他就会失魂落魄。我15岁的时候，离开农村考上大学就成了我生命的目标。由于这一目标对我的吸引力足够强烈，所以即使高考失败两次我依然选择了坚持，终于在第三年考上了北大。

有同伴同行（共同奋斗），是克服惰性的第二要素。我们都听说过一句话，一个人也许可以走得快，但只有一群人才能走得远。人是社会性动物，只有在群体中才会激发出活力和创造力。所以在同一个班级之内进行成绩的比较其实不无道理，这会激发一部分人的自尊心和学习积极性。如果一个团队共同做一件事情，别人努力做，你就不能不努力，否则你就会被边缘化甚至被淘汰，失去你的荣誉和成就。狼群是最好的象征，即使是头狼也要奋力寻找猎物，并与同伴一起围猎，否则就会失去头狼的地位。事实证明，一个人在群体中做事会变得更加勤奋。

克服惰性的第三要素是养成良好的习惯。市面上有很多教人养成良好习惯的书。新东方有一个活动，叫作"百日行动派"，就是坚持做一件事情一百天，也是为了帮助参与者养成良好的习惯。我有一句话："重复成习惯，习惯成自然，自然成个性，个性成命运。"如果你养成了勤奋的习惯，你自然会比别人多做一些事情，多读一些书，也就有可能多取得一点成就。习惯的养成刚开始会很痛苦，但一旦养成，习惯便会成为依赖。我认识一位作家朋友，已经写了近十部作品。他养成的习惯是晚上9点睡觉，早上3点起床，然后就开始写作，直到早上9点，每天6个小时写作，雷打不动。他的理由也非常好：早上清气上升，万籁俱寂，没有打扰，所以思绪更为清晰活跃。我也是一个比较勤奋的人，因为从5岁一直到18岁，我母亲就从来没有允许我睡过懒觉，到现在我也是晚上12点睡，早上6点左右就起床。

所谓惰性，也可以指思考的惰性。我们常常发现这样的人，表面上做事十分勤奋，但是一辈子却碌碌无为。原因就是这样的人就像一只蚂蚁一样，只是勤奋做事，却从来不去思考做什么、如何做，才能让自己的生活芝麻开花节节高。所以，思考的惰性才是最可怕的惰性。人是智慧的动物，在我们做任何事情之前，一定要认真思考我们是否应该做这件事，如何才能把这件事情做到最好。大到人生的方向问题，小到做一件事情的效率问题，都是需要我们先思考再动手的。所谓静思出高人，忙碌做奴才，我们一定要做自己的高人，不能成为习惯性行为的奴才。

最后，良好的休息也是克服惰性的有效途径。所谓一张一弛，文武之道。一张弓总是拉紧就会崩断，一个人总是紧张就会失常。我们需要先学会休息，再学会努力。比如每天最好能够抽出半小时，在咖啡店无所事事一下，或者在太阳底下溜达几千步，或者和好友轻松交流一下。每天抽出一点时间健身，或者参加一两项体育活动，每年找时间旅游几次，都是对身心极大的放松。同时要学会阅读和自己的工作、专业无关的书籍，这是一种思维转换，也会给大脑带来休息和放松。我有两项爱好：骑马和滑雪。每年看似要花不少时间去从事这两项运动，但它们给我带来的身心愉悦，能够让我更加专注于重要的工作，提高效率，取得成就。

总之，人的一生就是控制和管理好自己的欲望，克服自己的惰性，寻找自己真正愿意为之奋斗的事业的过程。这个过程尽管艰苦，但最后一定会有乐趣和成就来回报你的付出和努力。人生无他，就是这点小事。

重燃高考精神

——致高考生

各位即将参加高考的同学，大家好：

高考还有两天就要来临了，我对高考一点都不陌生，因为我本人参加过三次高考。

尽管当时考试的内容和今天的考试有所不同，但当年我参加高考的紧张程度，可能要远远高于现在要参加高考的同学们。当初的高考，每100个人只能录取4到5个人。今天的高考每100个人能录取50个人左右，也就是说，现在的人考上大学的概率比以前的人要高很多。但即使是这样，面对高考，有很多人依旧非常紧张，他们主要担心的并不是自己能不能考上大学，而是能不能考上好大学。可以说，在中国，优质的大学资源是非常紧缺的，资源紧缺导致每个人都希望进入那些能带来最好资源的大学，去接受最好的教育。所以，到今天为止，凡是想考入中国名牌大学的学生，依然和当初的我们一样紧张又焦虑。

毫无疑问，中国的高考制度在人才选拔层面是有一定缺陷的。总的来说，这场选拔的结果基于"高考的成绩"；但是，同样众所周知的是，高考成绩或名牌大学都没有办法决定一个人的一生。在中国，有很多著名企业家和成功人士并没有上过好的大学，而很多上了好大学或者名牌大学的人，也并不一定就能取得事业及人生的成功。这的确是高考作为主要人才选拔手段的缺陷，但这并不妨碍它依然是面对所有孩子最公平也最透明的一项考试，尽管现阶段的高考还有很多的弊病，但高考也蕴含了一种精神存在，而这种精神存在（或者说精神力量），恰恰是我们这些参加高考的人，或者是理解高考的人所应该拥有，并能从中间汲取营养的。

对此，我有以下五个观点：

第一，高考是有志向的年轻人奋斗的灯塔。之所以这么说，是因为"人"时时刻刻都应该有灯塔为自己的道路指引方向。有时候，某些成年人或者老年人失去方向，就是因为他们失去了太多的奋斗目标。但对我国绝大多数年轻人来说，高考，是进入中国优秀大学的唯一途径，优秀的高考成绩，毫无疑问是现在初、高中生心中的一座灯塔。因为有了这样一座灯塔，我们知道必须前行；即使没有办法到达灯塔的顶部，我们也必须要离灯塔更近一步。所以，心中有灯塔的人，人生是有方向的，是明亮的。每一个要参加高考的学生，都明白自己在备战高考的过程中应该付出什么样的努力，要朝什么方向去奋斗。能不能最终到达灯塔的顶部，这不是我们所关注的，我们所关注的是内心必须有这样一座灯塔，只有奔向这座灯塔，才能开启生命的下一段旅程。

第二，高考对大部分年轻人来说是改变命运的一次努力。为什么这么说？人生中能够改变命运的次数并不多，人生中每一次改变命运都需要一次"拐弯"或者是一次"飞跃"。比如说，在我的人生中，我从一个农村孩子经过三年高考最后进入北大，毫无疑问是一次改变命运的最大努力。对很多人，尤其是农村地区、边远地区的城市或是小城市的孩子来说，他们通过高考能够走进北京、上海、广州、深圳这样的大城市，立足于中国的大城市以面向世界，这毫无疑问是改变自己命运的一次努力。改变自己命运的努力不仅仅是一次考试的成功，更是眼光、态度以及学识的改变，最重要的是胆识和见识的改变。因为当你进入不同的领域后，会逐渐增加不同的见识，由此开始探索世界，并进一步使你的胆识大增。所以，不管是知识的改变、见识的改变还是胆识的改变，都是我们为了改变自己命运的一次努力，而这次努力的开端就是高考。

第三，高考是所有考生在社会阶层中的一次挑战。我们都知道，中国的历史上出现过很多特权阶层，如曾经的封建社会，帝王下还有贵族、士族等。社会财富、社会权利曾经是不向普通老百姓开放的。比如两汉及魏晋时期，都是世家大族在统治中国。但到了隋唐时期，突然有了科举制度。那时的科举制度便类似于今天的高考，尽管它比现今的高考更加狭隘，但也正是因为有了这样的制度，许许多多出生于普通老百姓家庭、普通知识分子家庭的人，最后才能够通过科举选拔，跃进中国古代的管理阶层，由此打破官宦世家对官场的垄断。今天的高考也起到了这样的作用：一个普通的农民家庭、工人家庭的孩子，如果能够考入北大、清华这样的高等学府，他就很可能跻身社会精英阶层，在这样的阶层中为国家、为社会进步而努力。我们可以通过高考向凝固的社会阶层发起挑战，使我们能够进入社会精英人士或者为社会做贡献人士的阶层中，由此带来阶层的变化，也带来人生新的机会。如果仅仅通过普通的努力，我们是难以改变社会的，但是我们如果通过高考进入名牌大学，会相对容易地成为有影响力的社会阶层的一部分，也更加能够带来巨大的社会变革。

第四，每一个参加高考的学生都在为自己争取资源而拼搏。我想表达的"拼搏"不仅仅是为高考分数而拼搏，也不单单是为高考每一门课程拼搏，而是为高考分数累加起来而能进入什么样的大学拼搏；因为进入什么样的大学，就意味着这所大学背后所有的资源在未来都能够为你所用。试想一下，如果拿一个进入北大读书的人，和一个进入地方大学或地方师范类大学读书的人相比，那前者可以利用北大百年积累下来的资源，而后者只能利用当地积累得较为有限的资源。我曾经去过某个城市，发现当地的干部们大部分是当地某个大学毕业的，但是在这个城市之外，要想找到这个大学有影响力的人物，却寥寥无几。进入北大、清华这样的学校，你的校友有国家领导人、著名科学家、著名企业家，还有各个地方的领导人和优秀老师，以及各种能够调动资源的人，此外，世界各地也遍布北大、清华等名校毕业的校友；这就意味着北大、清华这样的学校后面的资源是可以为你所用的。高考不仅仅是为自己的分数做出努力，不仅仅是为自己进入名牌大学做出努力，更重要的是为这个大学背后所拥有的资源而努力，因为这些资源能帮助你在未来为国家、社会做出更多的贡献。这绝对不是过于"世俗"，而是因为我们都知道世界上没有纯粹的个人成功，成功一定是个人、社会、资源累加的结果。因此请记住，高考不仅仅是为了光宗耀祖、衣锦还乡，更是为了让你有能力为自己争取到更多资源，能为社会做出更大的贡献。

第五，参加高考是不愿意放弃自我的一种见证和一种努力。毫无疑问，我们可以松懈一点，考一个普普通通的大学甚至不考大学，反正现在有没有学历都饿不死人。那为什么我们还要拼命通过高考去证明自己，想要跻身更好的大学呢？核心原因之一是，我们想告诉大家：我是一个不愿意放弃自己的人；我是一个为了让自己变得更优秀而愿意全力以赴的人；我是一个通过不愿意放弃和争取优秀，不断追逐更高一层人生境界的人。这种不愿意放弃自己的努力和见证，恰恰是人类的生命活力所在，也是一个社会进步的关键所在。所以不管怎样，尽管我们说高考在某种意义上是带有功利性的事情，是通过一次考试就要定终身的事情，但我个人仍然觉得，在当今中国社会，若要和其他缺乏公正、开放的评价体系相比较，高考毫无疑问应该是每一个人为人生奋斗的前提条件，也毫无疑问是目前评价个人才能的一种相对公平的系统和体系。这套系统和体系需要不断改进，以期达到更加公正、透明、客观的标准，但是不能因为高考本身有缺陷就否定它，尤其是否定高考背后的"高考精神"。所以"重燃高考精神"不仅仅是为了高考本身，更多是为了表明奋斗背后的不屈不挠，表明奋斗背后的不离不弃，表明奋斗背后要在未来证明自己，开拓一条更加广阔的道路的决心。这条广阔的道路通向祖国的未来、世界的未来！

高考就是一次对自己的加油！

奉献他人，成就自己
——请残联艺术团去北大

今天晚上我在北大纪念讲堂，观看了中国残联艺术团的演出。这着实把我感动了一番，演出过程中我的眼睛湿润了好几次。

一个月前，北大心理咨询中心与我相识的徐凯文老师找到我，说这几年，北大每年都要请残联艺术团来演出，目的是通过艺术团表演中透出的自强不息的精神，给北大新生带来鼓励。不少北大新生进入大学后会陷入迷茫，轻则失去人生方向，重则产生精神波动，甚至是抑郁。这些学生通常在中学阶段与学习"死磕"，一门心思考北大，考上北大了，却不知道如何进一步奋斗下去。凯文所提到的学生心态，我颇为熟悉，因为当初我进了北大后，就曾有过很长一段时间的迷茫和痛苦，一是因为融不进大学生活，二是因为到了人生转型期时必然会产生困惑。

凯文说，北大已经连续六年请残联艺术团来演出，效果很好，很多学生都被激励，唤醒了奋斗热情。这个演出对很多学生甚至产生了长久的影响。今年除了演出外，他希望能把一些优秀人物的分享加进去，通过优秀人物的故事，进一步激励和启发学生，因此，希望我能够接受邀请，北大新生也很期待。随后，凯文又带我一起到中国残联，见了残联团委书记闫洪丰，一起讨论演出具体事宜。闫书记告诉我，残联艺术团曾经有一个到百所大学去演出的公益计划，后来去几所大学演出后没有进行下去。演出的中止有多种原因，但主要的原因是没有足够的资金支持。后来我才知道，这场演出北大也没有足够的资金预算，他们希望新东方能够支持他们，我思考了一下，当场答应了。

中国残联艺术团即使在世界上也是赫赫有名的，他们有一个节目我们几乎每个人都知道，那就是《千手观音》。当然，艺术团还有很多其他优秀的节目。艺术团已经在世界上近百个国家进行了演出，所到之处均受到热烈欢迎。但我自己也许是机缘没到，以前从来没有看过他们的演出。作为残疾人，他们能够把节目表演得精彩纷呈，充满张力，实在很打动人心。我相信，这样的节目让北大新生观看，一定会对他们有很大触动；另外，北大是我的母校，能够力所能及地为学弟学妹们做点事情，我自然也是心甘情愿的。事情就这么敲定了，演出在10月14日晚上进行。

转眼就到了10月14日，也就是今天晚上。北大有1600多名新生来观看演出。残联艺术团奉献了十几个节目，可以说每个节目都是精品，舞蹈有《生命密码》《化蝶》《动听》《千手观音》，此外还有盲人乐队的表演《永远有你在》，它们都是极精彩的节目，其中有几个是长期的传统保留节目。这些舞蹈节目，都是由听觉障碍人士表演，他们自己听不到音乐，但要踩着音乐的节奏翩翩起舞，排练时的难度是我们常人不能想象的。台上一分钟，台下十年功，每一个优美的动作都是千锤百炼的结果。北大学生被演出所感染，掌声不断。

今天在现场做分享的人除了我，还有在海军陆战队已参军两年的北大女学生宋玺；失去双臂，自强不息，用脚比用手还灵活，在节目《秧苗青青》中担当主角的黄阳光；在20世纪80年代连续考三次大学，尽管取得高分但因为下肢瘫痪没有机会上大学，最后自学成才，成为闽南师范大学教授的郑声滔；六年如一日，不断帮助艾滋病孩子的北大学妹李晓丹；著名的中国舞蹈编导、2008年北京奥运会副总导演、《千手观音》《一把酸枣》《黄河儿女情》等著名舞蹈的编导张继钢（学生说他的声音好听到让人心醉）；残联艺术团团长、残疾人舞蹈家邰丽华。这些人的分享都十分情真意切，新生是最能够从中汲取养分的，想必这对他们的人生一定会有正面的影响。

我演讲的主题是：一个人的一生，追寻精神的丰富和生命的价值才是正确的道路。任何自私自利的行为，在短期内似乎为自己争取了一点利益和优势，但长远看不但失去的比得到的更多，而且会使心灵空虚，让生命黯然无光。追求精神丰富和生命价值的核心，就是愿意去帮助他人和社会，通过帮助他人和社会，获得生命的喜悦和成就。残疾人艺术团的这些成员，其生命是无比充实的，因为他们摆脱了人们的同情和怜悯，反过来通过展现自身之美，帮助了我们在座的北大新生，让我们得到了一次精神洗礼。奉献他人恰恰是为了成就自己。

今天最令人感动的瞬间，是张继钢把盲人钢琴家金元辉请上舞台（其实他一直在台上进行钢琴伴奏）。2008年残奥会上，金元辉用钢琴演奏《四季》，让全世界因为他的琴声而感动。从小失明的他，连一点光线都看不见，但却把优美的琴声送给了别人。今天在现场，张继钢让所有的灯光熄灭，大家完全静坐在黑暗中，听金元辉弹奏肖邦的幻想曲。琴声在黑暗中响起，把人带到了辽阔无边、如梦似幻的境地中，所有人的情绪都在随着琴声起伏。突然，一束光打在金元辉和他弹奏的三角钢琴上，他就像天使一样，在光束中奏响了上帝的语言。当琴声渐渐消融于寂静的那一刻，掌声雷鸣般响起，很多人的脸颊上都挂着泪水。有学生当场留言："你未曾见过光，却以琴声将我们带离与你短暂共通的黑暗。"

紧接着，《千手观音》的表演让大家再次感动。尽管大家已经对《千手观音》十分熟悉，我自己也在电视上看过，但现场看还是有不一样的震撼。更加令我感动的是节目结束时，表演者用手语打出的话，大意如下："只要心中有爱，只要心地善良，你就会伸出一千只手去帮助别人，就会有一千只手来帮助你！"可以说，人类的一切美好，都来源于这种心念。

　　演出和分享直到10点半才结束，中间几乎没有任何人离场。我过去常常觉得北大的学弟学妹们已经缺少了我们那几代北大人所拥有的家国情怀。今天我从宋玺、李晓丹身上又找到了这种情怀，从学生即时的留言中又看到了这种情怀。就像张继钢说的那样："从北大人身上，我看到了一种信仰。一个有信仰的学校，一定是好学校。"

　　这也许是他对北大的恭维，但北大确实是一所还拥有信仰的学校。尽管信仰的内涵已经很少被人提起，但却一直代代相传。我从学生引用的诗句中也看到了这种家国情怀、自由精神的继承："我有一壶酒，足以慰风尘。尽倾江海里，赠饮天下人。"

灵与肉

对动物来说，灵与肉是一体的，肉身的强大主导着生命，灵（心灵、灵魂）即使存在，也是从属于肉体的。

对人来说，灵离不开肉体，但并不一定受肉体主导和控制，甚至能够决定肉体的走向。

对动物来说，肉体一旦失去生命，灵魂也随之消失，再无踪影可循。

对人来说，灵是有可能超越于肉体存在的，在肉体消失后依然存在于世。我不认可宗教或世俗意义上的这种说法——人的肉身消失后，灵会独立飘荡于宇宙中，最后再投身于另外一个肉身。我说的灵的存在是通过文化的方式：一个人去世后，他写的作品依然被人阅读，他的思想依然影响着他人，他的绘画或者电影依然传递着人生价值和理念，他的言传身教依然对后代或者其他人产生影响，这就是灵超越于肉体存在的证明。我们今天继续在接受老子、孔子、李白、杜甫、苏轼、王阳明等人的影响，这就是他们灵魂不死的证明。

如果一个人的身体很健康，自然是件绝好的事情；一个人的体型健美，从生理上来说自然能够被其他人欣赏和赞美。美貌历来能够让人神魂颠倒，因为人通常也是被生理欲望所控制的生物，但剥开种种表象和迷雾后，我们会发现一个人长久的吸引力和他的伟大或超越之处，一定来自他的灵的崇高。

我们不会因为霍金身体的瘫痪，而对他伟大的思想有任何鄙夷，我们也不会因为尼克·胡哲没有手脚而忽视他对生命活力的顽强追求。富兰克林·罗斯福是美国历史上最伟大的总统之一，但他同时也是一个小儿麻痹症患者。只有人类，会因为精神和灵魂的伟大而被尊敬和爱戴，动物界弱肉强食，完全是靠肉身去比拼。人类也存在弱肉强食，但其形式已经转化为智力和能力的比拼。我们能够将"伟大"这一字眼付之于人，无一不是靠精神、灵魂和思想取胜。

我们需要让肉体更加健康。因为健康的肉体能让我们更加愉悦地生活，也能让我们经受住更大的挑战和考验。但身体健康并不是人生的最终目的，追求心灵的伟大和灵魂的超越才是一个人应该关注的重点。肉体的健康，最多是50分和80分的区别，而灵魂的高低，却是本质的差异，是天堂与地狱之别。污浊的灵魂把人带向地狱，纯净的灵魂则把人导向天堂。

灵，不是天生的（尽管其种子与肉体一起降临人间），而是后天培养的。刚出生的小孩，每个人的灵都是一张白纸。灵的发展，小时候受家教和社会环境的影响，长大有了自觉意识后便靠的是自我的修炼。一对没有思想的父母，很难培养出一个有思想的孩子，除非这个孩子能被外界有思想的人所影响。所谓的诗书传家，指的就是家风家教对一个孩子成长的影响。长大之后，一个人就应该对自己的灵魂负责，如果人过分被肉体欲望（食欲、性欲、贪欲等）所控制，灵魂就有可能成为肉体的奴隶，被肉体奴役和折磨。如果灵魂能够摆脱肉体欲望的控制，或者能够合理安排欲望，崇高的灵魂就有可能成为肉体的主人。一个人灵魂成长的过程就是不断克服欲望的诱惑并且修炼自己的过程。我们读一本书，听一段智慧的演讲，看一部有教益的电影，安静地观察和孤独地深思，都是对灵的修炼，都是让灵变得更纯粹和更崇高的做法。

灵的成长过程是一场艰苦卓绝的修炼，是一场灵与肉争夺生命主导权的搏斗。生而为人，只有一个努力的方向，那便是让灵变得纯粹而伟大。没有人想一辈子都浑浑噩噩（尽管实际上很多人是这样的），也没有人想一辈子都是行尸走肉，每个人的灵魂都有向高处攀登的愿望，但并不是每个人都愿意付出艰苦卓绝的努力，而这正是人与人之间最本质的区别。普通人所不知道的，是一个人灵魂超越肉体控制后的那种空灵和喜悦。修炼的过程也许是痛苦的，但只要修得正果，此后灵与肉就会活在和谐的愉悦中。

我们一直在路上，不仅指肉体，更是指灵魂。我们选择的方向决定了我们是高贵还是卑贱，是伟大还是渺小，也决定了我们能实现生命的超越还是走向生命的堕落。只有我们自己知道该如何做选择。我们选择的方向，决定了我们人生的意义，也决定了我们一辈子幸福的多少、成就的高低。

在路上，同道的人应一起努力，互相帮助，因为灵魂的互相鼓励，是持续远行的动力源泉！

精神的丰富，会让人有更持续的生命力

一个人做事情，有两种动力，一是求生存，二是求发展。求发展，既有物质层面的发展，也有精神层面的发展。

大多数人都是被惯性控制的动物，如果生存能够基本得到保障，就不愿意付出额外的努力。更多的人愿意在舒适区待着。待得越久，越不愿意离开舒适区，一辈子就平平常常过去了。看到别人有成就，也会羡慕嫉妒恨，但要让自己去艰苦卓绝地努力，便会作罢。

有的人即使为了生存，也要付出一切去拼死努力。生存从来就不是一件容易的事情，千百年来中国的农民就是这样的状态，必得起早摸黑、竭尽全力才能够让自己勉强活下去。这一状态，锻炼了中国人民无比勤劳的民族精神。但这一精神在千百年里并没有让中国人民富有起来。勤劳，并不是致富的方法。勤劳，必须和聪明（创新）以及优秀的制度结合，才会真正创造出伟大的财富和成就来。改革开放40多年的成就，超过了过去3000多年的总和，就是勤劳、聪明和优秀的制度相结合的证明。

对中国很多年轻一代的人来说，要生存下去，甚至都不需要通过亲自努力。他们的父辈在过去的40多年间，已经为他们积累了不少财富。父母累断了腰，就是为了后一代生活得更好。他们为孩子（通常只有一个）准备好了房子、车子和票子，但却没有把自己身上的奋斗精神传递给孩子。这些孩子从小在优裕的环境中长大，不需要承担生存的重担。这个时候，如果父母没有培养他们对更高生活层次和更丰富生命境界的追求，他们就会变成无所事事、萎靡不振之人。他们不需要付出努力就能够活下去，坐享父母之成，生命则一片迷茫。这样，他们做得最多的便是和朋友们喝喝酒、唱唱歌、谈谈恋爱。这些东西也很快就会让他们厌烦，生命中越来越没有兴奋感和成就感，而成就感是一个人幸福的基本保证。

按说中国的孩子都要参加高考，高考是一个值得让人奋斗的目标，它应该能够激励很多孩子去争取。毕竟考上好大学，是一件很有成就感的事情。但是，今天的高考并没有解决大部分学生心中的问题：我为什么要考大学？考上大学后我能做什么？我们那个时候考大学，就有足够的激励——考上了大学，就能够离开农村，就能够找到一份好工作，继续为之努力，便很可能有万人敬仰的社会地位。

但今天考大学这一目标给孩子们带来的动力越来越小。考上大学能够挣钱？好像不见得。考上大学能提高社会地位？现在遍地都是大学生。考上大学的人知识很丰富吗？我们甚至不知道知识是否有用。我们除了要回答为什么一个人应该考大学这个问题，还要回答他上了大学之后能往哪里走的问题。我们当时上大学，充满了为国为民的家国情怀，一心想为伟大祖国的建设事业而献身。现在的孩子，有这样情怀的人越来越少了，对世界的看法也越来越"现实"了。按说考上北大、清华这样的学校，那是伟大的成就。从这里出发，把整个世界纳入心中，确立自己的雄心壮志，义无反顾走向人生的更高处，应该是绝大多数人的选择。但现实情况是，这些名牌大学中有比例不小的学生进入大学后，对前途迷茫悲观，对人生没有计划，对报效家国没有兴趣。其中一些人从此沉沦下去，再也没有掀起人生的高潮。究其原因，是因为他们从小被灌输上北大、清华就是人生最高目标，却没有人告诉他们考上后要怎么办；再往更深处说，在当前的中国教育中，严重缺乏对学生一生规划的教育，缺乏人的一生从物质上到精神上，应该如何保持积极、乐观、幸福的教育。这是孩子们的病根所在。

今天的大部分中国孩子（除了农村地区的苦孩子之外），要解决的已经不是生存问题，而是发展问题。发展问题，不是如何在物质上变得更加丰富的问题，而是如何让孩子们一生在精神上更加充实的问题。我们都知道，一个精神上充实且丰富的人，是不会轻而易举放弃自己的人生或放弃努力的。这一精神上的丰富性，不是靠考试成绩提高能够解决的，不是靠进入名牌大学能够解决的，也不是靠父母的金钱能够解决的，更不是靠空洞的口号能够解决的。要解决孩子们精神丰富性的问题，我们需要对教育内容和教育制度进行重构。

前几天我在参加"徐霞客文化旅游大会"的时候，讨论到了为什么徐霞客一生会如此热衷于游山玩水，并且写下了意义重大的《徐霞客游记》。我说，徐霞客所行的一切，来源于他对生命的丰富性和精神的不懈追求，此外，他不仅追求精神的丰富性，还追求精神的自由性和广阔性，所以他毫不犹豫摆脱了中国传统知识分子对功名利禄的追求，转身走向广阔的天地，一生寄情山水，也一生精神富足（徐霞客家境富裕，他本可以沉沦为纨绔子弟，天天烟花柳巷，但他选择了自由精神，这使他的一生与寻常人不同）。

面对中国孩子的精神培养，我由此提出了六个方向：

一、语文学习应该以唐诗宋词为主，因为唐诗宋词里包含了丰富的对精神自由的追逐，还是一种培养极佳的审美能力的教材。

二、有条件的话，要让孩子从小游览名山大川、异国他乡，培养他们用自己的眼睛和身心去了解世界，让自己的胸怀和理想和世界同步。

三、要充分培养孩子写作记录的习惯。《徐霞客游记》说到底就是一部记录性作品，而把自己的所见所闻所思记录下来，能够培养良好的学习和思考习惯。

四、要尽早让孩子们接触并学习中西方文化中的精华思想，让孩子们在不同的思想比较中学会独立思考，学会明辨是非，学会站在思想巨人的肩膀上来看待世界和建设世界。

五、在以上四点的基础上，科学学习才会有深刻的意义。科学本身是中性的，既可以用来做好事，也可能被用来做坏事，但一个具备人文情怀、自由精神、审美能力的人，就会用科学让世界变得更美好。

六、对孩子良好行为的培养，其中最核心的一条就是越自律越自由。中国人自律的边界非常模糊，常常会出现诸如"只许州官放火，不许百姓点灯"这样的横蛮，不管是"高铁霸座男"还是很多不懂规矩的"熊孩子"，都是缺乏自律的产物。所以凡是没有边界的行为，都应该遭到打压甚至法律制裁。一个孩子从小越放纵，长大后受的挫折就越大，就越容易在种种碰壁中消沉下去，从此一蹶不振，甚至与社会为敌。所以对孩子自律能力的培养，也是教育的核心内容。

当然对孩子精神丰富性的培养，要做的远远不止以上六个方面。父母和老师的修养以及胸怀，对孩子的成长自然也起到了至关重要的作用。我讲了这么多，并不是说物质不重要，但物质的重要性是有限的。改革开放以来40多年的经济建设，使我们从国家到个人都已经变得比原来富有了很多，但我们内心却越来越焦虑和空虚，人生也越来越迷茫和痛苦，都只有一个原因：我们的精神丰富性没有跟上，也就是说，我们的灵魂没有跟上我们的脚步。

只有和有趣的灵魂同在，我们才会拥有更丰富和持续的生命力。

努力奋斗的你，成就更加美好的人生
——《远方》背后的故事

歌曲《远方》推出后，在很多人的朋友圈"刷屏"了。上面写着：作词俞敏洪，作曲林隆璇、林亭翰，演唱者林亭翰。歌曲最初的名称叫"A Better You"，来自新东方去年确定的品牌口号"A Better You，A Bigger Wolrd"。

此前，新东方的宣传语中有一句话，是我在一次演讲时随口说出来的："You are better than you think（你比你想的更好/你潜力无限）！"其实这是我用来激励自己孩子的一句话，也是我对自己的勉励。只要你努力，只要敢于突破自己的局限，哪怕每天只进步一点点，也能为自己创造一个更好、更大的世界。从一个农村孩子到北大学生，从一个北大学生到北大老师，从一个只有13位学生的培训班到美国上市公司，从被美国连续拒签到周游世界，我自己人生的演变，就是不断努力，不断突破，事业、雄心和视野不断扩展的过程。

去年，在讨论新东方品牌口号的时候，大家也想了很多，像是"新东方，你成长的地方！""新东方，为梦想而来！"等等，最后大家决定用"A Better You，A Bigger World"，直接翻译就是"更好的你，更大的世界"！其背后的含义是：任何人想要拥有更广阔的世界与更大的自由，必得以更大的努力与更完善的自我去获得！

当我回到家乡，看到那些小时候的朋友——他们一生从来没有离开过农村的一亩三分地，既没有通过阅读获得内心的丰富，也没有通过行走体验世界的精彩，我就常常想，要是我当年没有坚忍不拔为高考奋战三年，就必定和他们一样孤陋寡闻。当我看到一些大学时英气勃发的朋友，后来却因为走不出"铁饭碗"的舒适区而只能虚度美好的光阴，或者因为一些既得利益不愿也不敢"下海"时，我就庆幸自己当初毅然决然从北大辞职的勇气。如果没有这样的纵身一跃，必然不会有今天轰轰烈烈的新东方事业。

这就是"A Better You, A Bigger World"的内涵：努力奋斗的你，成就更加美好的人生！这也是我自己人生奋斗的信念，尽管并不是每一次努力都会有所得，但不努力必然一无所有！我们大多数人都不是含着金钥匙出生的，也不是生在高官厚禄之家，我们拥有且能够自我掌控的力量，唯有自己的付出和努力！

新东方品牌部门在对这句口号进行宣传时，提出要创作一首歌曲。大概去年9月份的时候，他们拿出了初创的歌词，发给我审核。但我觉得歌词没有表达出我所希望表达的奋斗、力量、艰辛和不屈，决定自己重写歌词。但真的要写出一版自己满意的歌词，并不是灵感来临就可以一蹴而就的。我以前从来没有写过歌词，句子的长短要符合唱歌时的韵律，词句要一听就懂，并且还要打动人心。经过了四五次的修改，才逐渐形成了当前的模样。微信上的朋友们也给我提供了很多建议，因为我在初稿后曾经在微信朋友圈发布以征求修改意见。即使现在的歌词也不是我满意的模样，但是已经竭尽文思了。

紧接着就是谱曲。我们找了一个在中国小有名气的乐队，让他们根据自己的理解把歌曲唱出来。唱出来后在小范围内征求意见，大家觉得从旋律到感受上都有些遗憾，修改了几次，还是不能让人满意。一首歌能够流行，歌词起到的作用其实并不大，真正重要的是曲调。曲调能够打动人心，是歌曲流行的基础。我们也发动新东方内部有音乐天赋的人，自己去谱曲演唱，结果大家做出了摇滚、嘻哈等许多版本，但始终没有选出可以进行推广的版本，那种我希望触及灵魂的旋律和演唱，始终没有找到。

有一次，天津新东方的校长耿耿告诉我，他和林隆璇是朋友（耿耿多年研究台湾校园歌曲，所以和台湾的一些作曲家、歌手比较熟悉）。林隆璇是台湾著名歌手和作曲家，有名的作品有《白天不懂夜的黑》《难以抗拒你容颜》等。我想要是能够和林隆璇合作，那应该是个不错的选择。林隆璇也听说过新东方，专程来北京和我见面，结果我们两人一见如故。大概不到两周的时间，林隆璇就完成了谱曲。谱曲完成了，还需要人演唱。我知道林隆璇的儿子林亭翰是台湾小有名气的青年歌手，觉得可以让他试一试。结果算是一试成功，就有了现在这个版本的《远方》。

这首歌的缘起，尽管是为了新东方品牌口号的推广，但更写出了一个人奋斗的精神和努力的艰辛，写出了那种不放弃、不买账、坚忍不拔闯世界的心境。调子从平稳的诉说开始，到最后激昂的复调叠唱，也表达出了从绝望和黑暗中寻找生命之光的勇气和力量："黑夜伴着彷徨，前方迷雾漫长，行囊乱了，身体倦了，头依然高昂，别说世界太难，让我走给你看。"

我们都是小人物，面对这个巨大的、时时都有可能把个体吞噬的世界，唯一能够做的就是不屈的努力。也只有不屈的努力，才能让我们的生命发光发热，照亮自己，照亮前行的道路。

附：《远方》歌词

远方有多远
那就走多远吧
黑夜伴着彷徨
前方迷雾漫长

行囊乱了，身体倦了，头依然高昂

别说世界太难

让我走给你看

一起奔跑吧

何必回头看

世界那么大啊

这梦像个笑话

擦干泪水迎着风

归来还是少年

坚持是我生命盛开的土壤

A Better You，A Bigger World

每一步都走向

千里外的呼唤

即使小小的改变

萤光汇成火焰

没什么比誓言更能把梦点燃

A Better You，A Bigger World

迈出第一步，

不管终点在何处

勇气填满了行囊

稚嫩挥别脸庞

未来是汗水绘出的模样

扫码观看
《远方》官方MV

第三辑

用阅读抵抗　孤单

中国为什么能够摆脱贫穷？

《贫穷的本质：我们为什么摆脱不了贫穷》是中信出版社2013年出版的图书。这不是一本有趣的书，却能够让你触达贫穷的本质。一本书要是写得有趣，固然再好不过，它如果还能提高你的洞见能力，那就比有趣更加重要了。

本书作者有两个人，阿比吉特·班纳吉与埃斯特·迪弗洛，都是2019年诺贝尔经济学奖得主，获奖理由是他们"在减轻全球贫困方面的实验性做法"。这两人还是夫妻，班纳吉出生于印度，迪弗洛出生于法国。《贫穷的本质》这本书2013年就在中国出版了，但今年才火起来，因为今年作者获得了诺贝尔奖。

中文书名的翻译有点误导读者，给人的感觉好像我们永远也摆脱不了贫穷。英文的书名是*Poor Economics：A Radical Rethinking of the Way to Fight Global Poverty*，翻译过来应该是"贫穷经济学：对战胜全球贫困方法进行的激进再思考"。书的核心内容是对穷人贫穷的原因进行探讨，并且试图通过深度的考察、实验和分析，来为解决人类的贫困提供有效的方法和手段。两位作者深入了世界很多地方，调查贫困人群最集中的国家和地区，从穷人的日常生活、教育、健康、创业、援助、政治制度等多个方面去探寻贫穷的真正根源。其中的很多观点，对中国全面建设小康社会，也有着很好的启发意义。

书中对贫穷地区的人民为什么会贫穷，做了详细的调研和分析，用新颖的视角做了铺陈和总结。主要有如下几点：

一、大多数穷人并不是吃不饱饭，而是没有足够的营养，这会影响下一代的智商和前途。

二、穷人习惯于生病之后再看病，并由此把一生的积蓄都用来看病，陷入贫病交加的境地。其实很多国家和地区都提供预防医疗，比如给孩子打疫苗，但即使很便宜，不少穷人也不去打。

三、穷人不太愿意让孩子接受教育：一是教育要十几年后才能够见效；二是当地教育水平很差，学习往往没有效果；三是好的教育难度高，孩子跟不上，所以放弃；四是孩子本身是劳动力，穷人眼前就要用。

四、穷人很少买保险，保险公司也很少愿意为穷人服务，所以穷人一旦遇到某种意外便倾家荡产。

五、穷人借钱利息高，常常达到年息50%～100%或以上，即使借钱做小生意挣了点钱，也只能用来还利息。很多小额信贷公司和银行也希望帮助穷人解决这个问题，但却面临较大规模的违约风险。

六、穷人想要做生意，也面临着"没有资源进行扩大再生产，也不敢投入太多资金"的问题，所以只能在低层次上循环。

七、有些国家和地区的政府体制让贪污腐败滋生，懒政怠政普遍，穷人不仅不能从政府那儿得到帮助，反而被盘剥敲诈，导致没什么心气去把事情做好。

书中就如何解决穷人的问题，也提出了一些方法。比如，给贫困人群提供正确的信息，让他们做正确的事。让他们知道营养的重要性、宣讲卫生健康常识、鼓励预防接种等。政府和慈善机构要适当助推，给贫困人群提供便利，比如政府提供补贴、银行降低收费、保险公司给穷人提供保险等。同时，政府要减少腐败和玩忽职守，推动小的社会变革。解决贫穷问题不是容易的事，全世界依然有接近10亿人生活在每天只有不到1美元支出的贫困线下。一方面，穷人要自身用信念和行动来摆脱贫困；另一方面，社会组织和政府要用正确的方法，帮助穷人摆脱贫困。

读完这本书，我的思绪回到了中国。改革开放40多年，最伟大的成果是让中国人民从普遍的贫困中走了出来。不要忘记，改革开放之前的中国，近乎10亿人都生活在实实在在的贫困之中。中国人民是如何在短短的40年之内，从贫穷走向了相对富裕呢？（当然，今天的中国依然还有人在贫穷之中，但这并不能否认大部分中国人走向了小康生活这一事实。）应该已经有很多书籍研究了中国的这一现象吧。我还没有读过这样的书籍，但凭着我自己主观的观察和思考，大概总结了如下几点：

第一，政府的政策起到了重大的作用。如果没有改革开放政策的实施，如果没有邓小平"让一部分人先富起来"的灵活思想，如果不允许个人为了自己生活的富裕而努力，并对努力的成果进行保护，我们很难想象中国这么快会富裕起来。

第二，民营企业家和民营企业的出现，对推动中国的发展起到了重大作用。这首先依然要归到政策的重要作用。当初，年广久雇用了9个人以上，有人说这是"资本主义"，汇报到邓小平那里。邓小平说，多雇用人不见得就是资本主义嘛，一锤定音，为后来民营企业的发展和对民营企业家的保护奠定了坚实基础。民营企业家是老百姓走向富裕的领头羊，他们的努力、创新、冒险精神、对商业的敏锐洞察力，使得中国人能不断得到有薪酬竞争力的工作。中国是没有阶层固化的社会，这意味着每个人都有机会成长和成功。古代只有学习好，考试好，才有做秀才、举人、状元的机会。现在的中国，只要给予适当的机会，每个人都有靠做生意致富的可能。实际上，中国的第一批企业家，几乎都是农民出身。

第三，中国人对教育的尊重和重视，使得中国人民的受教育水平得到了普遍提高。即使在古代，中国人对教育的重视程度在世界范围内也是绝无仅有的。所谓书中自有黄金屋，书中自有颜如玉，但由此带来的客观效果是民间对学习和读书人的尊敬。在古代，很多村庄会集中全族财力，专门出资培养族群中最聪明的那几个孩子，希望未来能够出个状元，使得族群彻底翻身。改革开放后的中国，邓小平做的第一件事情就是恢复高考。因为这一举措，中国后续的发展有了源源不断的人才。后来中国义务教育普及，高等教育扩招，留学政策开放，都成为推动中国进一步发展的重大力量。今天，中国的绝大部分家庭，依然认为教育是改变人生命运的最重要的投入。随着中国社会阶层的分化，中国底层的一部分人认为孩子上学不再有用。我们一定要对这群人提供帮助，否则就会导致贫穷和愚昧的代际传递。

第四，新中国成立后，中国对普及性医疗卫生的重视，使得中国人民生活在了公共卫生相对较好的环境中。从20世纪50年代开始，中国的孩子们就被要求普遍接种疫苗（我胳膊上就有大大的"牛痘疤"），防范各种传染病的传播。农村医疗制度的普及，也使得老百姓的日常疾病能够得到及时治疗（我姐姐当时就是农村"赤脚医生"）。大家应该还记得，1958年中国江西余江消灭了血吸虫病，毛主席兴奋得夜不能寐，写了两首后来收入中小学语文课本的诗：

"读六月三十日《人民日报》，余江县消灭了血吸虫。浮想联翩，夜不能寐。微风拂煦，旭日临窗，遥望南天，欣然命笔。

绿水青山枉自多，华佗无奈小虫何！

千村薜荔人遗矢，万户萧疏鬼唱歌。

坐地日行八万里，巡天遥看一千河。

牛郎欲问瘟神事，一样悲欢逐逝波。

春风杨柳万千条，六亿神州尽舜尧。

红雨随心翻作浪，青山着意化为桥。

天连五岭银锄落，地动三河铁臂摇。

借问瘟君欲何往，纸船明烛照天烧。"

这种整体健康水平的提升，使得人民能够有更加健康的体魄，来做自己所从事的事情。

第五，不得不说，尽管勤奋本身不一定能让人变得富有，但要想变得富有，勤奋确实是必不可少的要素。全世界人民对中国人的评价，几乎都逃不出"勤奋、节约、聪明"这几个概念。这几个词几乎变成了对我们民族个性的描述。如果你是中国人，说自己勤奋都不好意思，因为我们周围到处都是勤奋的中国人。中国人勤奋、吃苦、耐劳、节约的特质，加上中国人一点不笨的脑子，再加上良好的政策和对教育的重视，如果这样一个民族都不能富裕起来，那谁还能富起来呢？我有个比喻：大部分中国人，都像是在沙漠中埋着的种子，只要给予适当的雨露滋润，立刻就会蓬勃生长。那种生命活力，是出自内心的，是一种文化积淀，是中国人民最宝贵的特质。

当然，中国改革开放40多年，走向富裕的原因还有很多，比如互联网的兴起、科技革命带来的机会、世界政治经济形势在很长一段时间内对中国有利等。但我个人认为，最重要的，还是我上面说的五点。因为这五点都是内生的，是我们自己可以掌控的，也是未来我们可以做得更好的事情。有了这些内在的要素，即使世界的经济形势对我们不利，即使某些国家要对中国进行科技封锁，中国人民依然可以朝气蓬勃，昂然向上。

这就是我读完《贫穷的本质》后产生的一点思考。也希望你能够有所思考，我们可以一起更深入地讨论：如何能够更加深度地解决贫困问题。

美国何以走到今天

　　给大家推荐一本我刚读完的好书《繁荣与衰退：一部美国经济发展史》，书的英文名字叫*Capitalism in America：A History*，直译就是"美国资本主义的历史"。该书是一本大部头著作，共有50万字，读完还是需要点耐心的。书的内容引人入胜，所以读起来并不会觉得枯燥。这本书主要讲述美国为什么会繁荣发展，为什么会遇到经济衰退，在两百多年的美国历史中，经济上的繁荣与衰退产生的原因和机制。该书对中国的发展，乃至个体企业的发展，都有很多的借鉴作用。

　　书的作者是鼎鼎大名的艾伦·格林斯潘。对，就是那个美联储主席，被称为"美元总统"的格林斯潘。他在主席位置上，从1987年一直干到2006年退休，干了整整20年。在位期间，他赢得了一片赞誉；退休后不久，全球陷入2008年的经济危机，他又被当作罪魁祸首被骂了整整10年，可谓是极尽人间荣华富贵，也受尽人间白眼羞辱。不过从这本书中可以看出，他已经到了出神入化、宠辱皆忘的状态。本书的另外一个作者是阿德里安·伍尔德里奇。他是《经济学人》驻华盛顿记者，曾担任《经济学人》美国西海岸分社社长。尽管有两个作者，谁是主笔也没说明，但文章的逻辑和思想是一致的。可以肯定的是，格林斯潘一定是思想的主导者。格林斯潘不仅是官员，还是个真正的学者，他的另一本书《动荡的世界：风险，人性与未来的前景》，曾荣登《纽约时报》畅销书榜首。

　　读这本书，就是读一部美国人民的奋斗史。美国如何从一无所有走向了世界顶级的繁荣？美国的制度是如何在发展中起作用的？美国的企业家，那些既贪婪又具有创造性破坏能力的人，是如何推动这个国家一步步发展的？美国的总统们，在经济发展的过程中是怎样起到了好作用和坏作用的？美国的经济危机是如何产生，又是如何摆脱的？美国的南北战争和两次世界大战是如何对美国经济起到破坏和推动作用的？教育和科技又是如何改变了美国的经济面貌并提高了美国的变革和生产能力的？这本书基本上都给出了逻辑思路清晰的答案。

　　书中认为，美国之所以有今天的繁荣，是因为它一开始就奠定了对商业和商人（企业和企业家）尊重的基础。对商人（企业家）的保护，包括对他们财产和发明的保护，使得商人们成为推动这个国家发展最核心的群体。200多年来，美国一代又一代的商人，尽管从主观来说都是为了自己的财富和地位在奋斗，但客观上却推动了社会的进步和整个国家的富裕。当然美国的管理体系有自我调整机制，防范了大规模的官商勾结导致的腐败。同时经过政策调节，让富人们把更多的财富出让给社会，或者做更多的慈善，也防范了社会的两极分化过分严重。

　　企业家之所以能够推动社会的进步，是因为美国企业家非常看重创造性破坏的能力，而美国政府也对创造性破坏进行鼓励。"创造性破坏"这个词，是熊彼特提出的，他说："创造性破坏的过程是资本主义体制的一个核心特质，它是资本主义体制得以存在的基础，同时也是任何一个资本家都必须与之共生的现象。"所谓"创造性破坏"，就是旧的经济形式和经济体，包括与之相关的技术和方法，不断被新一代的经济体和技术所取代。在这个过程中会造成社会破坏、工人失业等，但新长出来的经济体，一定会推动社会更高层次进步和发展，那些跟不上时代的模式和人群，自然会被淘汰出局。在哀鸿遍野的同时，涅槃的凤凰从灰烬中冲天而飞。回顾中国历史，我们的繁荣时代，往往是对商业和商人"网开一面"的时代：春秋时候的齐国、重商的唐朝和宋朝、鼓励商业发展的民国时期、改革开放四十年等，都是这样的时代。

尽管美国的自然环境、国土的扩张，还有战争带来的机会，也让美国有着比其他国家发展更好的优势，但真正让美国发展的是美国政治对商业的态度——允许个人自由发展、允许任何人去做任何异想天开的事情，从制度和法律上对创造者提供最好的保护。书中专门分析了20世纪30年代大萧条之所以持续了那么久的时间，一是当时全球的客观状态确实不乐观，二是因为当时对企业家的管制和政府的干涉太多了，所以导致了各个层面的创造能力和奋斗能力的下降。幸亏美国的体制和领导人的更替机制，使得美国总是能够从错误的方向又回到正确的道路上。通过鼓励大家创造性破坏，美国一次又一次走出困境。

面向未来，作者也分析了美国所面临的危机：美国的高福利导致国家财政不堪重负，更加要命的是，高福利导致老百姓的奋斗精神和敢于闯入陌生世界的精神逐步丧失；各种审查审核制度，导致企业的创新能力和创造性破坏能力下降；在经济形势好的时候整个国家得意忘形和过分乐观，是导致很多经济危机的原因。尽管现在防范能力增加了，但没有任何人能够真正消除突如其来的经济危机；随着经济的转型，很多原来有劳动能力的人突然发现自己的能力已跟不上时代的发展，教育的进步也没有真正跟上时代；其他国家的崛起，尤其是中国的崛起，导致美国可能走向封闭，并可能引发国内的民粹主义思潮。总之，美国尽管基本面还可以，但未来面对的挑战，只会比过去的200年更加艰巨。

尽管这是一本巨著，但涉及的理论一点都不深奥，你甚至可以把它当作一本理论小说来阅读，中间涉及的一代又一代的商业巨人，都有着有血有肉的描述。从本书的目录，你就可以读出整本书的中心思想："一、以商为本的共和国：1776—1860年；二、两个美国；三、资本主义的胜利：1865—1914年；四、商业巨人的时代；五、反抗自由放任主义的年代；六、美国的事业就是做生意；七、大萧条；八、发展的黄金年代：1945—1970年；九、滞胀；十、乐观的时代；十一、大衰退；十二、美国日渐衰落的活力。"尽管最后一章的标题是"美国日渐衰落的活力"，但我们不要以为美国从此就不行了。只要美国的基本制度和对商业的尊重不变，对创新的鼓励不变，美国的不断繁荣依然是可以期待的。

一个国家的发展就像一个人一样，人生的起起伏伏总是有的，但一个人一辈子是否比别人过得好，主要依赖于两个要素：一是是否身心健康，这相当于一个国家的体制和机制是否健全；二是是否有突破和创造的勇气，这相当于一个国家是否鼓励全体人民不断发挥创造力并为这种精神提供保护。有这两种要素在，个人就会蓬勃发展，一个国家也会兴旺繁荣。至于中间遇到的沟沟坎坎，都是发展过程中的应有之义，都可以用宽阔的胸怀笑纳。

我们身处的世界，你该如何看待？

在朋友的推荐下，我利用零散的时间，在"看理想"App上听完了刘瑜的《可能性的艺术：比较政治学30讲》。"看理想"是梁文道主导的一款以人文内容课程为主的听课平台，主讲老师除了梁文道自己，还集结了一批优秀的学者，刘瑜就是其中之一。我原来读过刘瑜的《民主的细节》，知道她研究政治有很深的功底，同时文字表达又能够深入浅出。所以，朋友一推荐这门课，我就赶紧去听了。

刘瑜的课讲得确实非常好，她用大家都能听懂的语言，把人们带入了政治和世界关系的大视野。她开篇就引用了俾斯麦的一句话："政治是可能性的艺术"，以此展开论述，讲述了世界上两种最常见的政治体系——封闭的集权的威权体系和开放的问责的民主体系，就这两种体系的形成过程和历史，用一些国家的案例进行了生动的分析。

在课程中，刘瑜对一些我们关心的问题进行了探讨：比如一个国家的政治问题是因为贫穷导致的？还是这些政治问题导致了贫穷？我们小时候学过一句话，叫作"经济基础决定上层建筑"。但在现实世界的案例中，却有不少上层建筑决定经济基础的例子。世界的发展是多样多元的，人类怎样才能在走向未来的道路上找到一条最适合本国本民族发展的道路？这是一个值得不断探讨的话题。

人类社会进步的过程，就是逐步把权力关到笼子里的过程。随着西方民主的兴起，世界经历了三波民主浪潮。第一波是19世纪早期从美国开始波及欧洲的民主化浪潮，第二波是二战之后的民族自决，第三波民主浪潮开始于20世纪70年代中期，几乎走向了世界上不同文化的所有地区。但在民主转型过程中，却常常出现民主消化不良和排异、威权体系不断回归和重现的现象。这么看来，民主政体是不是并不是万能灵药？福山在《历史的终结与最后的人》一书中预料的"民主社会是人类社会的最终形态"是不是错了？亨廷顿的"文明冲突论"是不是才是正确的理论？刘瑜在讲课中对这些问题也进行了精到的分析。

刘瑜也讲到不管是威权体系还是民主体系，政治制度都不是万能的。一个国家稳定发展，最重要的还是国家能力。什么是国家能力呢？比如征税能力、公共服务能力、经济发展能力、保护产权能力、缔造秩序能力、信息获取能力等，都是非常重要的国家能力。但国家能力并不是越强越好。比如苏联的国家能力过分强大，社会就失去谈判能力，最终被自己的极权压垮了。一个国家的稳定，国家能力是前提，但是社会谈判能力、个体独立能力，是平衡国家能力不可或缺的要素，否则整个社会可能就会失衡。刘瑜也分析了为什么美国会从一个最初建国时强烈反对国家权威的政体、一个弘扬反国家主义的地方、一个联邦政府和州政府权力并行的组织、一个在经济上"弱政府强市场"的地方，最终发展出了强大的国家能力。她认为，美国国家能力的强大来自美国的社会运动：进步主义运动、罗斯福新政、民权运动等。国家在这些运动中，成了社会进步的盟友。

刘瑜也分析了有些国家为什么会失败。比如阿富汗，曾经有过和平富裕的岁月，为什么后来会不断陷入战乱和族群分裂？其中有地理、地缘上的原因，有宗教极端思想带来的社会撕裂的原因，还有外部力量带来的意识形态冲突等原因。另外还有俄罗斯，一个表面上已经是民主制的社会，为什么没有带来经济的发展？她认为，俄罗斯的民主，是一种不自由的民主，民主崛起了，自由却没有同步。俄罗斯的强权政治，是通过各种方法甚至包括政治暗杀来维护其权威统治，其竞争原则，相当于唱歌比赛提前内定了冠军。

最终，刘瑜认为，世界其实是在不断进步的，人类和平的岁月从来没有这么长过。大部分国家的政治转变，除个别之外，也不再引发巨大的流血冲突。整个世界，民主转型实际上一直在取得进步，原来的暴力夺权，更多转向了选举的战场。世界经济的发展、国际格局的变化、技术发展引发的信息的快速传递、人民观念的改变，是进步的主要原因。那种威权体制下，赢者全赢，输者全输，你死我活的游戏规则正在被逐渐改变。

刘瑜说，政治是一种艺术，不是一种魔术，不要期待政治能解决一切问题。政治能够抵达的上限不会那么高，但抵达的下限却可以非常低。我们要警惕的，是不要突破下限，让苍生陷入无望的悲苦。好的政治只是美好生活的前一半，后一半取决于市场、社会、个体的创造力和合作能力。我们要推动文化、经济、地理、历史、社会的开放和进步，因为只有在开放而非逼仄的环境中，好的政治才会产生并存续。

可以说，刘瑜的这门课很值得一听。我们很多人都只关注眼前的事情，常常沉浸在自己的观点和看法中不能自拔，想当然地去理解世界上发生的一些事情，并且在没有深刻思考、不了解全貌的前提下，就摆出自己的一些观点，有些观点还很极端和偏狭。听完刘瑜的这门课，对世界的格局和状态，对各个国家的制度和社会问题，你可能会多一分清晰的认识，也可能会增加更多理性的思考。这会让你摆脱对政治过分理想主义的想法，但同时也会让你对政治有更加现实和客观的期待。当一个国家的大部分国民都能够进行更加理性的思考，并提出合理的诉求，能够用包容和合作的态度来对待不同的观点时，一个国家的持续稳定和繁荣就有了可能。说到底，政治不仅仅是政治家的事情，也是我们每个人的事情。当我们的观念变得理性和进步时，国家和民族也会理性和进步。

历史学家爱德华·吉本在分析古希腊罗马文明时曾经说过："文明曾经如此辉煌，为何重新坠入黑暗？"我非常乐观地认为，今天的人类和过去相比，大部分人是更加开放、理性和追求发展进步的。这次美国大选，在两党如此冲突的前提下，在观念已经非常撕裂的状态下，依然和平选出了新的总统，特朗普不管如何不服气，都必须遵循规则办事。这也让我们看到了：只要大家遵循游戏规则，冲突是可以在和平的状态下调和和解决的。

　　人类走向进步的文明之光尽管忽明忽暗，但从来没有熄灭过，一直在引导着我们走向未来。

人生，就是为了突破、创造而来

有一天，我收到周鸿祎的微信，说他的自传《颠覆者》出版了，让我转发他的微博，推广一下。我想我还没读过呢，怎么转发？就在微博上留言："老周，快给我寄一本过来。"两天后，我的书桌上就有了周鸿祎签名的《颠覆者》，上书："俞兄指正，360周鸿祎。"

这几天，终于有时间阅读《颠覆者》，从打开书的第一页起，我基本上是一气呵成读完的。中间除了各种会议和应酬干扰之外，剩下的时间我都在读《颠覆者》。我喜欢读企业家自己写的书，尤其喜欢读平时有过交集的朋友写的书，因为你可以把对他们的直觉印象和他们的自我描述进行对照，从中得到更多的信息和感悟。

传记类的书，最重要的是讲真话。周鸿祎这本以第一人称讲述自己发展历程的书，没有美化自己，而是用快人快语的方式，讲述了自己从小的个性、脾气和爱好，自己一路的成长历程——从一个青涩的大学创业者，到大公司职员，到真正的互联网创业者，到国际大公司的职业经理人，再回归创造奇虎360公司的创业历程。在这一历程中，你能够看到一个鲜活的周鸿祎，一个有血有肉、敢爱敢恨、敢于闯祸、敢于颠覆也敢于革新和创造的周鸿祎。

我和周鸿祎打交道不算太多，但我非常喜欢他的个性。尽管我们年龄上有一定差距，但还没有形成代沟。我和他的区别在于，我是文科出身，他是理工科出身。我是典型的文科离散型思维模式，而他是典型的理科结构逻辑型思维模式。他的个性、脾气和他学什么没有关系，他是那种快人快语、直截了当、心无芥蒂的沟通方式。他对没有思考能力的人、没有创意的人、官僚主义的人、一大堆条条框框的人，没有任何忍受能力。由于不循规蹈矩，脑子又聪明，所以他是在一路不断惹祸、不走寻常路的人生故事中长大的。尽管今天的他已经变得比原来更加稳重了一点，但我相信，只要出现任何让他热血奔涌的事情，他依然会义无反顾，勇往直前。

有人说周鸿祎尽管是一个斗士，但他主要是为了自己的公司在斗，而且不择手段。我觉得读完《颠覆者》这本书，也许你会对他有一个更加全面的了解。从我和他接触的感觉来看，他是一个有着侠肝义胆的人，一个追求公平和开放的人。在这个过程中，手段不尽完美，有时甚至可恨，但客观上推动了整个中国互联网社会的进步。我们有时确实需要像周鸿祎这样没有畏惧心的搅局者和颠覆者，即使捅刀子，也当面捅出来。

和老周交朋友，是一件蛮愉快的事情。他有气势但并不以势压人，他也从来没有认为自己是成功者并以成功者自居。他把自己看成一个持续不断的创业者和奋斗者，一个不做作、和朋友们真诚相处的人。当然，如果成为他战斗的对象，日子也不会好过，因为他也有毫无顾忌的一面。有一次他请一帮朋友到北方射击场去打枪，给我们每人配了1000发子弹，让我们每个人比赛，看谁最后射击的环数最多。他总是能挑起一帮人的竞争心理，并且乐在其中。我们也有两个共同的爱好：喝酒和滑雪。有这两个爱好的人，通常有比较豪爽的个性和对自由世界的向往。这点我们是相同的。书中描述他带着团队到三亚去团建，喝得开心酩酊大醉后跳到游泳池里，结果摔掉两颗门牙。我有几乎相同的经历，在和团队喝得手舞足蹈后，纵身跳入水高浪急的大海之中，幸亏被同事齐心协力拉出了水面。但清醒的时候，现实生活中我是一个超级隐忍的人，而他是一个锋芒毕露的人。还有一点我不知道的是，我一直以为他只是个对风雅一窍不通的理工男，读了《颠覆者》，才发现他的人文功底其实相当深厚。

《颠覆者》中讲述的故事，对每个人都有启发意义，尤其会给在路上奔跑、遇到各种痛苦和绝望的创业者带来巨大的勇气和动力。应该说，这本书堪称创业者的圣经。书的封底对周鸿祎评价道："一个与僵化思维永远对抗的人，一个对未来趋势有动物般嗅觉的人，一个勇于进行颠覆性创新的人，一个自我驱动型的人，一个脾气急躁且难以捉摸的人，一个孤独的人。"这些评价还算比较准确。一个人的一生如果只是沿着前人给你开辟的道路循规蹈矩前行，黯然无光地变老，这样的人生真是了无趣味。人生，就是为了突破、创造而来的，循着光奔跑，最后把自己变成一束光。

疯狂背后的逻辑

这两天抽空阅读了理查德·布兰森（Richard Branson）的自传：《致所有疯狂的家伙》（*Losing My Virginity：How I Survived，Had Fun，and Made a Fortune Doing Business My Way*）。书名直译过来就是"失去我的贞操：我如何用自己的方法做生意，努力生存、充满乐趣以及赚取财富"。

不知道理查德·布兰森的人应该不多。他曾经被《时代周刊》评为100位对世界最具影响力的人之一。如果不知道他这个人，至少也应该知道他创立的品牌"维珍"（Virgin，直译为"处女"）。他从经营一家唱片店起家，做成连锁店，又做成音乐唱片制作和歌星代理公司。然后，他又进入航空业，创办维珍航空，在和英国航空公司几番你死我活的竞争后，终于立住脚跟，成为英国第二大航空公司。现在维珍的产业已经遍布各个领域，就像布兰森自己说的："如果有谁愿意的话，他可以这样度过一生——喝着'维珍可乐'长大，到'维珍唱片大卖场'买'维珍电台'上放过的唱片，去'维珍院线'看电影，通过网络交上一个女朋友，和她坐'维珍航空公司'的班机去度假，享受'维珍假日'无微不至的服务，然后由'维珍新娘'安排一场盛大的婚礼，幸福地消费大量'维珍避孕套'，直到最后拿着'维珍养老保险'进坟墓。当然，如果还不够幸福的话，维珍还提供了大量的伏特加以供选择。"维珍的成功，有力地击败了品牌理论中品牌内涵必须单一的理论。而维珍旗下有三百多家不同的企业，经营范围跨度之大，更是到了令人难以置信的地步。

当然，维珍的成功有其特殊性，其特殊性就来自创始人布兰森。布兰森的形象和维珍是紧密联系在一起的。很多英国人，甚至是很多其他国家的人，使用维珍品牌的东西，都是因为喜欢布兰森这个人。布兰森年轻时是个嬉皮士，现在则变成了老顽童，他一直以充满各种奇思妙想和创意的形象在大众面前出现，充满个人魅力。他曾自己坐热气球飞越大西洋和太平洋。他还在公益事业上投入巨大的精力：为阻止全球变暖，降低碳排放，他做出了很多努力，包括出资2500万美元激励能够把二氧化碳从空气中回收的科学研究（到现在还没有人做到）；他热心非洲大自然保护，专门出钱为野生动物打通在全非洲的迁徙路线；在曼德拉生前，和曼德拉合作组织"国际长者会"，希望把堪为全球道德典范的一些伟大人物聚到一起，为世界发展出谋划策；他开着747大飞机，冒着炮火在伊拉克战争前夕到巴格达，把滞留的难民接回英国。他不仅仅是个生意人，更是一个有血有肉、充满了英雄主义和正义感的人物。

所以，他的成功不仅仅是生意上的成功，更是个性和人格上的成功。阅读他的自传，你就基本能了解他是个怎样的人。他不墨守成规，锐意突破一切障碍，16岁开始做生意，卖唱片，而不是寻求正常途径去上学；他从来不怕失败和打击，在唱片公司几次三番失败后终成大业；航空公司的第一架飞机上天，发动机就被鸟撞到熄火，损失60万英镑，一般人早就甩手不干了，但他坚持下来，并且取得了成功；他相信自己的直觉，坚持自己的意见，合伙人来了又走，可他坚持做自己喜欢的事情，鄙视一切所谓的理所当然，做生意横跨各个领域；他拥有极强的冒险精神，坐热气球飞越大西洋和太平洋，开最快的游艇横渡大西洋，分分钟都可能要命的事情，他自己参与其中不亦乐乎，成功和失败他并不看重，重要的是人生是否能得到升华。世界上没有几个人能做到像他那样，生意做得那么潇洒，人也活得那么自在。我们太多的人，被世界上的各种条条框框和内心的清规戒律所限制，一生唯唯诺诺、谨小慎微，终身平淡、遗憾无穷。但布兰森一定是个不会留下任何遗憾的人：想到了，就去试验，去努力，去成功，去失败，留下的是自己充实自豪的人生。

有一年，我随一个中国企业家代表团去英国访问，顺便参观了维珍在伦敦的总部。可惜当时布兰森在非洲出差，无缘当面得见，他只是通过视频问候了我们一下。后来有一年，布兰森邀请一些中国企业家朋友去他自己在加勒比海购买的小岛内克岛玩，那几天我刚好安排了别的事情，也没有去成，留下了满满的遗憾。到今天，我也没有见到他本人，同时觉得自己也还没有资格去见他。但读他的这本自传，就好像他本人在你面前侃侃而谈一样。我读完以后有满满的感悟，你读完了，也一定有满满的兴奋。下面，就让我摘录几段他书中的文字作为结束吧：

"我想父母肯定给我灌输了一种叛逆精神。我总是认为打破规则是合情合理的事情，斯托（他上课的中学）的条条框框简直就跟军队里一样多——在乔尼和我看来，其中有许多规章制度已经完全不合时宜，并且毫无意义。"

"而我对生活的兴趣，则来自设立并战胜那些表面上显然不可实现的巨大挑战。纯粹从商业角度看，西蒙（他的合伙人）绝对是正确的；然而，我总希望活得尽情尽兴，从这个角度看，我觉得自己必须尝试一下。"

"在我喜爱的经商方式中，乐趣都是其核心；从一开始，我做的每一件事情都以乐趣作为关键；维珍成功的秘密恰恰在于乐趣而非其他因素。我意识到，认为经商有趣且富于创意的观点与传统观念不符，这当然也不是某些商学院教学生做生意的方式，在那里，生意意味着苦差事，意味着许多'贴现现金流'和'净现值'。"

你看，他就是这样一个人，用叛逆精神打破常规，用兴趣和爱好成就人生。

迷途知返的路标

　　熊逸写过很多书，但在"得到"上听他的课"熊逸书院52本经典思想解读"之前，我还从来没有听说过他的名字。他的讲课我毫不犹豫就购买了，不是因为他，而是因为想了解这些经典。这些经典貌似不止52本书，其中包括：《春秋》《左传》《公羊传》《穀梁传》《周易》《诗经》《尚书》《仪礼》《礼记》《周礼》《大学》《论语》《孟子》《中庸》《老子》《庄子》《荀子》《管子》《国语》《楚辞》《搜神记》《昭明文选》《陶渊明集》《李太白集》《杜工部集》《沧浪诗话》《花间集》《淮海集》《近思录》《传习录》《三国志》《金刚经》《六祖坛经》《心经》《地藏菩萨本愿经》《人间词话》《〈红楼梦〉评论》《理想国》《赫拉克利特著作残篇》《伯罗奔尼撒战争史》《希腊罗马名人传》《论自由》《论出版自由》《圣诞欢歌》《利维坦》《互助论》《天演论》《寡头统治铁律》《形而上学》《政治学》《沉思录》《道德情操论》《国富论》《圣经》《神学大全》《忏悔录》《论人类不平等的起源和基础》等等。大部分我都没有读过，有的甚至没有听说过。现代人流行快餐文化，我就是想通过熊逸的讲课，了解一下这些书。

　　坦率说，到今天我还没有听完这些经典的解读，不是熊逸讲得不好，而是我自己不够专注，听了后面忘了前面，时间也总觉得不够。但就听过的课程而言，对熊逸的印象异常深刻。从他的讲课可以感受到，他是把这些书读透了的，而且是站在某种高度去读，读出了精华，拥有了高度，梳理了逻辑。一个人能够把这么多典籍读透，而且能够深入浅出、提纲挈领地讲出来，是一件非常不容易的事情。因此，我心里由衷对他产生了某种佩服。

然而我到网上去搜索熊逸，却发现关于他本人的信息非常少，甚至有人还在讨论他是男还是女的问题，真是神龙见首不见尾。熊逸也不是他的真名，他常常用不同的笔名写作。据说他是个连大学都没有上过的人，不是科班出身。这反倒让我明白了他的思想和观点为何如此飘逸洒脱，完全不受约束的原因了。真正的高手从来都是不问背景的，即使背景很好也不足以完全靠背景吃饭。优秀的人只靠实力展示，即使在日常生活中也是这样。我和人交往的时候，如果对方的名片上写了一大堆头衔，那基本可以判断这是虚张声势的草包一个。深入了解之后，我发现熊逸真是个实力派，居然写了那么多书，横跨文学、历史、哲学、宗教、政治等多个领域，而且大部分书的可读性都很强。他的眼光，已经不仅仅在国学领域，其观点的引用和分析，已经横跨东西。这样一个把学问做通的人，据说年龄才40岁左右。

能够做到这一步，除了天资聪慧，还有个性和习惯的力量在里面。从个性方面来说，需要静下心来，才能把学问做起来。据说他很少出门，出门只为了买生活必需品，为了去饭馆点个菜吃口饭。他最大的愿望是有一座房子，自己待在里面，只要留一个窗口给他送饭就行。这让我想起了屠格涅夫的一篇短篇小说，讲一个人和地主打赌，只要他能在一个房子里待上十年，地主的财产就是他的。结果地主答应了。在这十年中，这个人每天读小说、看历史、研哲学、思宗教、学音乐，最后什么也不读，进入冥想状态，成了一个通达天地的高士，等到十年之约的最后一天，他突然从房间里走了出去，放弃了他对地主的财产诉求。从能力的习得来说，熊逸毫无疑问养成了思考和专注的习惯。不以专注学习和思考为乐，不可能产出如此多的思想著作，学问也不会做得如此精深广博。

年初的时候，熊逸又在"得到"推出了《佛学50讲》。这个很对我的胃口，不是我信佛，而是我希望对佛教的因果学说有更客观、更好的了解。佛教在我心里不是一种宗教情怀，而是一种可以实践的人生哲学和人生态度，至少其中的一部分是这样。对佛学前因后果的了解，既能够清晰地辨认出最重要的佛教义理，又能够摆脱几千年来围绕佛教所产生的重重迷雾和教派之争，复归到一种面对宗教复杂性的平常心上来，并把其中对提升生命高度和幸福最重要的东西，应用到自己的日常事务中来，让自己面对千头万绪的纠缠，有一点生命的启示，就像黑夜行路，总需要有点星光的指引。熊逸的《佛学50讲》，剥去了佛教神秘的外衣，通过运用心理学等科学分析来解释一些现象，其实是让佛教回归本源，更好地起到教化修行之人回归理性的功能。所以，《佛学50讲》很对我的胃口，我是一下子就听完了的。

因为《佛学50讲》，我又用Kindle下载了熊逸的《思辨的禅趣》一书来读。该书是讲述《坛经》的，对《坛经》中记录的六祖慧能的言行进行了概括性的阐述和总结。但该书远不是对《坛经》的一般性分析，而是一如既往地站在佛教发展史的角度，以及对佛教教义和行为进行社会化分析的角度，以《坛经》为脉络，系统分析和总结了佛教的前世今生。尽管也是一家之言，但是却会让你有恍然大悟、拨云见日的感觉，让你感到佛教不再是如此深奥而烦琐的宗教，至少，它会为你清晰地指引一条进入佛教的路径。熊逸就像一个引路人，用一种冷静但温暖的态度告诉你：在这座森林里，你应该按照什么路标前行，才不至于迷途忘返。

读完《思辨的禅趣》的时候，我刚好在不丹旅行。不丹是个信仰佛教的国家，对佛陀和相关宗教人物如莲花生大士等的崇拜十分普遍。那里的人们并不在意各派教义的不同，而是把佛教教导的慈悲为怀、与人为善、平心静气、不嗔不贪等核心理念应用到了日常生活的一举一动之中。宗教曾被说成是麻痹人类的精神鸦片，但如果在众生平等的前提下，每个人都能够因为佛教多一份宽容、少一份功利，多一份退让、少一份贪婪，世界将因此更加平和，也没有什么不好的。

所以，听一下熊逸的《佛学50讲》，读一下《思辨的禅趣》，也许你就会打开人生另一重境界的一道门。如果能够进入这道门，也许你的心灵就会多一点光明的指引。

《你当像鸟飞往你的山》读后

下午的阳光从窗户里透进来，在地板上投射出斑驳的光影。远处的房子和树林在冬天的阳光下熠熠闪光。北京没有雾霾，而我正好稍有空闲，于是坐在房间里的懒人沙发上，打开了这本《你当像鸟飞往你的山》。书的英文名字是*Educated：A Memoir*，和中文译名毫不相关。不管怎样，我决定先把书读了再说。

《你当像鸟飞往你的山》由美国作者塔拉·韦斯特弗（Tara Westover）所写。塔拉·韦斯特弗，美国历史学家、作家，1986年生于爱达荷州的山区。她17岁前从未上过学，后来通过自学考取了杨百翰大学，并于2008年获文学学士学位。随后，她获得盖茨剑桥奖学金，并于2009年获剑桥大学哲学硕士学位。2010年，塔拉又获得奖学金，得以赴哈佛大学访学。随后她返回剑桥大学，并于2014年获剑桥大学历史学博士学位。2018年，她的处女作《你当像鸟飞往你的山》出版。2019年，她因该书而被《时代周刊》评为"年度影响力人物"。

这本书是塔拉的自传，书中真实地回顾了她从小到大的家庭生活、家庭的宗教信仰以及家人的观念行为对她产生的影响，以及她后来如何通过大学学习，一点一滴对自己过去的环境、信仰和心理进行反思，最终摆脱了旧的身心桎梏，在教育和反思中解放了自己的心灵，在痛苦的涅槃中获得一个全新自我的过程。塔拉个人的成长故事，很容易让人认为这是一本成长励志的书籍。只有读完这本书，你才会发现，书的内涵和深度远远超过励志书。刚开始读，你会以为这是一本小说，但实际上，这是作者用非常严谨的态度写的一本自传，而最终传递的意义，又远远超过了自传的范畴。在每一句通俗易懂的文字背后，都蕴含着发人深思的内容。

比尔·盖茨把本书列为他年度荐书的第一名。他说："这是一个惊人的故事，真正鼓舞人心。我在阅读她极端的童年故事时，也开始反思起自己的生活。每个人都会喜欢这本书。它甚至比你听说的还要好。"塔拉自己说："人们只看到我的与众不同：一个17岁前从未踏入教室的大山女孩，却戴上一顶学历的高帽，熠熠生辉。只有我知道自己的真面目：我来自一个极少有人能想象的家庭。我的童年由垃圾场的废铜烂铁铸成，那里没有读书声，只有起重机的轰鸣。不上学，不就医，是父亲要我们坚持的忠诚与真理。父亲不允许我们拥有自己的声音，我们的意志是他眼中的恶魔。哈佛大学、剑桥大学，哲学硕士、历史博士……我知道，像我这样从垃圾堆里爬出来的无知女孩，能取得如今的成就，应当感激涕零才对，但我丝毫提不起热情。我曾怯懦、崩溃、自我怀疑，内心里有什么东西腐烂了，恶臭熏天。直到我逃离大山，打开另一个世界。那是教育给我的新世界，那是我生命的无限可能。"

塔拉在接受《福布斯》杂志访谈时，对教育的内涵做了深刻的阐述："教育意味着获得不同的视角，理解不同的人、经历和历史。接受教育，但不要让你的教育僵化成傲慢。教育应该是思想的拓展，同理心的深化，视野的开阔。它不应该使你的偏见变得更顽固。如果人们受过教育，他们应该变得不那么确定，而不是更确定。他们应该多听，少说，对差异满怀激情，热爱那些不同于他们的想法。"在书的后记中，塔拉也说："你可以用很多说法来称呼这个全新的自我：转变，蜕变，虚伪，背叛。而我称之为：教育。"

但我们读到的东西，要远远多于教育的意义，也远远超出成长的意义。整本书的内涵，放大了看，几乎可以当作人类文明从愚昧、固执、狭隘走向理性、宽厚、包容的发展史；也可以看作对人类现状的描述，人类从来没有单一过，即使我们到今天已经步入一个信息全球畅通的时代，但人类在可见的未来依然会是狭隘和宽容并存，愚昧和开明纠缠，固执和理性交锋，暴力和公正较量，而且这一切必然还会生生不息。人类通过几千年的努力，已经在大部分地区取得了自由和独立，但这种成功并不能一劳永逸，一不小心就会被极端思想和极端权威所倾覆。与走向理性需要付出的努力相比，人类走向狂热、极端和自私自利的路径，似乎更加符合人性的自然发展倾向。但这样的滑坡，会让人类重回愚昧的灾难。

看完塔拉的故事，我认真回顾了我至今为止所走过的人生道路。当然，我的家庭并不极端，尽管父母从我记事起就一直吵闹、打架，但我对家庭的记忆基本上还是温馨的。母亲鼓励我学习，父亲带领我耕耘，姐姐照看我学习。所以和塔拉相比，我是很幸运的。但我最大的幸运是考上了北大。北大不仅仅让我接受了大学教育，更让我学会了独立思考、精神自由，学会了自我怀疑和自我否定，学会了对任何想当然和自以为正确的真理和学说都抱以坚持自己独立判断的态度。这一态度引导我走到今天，并必将引导我走向未来。

我们每个人其实都有两个自我，一个是过去的自我，一个是未来的自我。走向未来的自我，必然需要对过去的自我进行否定和批判。这一批判不仅仅局限于自身，还必然涉及和你密切相关的人物、环境和信仰。因此，从过去蜕变将会变成一场洗心革面的痛苦历程。在这个过程中，塔拉是如此痛苦，以至于多少次都差点放弃，甚至得了夜游症，时常精神恍惚。与艰苦前行的精神重塑相比，回到原来的浑浑噩噩似乎更加容易。从人类历史的发展来看，我们也能看到许多先行者的悲剧和开历史倒车之人的狂欢。那些率先打破旧观念和旧信仰的人，往往以悲剧告终：哥白尼、伽利略、戊戌六君子等；而千千万万在古代想要突破封建枷锁、寻找自由爱情的女人们，又有多少被逼上绝境或装笼沉江。塔拉是幸运的，她尽管出生于一个严格的摩门教家庭，但至少在大环境上，她成长于对个人自由和发展充满鼓励精神的美国，而对传统的反叛，恰恰是美国精神的核心。

我们每个人都应该反思一下，我们现在坚持的想法、态度是正确的吗？我们通过什么样的标准来确定这种正确？如果我们发现了不正确，又需要怎样的勇气来改正？我们如何能够确定，我们的坚持或者改正，从长远意义上来说，是人类进步和发展的有机组成部分，能保证我们走向更加宽阔的道路和熠熠闪光的远方呢？

据说，中文书名《你当像鸟飞往你的山》还是作者亲自确定的。因为如果直译为《教育》或者《受教》，都不能表达该书的深刻含义。于是中文图书编辑找到塔拉，塔拉起初给了另外一个名称：Things gained and Things Lost，但翻译过来依然没有味道。后来编辑找到《圣经·诗篇》中的一句话"Flee as a bird to your mountain"，成功说服塔拉以此作为中文书名。这句话完美涵盖了该书的主题：塔拉正是逃离故乡的山峰，像飞鸟一样去接受教育，才最终找到了自己真正信仰的山林。就像书中讲的一个故事：塔拉一家曾救助过一只野生的大角猫头鹰。这个受伤的野性生灵发现自己被囚禁，险些将自己拍打致死，于是他们只好将它放生。塔拉的父亲说：它和大山在一起比和我们在一起更好。它不属于这里，也不能教它属于这里。每个人的生命中都有一座真正属于自己的山，希望我们每个人最终都能像鸟一样，飞往我们自己的山。

修炼自己，造福他人

前段时间，谢强把《留学真心话：写给中国家庭的国际教育路线图》书稿发给我，嘱咐我为该书写个序。最近，中国教育领域风起云涌、朔风劲吹，我忙着应付各种突如其来的事情，为他的书写序的事情一拖再拖。直到这几天，我才翻阅了谢强的书稿，刚一翻阅，便被书稿的内容吸引，各种思绪如万千奔马，在胸中涤荡冲击，心绪久久不能平静。

当初，我开启新东方出国留学考试的培训业务，心里并没有抱着多大的宏远理想：一是为了谋生，二是因为自己暂时无法出国，希望把自己从考试中学到的一点东西传授给想要出国的学生。我知道，尽管我自己不能出国，但帮助学生拿到一个出国所必须的托福（美国对非英语国家留学生的英语考试）和GRE（美国等国家研究生入学资格考试）的好成绩，我或许还是能够做到的。

后来，因为新东方出色的教学，全国各地优秀学子纷至沓来，一批又一批学生在通过鬼门关一般的考试后，到世界各地的优秀大学去读书深造。我自己也感到了做这件事情给我带来的成就感，以及给社会带来的意义：鼓励学生出国深造，回国发展，为祖国走向繁荣富强贡献青春和热血。因为相信，所以全情投入，不知老之将至。最终，我自己出国深造的梦想没有实现，但千万热血青年因为新东方的帮助走向了世界。

直到今天，新东方还在帮助无数家庭实现让孩子出国留学深造的梦想。

我后悔吗？也许因为自己从来没有真正留学过，心里会有一丝遗憾。但我的心态真的可以用"衣带渐宽终不悔，为伊消得人憔悴"来形容。至少我个人内心确信：新东方帮助了千千万万的孩子和家庭，帮他们从绝望中找到了希望，或者从希望中找到了辉煌。新东方也通过帮助学生通过一门门艰难的考试，让他们确定出国留学的方向，让他们得以成功申请到国外大学的学士、硕士、博士学位，并在学成后大部分人归国奋斗，成就自己的人生和祖国的进步。

有一次，我在缅甸旅行，在山中接到一个电话。电话是中缅油气管道的总工程师打来的，让我去油气管道的总部看一看。中缅油气管道是中国和缅甸合作的战略级项目，管道从孟加拉湾横穿缅甸进入中国云南，让东南亚的油气进入中国西南地区，避开了马六甲海峡的咽喉。我和总工程师并不认识，出于好奇，我驱车几个小时去了总部。结果总工程师刚见到我就热情地拥抱了我，说他有今天和我有关。原来他是20多年前新东方GRE班上的学生，受我鼓动，下决心出国留学，后来进了MIT（麻省理工学院）学习，学成后回国努力，现在为国家做了这么一个大工程，他的内心充满骄傲和喜悦。听说我在缅甸，他就想着一定要见一下我，请我喝杯酒。我自然也是内心激动而舒畅，那天我们在异国他乡，一醉方休。

像这样的故事，我还有很多。每次碰到一个有成就的人告诉我他曾经是新东方的学生，我就会从内心进一步肯定新东方存在的意义和价值。在过去的40多年里，中国最成功的战略就是改革开放，而改革开放中极为重要的一环，就是鼓励年轻人出国留学，学成后归国效力。在这40多年中，前后有400多万学子负笈远行，到全球各国留学深造。而如今，已经有超过80%的学子回归祖国怀抱，为祖国的欣欣向荣贡献自己的力量。今天祖国各个领域的发展，或多或少都和留学生群体的回归有关系。这是令人欣慰的，也是新东方继续把出国留学事业做下去的动力。

20世纪90年代，中国出国留学的学生，绝大部分都是优秀的大学生，他们出去攻读硕士，更多的是博士。进入21世纪后，中国日益开放，中国家庭也开始变得富裕，越来越多的中学生开始申请到国外去读本科，甚至还有不少小学生和初中生开始申请到国外去读初中和高中。青年一代，面向未来的竞争越来越激烈：竞争不断低龄化，从大学下沉到中学和小学；很多父母从孩子一出生就开始规划孩子的成长道路。这从一方面来说是好事，意味着很多中国孩子从小就会得到更好的发展指导；但从另外一方面来说，它也强化了教育的功利性，使得教育成了分数的比拼和竞争。教育真正的目的——让孩子健康全面地成长，反而常常被忘在了一边。

不少家长面对孩子的未来都感到有心无力。有心，是希望孩子未来能够出人头地、功成名就；无力，是既不知道到底应该如何培养孩子，也不知道培养的路径在何处。剩下的就是焦虑，除了焦虑还是焦虑。这种焦虑传递到孩子身上，就对孩子形成了某种压迫感，还有不近情理的过分要求——常常体现为拔苗助长，使得孩子的个性、性格、脾气、行为、价值观都受到了不可逆转的影响。

在新东方，我们能够遇到各种各样的家庭，家长对孩子的成长和发展一筹莫展，心急如焚。各种问题纷至沓来：孩子是高考，还是出国？出国是去美国，还是去英国？未来是在国外工作，还是回国发展？其实，每个孩子都有自己独特的个性和爱好，在教育中，没有一个问题有标准答案。我算是一个在教育领域待了几十年的人，但面对自己的孩子，我也没有任何最好的答案。我唯一能够做的，就是在旁边耐心注视孩子的成长，并且在他们遇到风雨的时候，鼓励他们勇往直前。

当然，除了父母，孩子人生中最幸运的就是遇到一个好老师，一个好学校。从严格意义上来说，新东方不是一个正规的学校，新东方的老师也不像公立学校的老师那样稳定。但有意思的是，新东方在这么多年培训的事业中，却努力摸索出了不少支持家庭和孩子成长的经验和套路。新东方也拥有一批一心一意为家庭和孩子服务的优秀员工。他们勤勤恳恳、任劳任怨，把家长当作自己的朋友，把学生当作自己的孩子，竭尽心力帮助孩子们解决问题，鼓励孩子奋发自强，让一批又一批孩子走上了未来有所发展的美好道路。其中最出色的一支队伍，就是谢强领导的北京新东方国际教育团队。

一个人的存在，不仅仅是身份和地位的存在，更多的是精神和价值的存在，是个人意义的存在。个人的价值和意义，体现在他自己的日常行为中，也体现在他和别人的关系中。有些人，既不完善自己，也不造福他人，空过一生；有些人，既努力修炼自己，也兼善天下，走向圆满；更有一些人，在不断修炼自己的同时，内心想得更多的是如何帮助别人，造福社会，这是走向圣人境界。谢强，就是我心中的第三种人。

我和谢强已经认识20多年。最初他吸引我是因为他流利的英语水平和爽快直言的个性，且他有才华，不卖弄。后来他走上了新东方的管理岗位，辗转了好几个城市，从太原到天津再到大连，最后回到北京，主管国际教育。他的管理能力从不成熟到成熟、做事从不拘小节到细致入微，我能够看到他在领导力上的不断进步和成长。但让我从心里真正感佩的，是他历经千辛万苦、世事动荡、明枪暗箭，为人却依然像刚刚从山中涌出的泉水一样纯粹。那是一种个性的纯粹、心性的纯粹、价值的纯粹，纯粹得落不下一粒尘埃。和年轻时候的刚烈相比，现在的他或许能在一定程度上做到和光同尘，但仍然绝对容不下生活和工作的蝇营狗苟、尔虞我诈。他也绝不会刻意去讨好领导和同事，把时间花在自我利益的谋划和经营上。他唯一愿意为之无穷无尽花时间的，就是学生、家长和战友。在这些人身上，他在任何时候都愿意义无反顾地把自己的时间、精力、才学尽力提供。如果能够帮助到他们一点，他会从内心涌起快乐和满足。

在新东方，连续几年都坚持在春节期间做家庭访谈和入户拜访的个人和团队就是谢强和他的团队。彻底了解每个家庭和孩子，给孩子的成长提供最好的解决方案，成了这个团队内心认可的使命和责任。每个节假日，当我看到或者了解到谢强他们啃着面包喝着矿泉水，和家长孩子没日没夜地耐心交流的时候，我的内心都有一种说不出的感动，甚至一度为此哽咽。

现代社会正飞速发展，物质生活无比丰富，好像一切都在进步，唯有人与人之间的关系变得越来越淡漠和虚与委蛇，真情真心越来越变成稀有珍品。而谢强和他的团队，在新东方系统内，在社会体系内，却是一股逆流而上的清流，让人感到温暖而踏实。如若阅读该书最后一个篇章，大家就会明白我说的这个团队到底是一种怎样的存在。

谢强不仅工作勤奋，还笔耕不辍，每每心有所得，便随兴落笔，真情流露，雁过留声，日积月累，渐成宝库。今天的这本书《留学真心话》，就是他心念所致的结晶。在过去的这些年，家长和孩子遇到留学道路上的发展问题，就会找谢强。"谢强"两个字，成了留学领域最可靠的信息和良知的代名词。如果找不到谢强，不妨阅读他的文字，从中寻找未来的方向和信念。今天这本书结集出版，若能广为传播，就一定能够让更多的家长和孩子受益，善莫大焉。我亦十分欣然为之作序。

中国的发展，依然需要大量有着国际眼光的创造性人才的涌现。未来，对每个孩子都是不可避免的选择。我们大部分个体，也许并不能做什么宏伟的贡献。但如有谢强这样的心性，以修炼自己、造福他人为本，我们就一定能够让自己和事业更加美好，并让社会不断取得进步。

是为序！

一滴水，体味时代的人间冷暖

国庆节假期，我带着家人去"世界上幸福指数最高的国家"不丹游玩。中国没有直飞不丹的飞机，转机居然要去曼谷，这样一绕，花在路上的时间比去欧洲还要久。幸亏路上可以读书，这次旅途，我读的其中一本书是张嘉佳的小说《云边有个小卖部》。

小说写作，最重要的是要展示在一个时代大背景下，人物个性的冲突，以及个人在时代里没有办法摆脱命运的挣扎和宿命。人物个性鲜明但同时又充满矛盾，故事峰回路转或辗转反侧，在平凡中勾勒出芸芸众生的生存百态，并赋予上帝俯视人间一样的冷静、同情和悲悯。能够达到这种境界的小说不多，雨果、巴尔扎克、托尔斯泰、曹雪芹就是能写出这种伟大作品的小说家。

从这个意义上来说，《云边有个小卖部》与其说是一本小说，不如说是一本小说化的散文集。张嘉佳的内心柔软且充满温情，并不愿意过多描写这个世界更加无奈的一面，总希望给世界一缕光，给每个人一分缱绻的柔情。小说中的人物大多展现出了不可抵抗的人性的善良：刘十三，一个不管从小怎么努力都失意的青年；程霜，一个从小就得了一种病，因此时时都有可能死亡的女孩；王莺莺，一个生于贫穷家庭，但个性坚强乐观的年老女性；球球，一个父亲疯了但依然保持乐观的小女孩；牛大田，刘十三小时候的朋友，开了赌场，为了爱情把赌具一把火烧掉。几乎每个人都以亲情、温情、爱情为核心，即使是无可救药的赌徒最后也被亲情感化。只有刘十三念念不忘的恋人牡丹，被描述成了没有太多真情且"脚踩两只船"的势利女生，还有刘十三的情敌侯经理，被描述成了一个势利的男人，他俩最后给人一种"一对狗男女"的观感。小说对这两个人的个性刻画十分模板化，二人只是人世间某种同类人物的写照，是对某一类人的抽象总结。我想这样的刻画方式一定是出于张嘉佳内心的某种美好，张嘉佳在南通长大，鱼米之乡的风太柔了，没有把他的心吹硬。因此，即使是王莺莺去世，程霜病逝，球球被收容这样的情节，都被罩上了一层悲伤但诗意的色彩。

不过，《云边有个小卖部》依然是一本值得一读的小说。从人物身上，我们或多或少能够找到自己和身边人的影子。张嘉佳对人物个性和对话的描述已经足够成熟，对文字的掌握和笔锋的回旋，也已经炉火纯青。我读到王莺莺的时候，脑子中一直有着我外婆的影子，她是一个活到93岁还会自己做饭，并且会给老乡针灸的乐观坚强的老太太，我小时候很多时候就是睡在外婆的被窝里的。我的外婆也喜欢喝酒，我小时候会和她对饮。甚至小说中描写的菜品，也是我小时候常常吃到的。读到程霜的部分时，我想起一位和我一起在北大上学的女老乡，在我得了肺结核之后她总是来看我，给我鼓励，尽管我们之间没有发生任何爱情，但同乡之情到今天也没有忘记。读到牛大田的时候，我也想起了我小学的同学，他们几乎没有一个考上大学，但后来有的成了当地的实业家，有的却赌博成性导致倾家荡产。这些人物的个性和特征，在张嘉佳的小说里都可以找到影子，甚至精彩的描绘。

但我还是倾向于把这本小说当作散文来读，小说读过了记住情节了就结束了，但散文是需要不断咀嚼的，是要去品出味道的。那种味道绵延不绝，沁入人心，它能调节脏腑，让你浑身融化在一种情绪中，那种欲罢不能的缱绻和柔情，会勾起你从小到大的各种回忆，挥之不去。《云边有个小卖部》给我带来的就是这种感觉。

如果你不信，我来摘录一些其中的段落，请自行体会。

"满镇开着桔梗，蒲公英飞得比石榴树还高，一直飘进山脚的稻海。在大多数人心中，自己的故乡后来会成为一个点，如同亘古不变的孤岛。外婆说，什么叫故乡，祖祖辈辈埋葬在这里，所以叫故乡。"

"夏夜的歌声，冬至的歌声，都从水面掠过，皱起一层波纹，像天空坠落的泪水，又归于天空。人们随口说的一些话，跌落在墙角，风吹不走，阳光烧不掉，独自沉眠。"

"七月的天色，哪怕黄昏都是清透的，脆蓝泛起火烧云，空气平滑地进入胸腔，呼吸带着天空的余味。小镇的街道狭长，十字岔路正中间有口井，偶尔来人打水，图一些凉爽。路过电影院，刘十三驻足了一会儿，七八级浅浅的石头台阶，一面斑驳的海报墙，贴着越剧团演出的布告。这一切唯独小镇有，它站在刘十三的童年，既不徜徉，也不漂流，包裹几代人的炊烟，走得比刘十三慢很多。"

"那么热的夏天，少年的后背被女孩的悲伤烫出一个洞，一直贯穿到心脏，无数个季节的风穿越过这条通道，有一只萤火虫在风里飞舞，忽明忽暗。"

这哪是小说？甚至可以说不是散文，而是一首首值得回味的优美诗作。

至于小说的故事情节，我就不在这里赘述了，你若自己去读一定更好。对那些想要在这本小说里读出波澜壮阔的时代故事的人来说，这本小说多半会让你失望，但如果你想通过一滴水，通过一条时代的小溪，来体会时代中的人情冷暖，并且获得对人性的一点信心，也许这本小说正适合你。

无问西东，但问内心

最近总有人问我看过《无问西东》没有。幸亏我抽空去看了一下，否则要么被嘲孤陋寡闻，要么被人指责对北大隔壁那所学校有偏见，所以才不去看的。

看完了电影，我个人认为如果纯粹从电影故事的角度来看，《无问西东》不能算是一部好电影。四个几乎没有任何联系的人生故事，被叠加在一起。如果没有清华大学这条主线，没有故事背后所体现的对人生真实意义和价值的追求，那它们就是一盘散沙。但这盘散沙用最强有力的水泥粘连在了一起，成了一部雄浑动人的生命成长史。这份水泥，就是电影中四代清华人，对生命中最真实、最有价值、最靠近高贵人性的那点东西——无怨无悔且充满勇气的追求。

电影中的第一代清华人吴岭澜在西南联大对学弟说："当我在你们这个年纪，有段时间，我远离人群，独自思索，我的人生到底应该怎样度过。某日，我偶然去图书馆，听到泰戈尔的演讲，而陪同在泰戈尔身边的人是当时最卓越的一群人物。这些人站在那里，自信而笃定，那种从容让我十分羡慕。而泰戈尔正在讲'对自己的真实'有多么重要。那一刻我从思索生命意义的羞耻感中，释放出来。原来这些卓越的人物也认为花时间思考这些，谈论这些，是重要的……希望你们在今后的岁月里，不要放弃对生命的思索，对自己的真实。"

第二代西南联大学生沈光耀，在日寇侵略、国破山河之际，不惜违反家训，投笔从戎。他牢记并重复着美国教官的语言："这个时代缺的不是完美的人，缺的是从心里给出的真心、正义、无畏和同情。"最后他为了抵抗侵略者，驾驶飞机撞击日军战舰，献出了自己宝贵的生命。

第三代清华学子陈鹏，在严酷的政治环境中毕业，自己心爱的女孩几乎被迫害致死。陈鹏对死里逃生、已经毁容而十分卑微的王敏佳说："你别怕，我就是那个给你托底的人。我会跟你一起往下掉，不管你掉得有多深，我都会在下面给你托着。我什么都不怕，就怕你掉的时候把我推开。"

第四代清华毕业生张果果，在经历了商业社会各种尔虞我诈之后，寻找着自己的内心。他说："世俗是这样地强大，强大到生不出改变它们的念头来""等你们长大，你们会因绿芽冒出土地而喜悦，会对初升的朝阳欢呼跳跃，也会给别人善意和温暖。但是却会在赞美别的生命的同时，常常、甚至永远地忘了自己的珍贵。愿你在被打击时，记起你的珍贵，抵抗恶意；愿你在迷茫时，坚信你的珍贵，爱你所爱，行你所行，听从你心，无问西东"。

电影表面上演绎了四代清华人。不管主观用意如何，但实际上刻画的是四代中国知识分子的命运和坚守。这些知识分子既包括了清华人，也包括了北大人，还有其他任何愿意思考自己命运和坚守自己德性的知识分子。他们是这个社会的良心和良知，没有这些良心和良知的存在，整个中国历史和中国社会，将真的陷入迷蒙和黑暗，不知西东。这一良心和良知，这一时时对自己生命价值的叩问，从古代开始就绵延不绝。我们从孔子、屈原、李白、杜甫、范仲淹、苏轼、文天祥、岳飞身上都能够看到同样耀眼的人性光辉和同样伟大的家国情怀。

电影呈现出这样一个问题：如果有机会提前了解了你的人生，你是否还会有勇气前来？我的回答是：无论你是否有勇气，你都必须前来，因为这就是你的命运。你要面对的，不是哀叹自己生在一个不幸的时代，或者庆幸自己生在一个美好的时代。你要面对的，是不管生于什么时代，自己都要锻造出伟大的人格，并且为人类从卑微走向崇高、从束缚走向自由、从狭隘走向广阔燃烧出光芒。哪怕是微弱的一点光芒，也能够无意中给其他人照亮生命前行的方向，使更多的人坚守内心那一角不应该被污染的纯粹。

其实，坚守谈何容易？北大和清华一样，也是一块开启智慧、坚守思想之地。新文化运动的阵地在这里，五四运动中许多青年学生从这里走出，抗战南迁成立西南联大从这里发起，"独立之人格，自由之思想"是北大的精神根基。但即使这样，五四运动的发起人之一，在"火烧赵家楼"事件中冲在前面、放了第一把火的梅思平，抗战期间却堕落为一个大汉奸，出任汪伪政权的组织部部长、内政部部长、浙江省省长等要职。当然这些事件并不意味着北大失去了应有的光辉。我只是想表明，即使身处如北大这样弘扬独立人格、自由精神的地方，坚守内心的良心和良知，依然不是一件容易的事情。

最可怕的是，如果整个民族在追名逐利中集体失去了良心和良知的判断，为了利益和自我，不再坚守对一个民族弥足珍贵的内心价值，那将是十分可怕的事情。所幸的是，从这部《无问西东》被大家喜欢，我们还是看到了希望。这一希望所带来的价值和追求，必将被越来越多的人所接受，并且在这块经历了太多苦难的土地上，弘扬开来，开花结果。

图书在版编目（CIP）数据

在岁月中远行 / 俞敏洪著 . -- 北京：新星出版社，2022.5
ISBN 978-7-5133-4911-6

Ⅰ . ①在… Ⅱ . ①俞… Ⅲ . ①散文集－中国－当代
Ⅳ . ① I267

中国版本图书馆 CIP 数据核字（2022）第 054676 号

在岁月中远行

俞敏洪　著

责任编辑：姜　淮
封面设计： WONDERLAND Book design
　　　　　　仙境 QQ:344581934
版式设计：李　洁
内文排版：麦莫瑞
责任印制：李珊珊
图片来源：俞敏洪　视觉中国

出版发行：新星出版社
出 版 人：马汝军
社　　址：北京市西城区车公庄大街丙 3 号楼　　100044
网　　址：www.newstarpress.com
电　　话：010-88310888
传　　真：010-65270449
法律顾问：北京市岳成律师事务所

读者服务：010-88310811　　　service@newstarpress.com
邮购地址：北京市西城区车公庄大街丙 3 号楼 100044

印　　刷：三河市中晟雅豪印务有限公司
开　　本：680mm × 955mm　　　1/16
印　　张：18
字　　数：242 千字
版　　次：2022 年 5 月第一版　　　2022 年 5 月第一次印刷
书　　号：ISBN 978-7-5133-4911-6
定　　价：68.00 元